# LA SAUVAGINE

DU MÊME AUTEUR :

Aux Éditions Gallimard
*La vie finira bien par commencer* (1972)
*La Soupe chinoise* (1973)
*Chronique pour un cochon malade* (1974)
*N'oubliez pas la lutte des classes* (1976)
*Les Matins célibataires* (1978)
*« Avec des cœurs acharnés »* (1978)

Aux Éditions Flammarion
*Les Américains sont de grands enfants* (1979)

Aux Éditions Denoël
*Demain la veille* (1981)

Aux Éditions Belfond
*Retour à Malaveil* (1982)
*Un ami de passage* (1983)
*Chemin de repentance* (1984)
*Chroniques d'un été* (1990)

Aux Éditions Albin Michel
*Quelque part, tout près du cœur de l'amour* (1985)
*Avril est un mois cruel* (1987)
*L'Embellie* (1988)
*Des fourmis plein le cœur* (1989)

Aux Éditions L'Harmattan
*Histoire du Point-Mulhouse* (1986)

Aux Éditions Mazarine
*Une petite maison avec un grand jardin* (1980)

Aux Presses de la Cité
*Jean des Lointains* (1990)
*La Vie comme avant* (1992)
*Veillée d'armes* (1993)
*Retour à Daussane* (1994)
*Deux pas dans les nuages* (1995)

Aux Éditions Jean-Claude Lattès
*Chronique des collines* (1995)
*Quelqu'un dans la vallée* (1997)
*On ne meurt plus d'amour* (1998)
*Des journées ocre et sèches* (1999)
*La Foire aux agnelles* (2002)
*Drôle de tribu* (2003)
*Seuls sont les indomptés* (2005)

**www.editions-jclattes.fr**

Claude Courchay

# LA SAUVAGINE

*Roman*

## JC Lattès
17, rue Jacob 75006 Paris

Pour l'éditeur, le principe est d'utiliser des papiers composés de fibres naturelles, renouvelables, recyclables et fabriquées à partir de bois issus de forêts qui adoptent un système d'aménagement durable.

En outre, l'éditeur attend de ses fournisseurs de papier qu'ils s'inscrivent dans une démarche de certification environnementale reconnue.

ISBN : 978-2-7096-2933-1

© 2007, éditions Jean-Claude Lattès.

Première édition septembre 2007.

*À qui vous voudrez...*

« Les informations selon lesquelles quelque chose s'est produit m'intéressent toujours, parce que, comme nous le savons, il y a ce que nous savons que nous savons, ce sont les choses connues connues. Il y a des choses inconnues connues, c'est-à-dire que nous savons que nous ne les connaissons pas. Mais il y a aussi des choses dont nous ignorons que nous ne les connaissons pas. Ce sont les inconnues inconnues. »

Donald Rumsfeld


« Samedi 23 novembre 1946
Je me suis acheté un vase de nuit en porcelaine de Limoges. De petite taille. Orné de petits motifs peints. Cinq cent trente francs. Il est charmant. »

Paul Léautaud
*Journal littéraire*

« And all men kill the thing they love,
By all let this be heard,
Some do it with a bitter look,
Some with a flattering word,
The coward does it with a kiss,
The brave man with a sword ! »

Oscar Wilde
*The ballad of Reading Gaol*

On ne vit jamais que sa vie, tout bien réfléchi, surtout nous, Mère et moi, à l'écart comme nous le sommes. Pas moyen d'y échapper. Pour aller où ? Il n'y a pas d'ailleurs. Sauf pour Jean, lui ne connaît que ça.

Tais-toi et pioche. Mère veut planter des pins, en bordure de notre butte. Les peupliers, pas question, à cause de l'eau. Le peuplier est un soiffard, et l'eau, nous en manquons. Dès la fin du printemps, notre source s'épuise. L'été, nous devons choisir, la douche ou l'arrosage. Vite vu, quand les plantes tirent la langue, le confort peut attendre.

Piocher, facile à dire, ma jolie. Le sol fait de la résistance, je me heurte à du béton, quasiment, de l'argile truffée de gros galets. La pioche rebondit à vous casser les poignets. Des étincelles jaillissent. Je me lance à corps perdu, en nage. En prime, les mouches s'acharnent, des petites, teigneuses en diable. Elles tiennent à me butiner le blanc de l'œil, les garces ! Elles encore, passe, mais les blindées, gare ! On les trouve en altitude, au-dessus de mille mètres. Elles se posent, tu ne les sens pas. Ensuite, une piqûre, et bonjour l'œdème. Tu leur donnes une claque, elles reviennent. Il faut les coincer, les cisailler avec l'ongle. Parlez-moi de la vie au grand air !

J'ai trois pins, pris dans la colline, des jeunots. Difficile de les extraire avec leurs longues racines filandreuses. Une drôle d'engeance, le pin. Bourré de résine, il ne demande qu'à flamber. Il ne s'en prive pas. Chaque été, nous voyons défiler les Canadair, quand l'horizon se plombe, plus au sud. Le Midi brûle. Pas chez nous, je touche du bois. Nous n'avons ni plans d'eau, ni campings. L'autoroute Marseille-Grenoble est en rade, grâce aux Verts, Dieu les bénisse. Nous restons à l'écart du touriste pyromane.

Attention à ce caillou, fille. Je l'attaque par les côtés. J'élargis la cavité. Hop, ça vient, joli morceau ma foi. Je l'utiliserai, il reste des restanques à compléter, ces murets de pierres sèches. À peine achevés, on jurerait qu'ils reposent dans le paysage depuis des éternités.

J'arrête, Dieu ne veut pas la mort du pécheur, même pas la mienne. Pécher, avec qui ? Même si j'en avais envie...

J'ai mon compte pour ce matin. Va te mettre propre, va. Change de T-shirt. Mère n'est pas encore levée. En ce moment, elle traîne au lit, à écouter France-Musique. Elle ne devient pas plus douce pour autant. Elle garde cette conception barbelée du devoir héritée de nos ancêtres bouseux. Plus tu en baves, meilleur c'est. S'il fait beau lundi, tu le paieras mardi. Obligé, il pleuvra, etc., pantoufle.

Pourquoi pantoufle ? Pourquoi pas ? Tout fout le camp, mais pas les charentaises. Vieux-Monsieur me comprendrait.

On joue à quoi ? Deux secondes, laisse-moi souffler. Je m'installe sur la terrasse, face à la Vallée. Des ondulations boisées se succèdent, des épaulements, jusqu'à la Barre des Dourbes. Elle barre l'horizon, notre monde s'arrête là.

Nous sommes fin septembre, le soleil s'incline, les ombres s'allongent. Les jours s'abrègent. Contre moi, à main gauche, une touffe de belles-de-nuit étouffe le seringa. Les géraniums explosent, vert sombre et rouge vif. Un bouquet d'asters se dresse au-dessus de la haie d'iris. En bordure du chemin, deux érables s'accrochent. Ils résistent au mistral, ils en ont vu d'autres. Plus bas, un pré bute contre le pied de la colline. Chênes et fayards le cernent, ombre et lumière. Plus loin, tout s'estompe, vague après vague, crête après crête, dans une brume laiteuse. La dernière se fond dans le ciel. Voilà notre domaine.

Mère s'est fixée là en des temps très anciens, avec un de ses ex. Je ne l'ai pas connu. Il est parti, elle est restée, l'endroit lui convenait davantage que le bonhomme. Elle m'a eue avec un autre, sur le tard. Je descends du hasard, probablement, un moment d'inattention. Je n'en sais pas plus long, fin de la saga. Fin de la lignée aussi, je me vois mal me reproduire. Contre qui, Seigneur ! Nous sommes une lignée femelle. Mère tient à moi comme sa mère tenait à elle.

Un mur, Mère. Elle se tait. Elle s'est toujours tue. Sa vie, elle l'affronte. La raconter ferait double peine, comme disent les bonnes âmes professionnelles. Double peine et patachon.

Quoique... Avec l'âge, les barrières s'abaissent. Mère commence à s'ouvrir. Elle balance de loin en loin un coup de projecteur dans les ténèbres originelles. Elle soliloque à haute voix. Elle rumine. Quelque chose lui évoque autre chose, et à suivre, le fil vient, la pelote se déroule. J'en profite.

L'Ex fondateur possédait des mains d'or. Notre bergerie était en ruines. Il a nettoyé, retapé, carrelé, refait le toit, installé l'eau, fait venir le courant. Un pionnier, monsieur Bricolage.

Restait à ordonner les espaces extérieurs, un fouillis de gravats et de ronces. Mère s'y est employée. Mètre par mètre, elle a nettoyé, planté. Elle continue, elle jardine chaque jour que Dieu fait, année après année. À chacun sa drogue. Elle a de quoi s'occuper. Pour qui les pratique, les plantes ont leur caractère et leurs manies. Tel sol conviendra à telle espèce, tel autre non, telle orientation, telle zone d'ombre. Certaines demandent à être chouchoutées, d'autres en font à leur guise. Quand elles s'accrochent, bonsoir ! Prenez les pieds de mauve, à l'entrée, impossible de les déloger. Il faudrait du désherbant. J'évite.

Ah, du bruit dans la cuisine. Mère se lève, elle petit-déjeune. Je la laisse. Au lever, elle a le démarreur bloqué. Je tends l'oreille. Elle grommelle. Elle dit : Au printemps...

Silence. Elle enchaîne : Et puis... Et puis rien. Elle a une drôle de voix, comme étranglée. Je n'en saurai pas davantage. Du temps, quelques galaxies se sont éloignées. L'univers se dilate.

Moi aussi. Ce que je suis bien, au soleil ! Miracle, le mistral s'est arrêté, il s'acharnait depuis trois jours. Avec lui, quelle que soit la saison, on gèle. Et même, cette nuit, il a enfin plu, miracle. Il fallait, le paysage virait au Sahel. Du coup, tout repart. S'il repleut, à la lune montante, on devrait trouver les premiers champignons. Le matin, dans mon lit, j'écoute les nouvelles à la radio, pour la météo. J'accroche un fait-divers à l'occasion. Les champignons, un amateur en cherchait. Des chasseurs l'ont assaisonné. Normal, le chasseur chasse. Ça bouge, il flingue, mettez-vous à sa place. C'est préférable. Un président de société chasseresse a tiré la morale de l'histoire : le risque zéro n'existe pas.

14

Ce brave a raison. Les champignons, c'est dangereux, on se tue à vous le dire. En règle générale, c'est Mère qui prépare la tambouille, elle préfère. Nous ne sommes pas viande. Nous consommons nos légumes, quelques œufs, des laitages. Nous nous contentons de peu. Le gourmand creuse sa fosse avec ses dents, elle dit. Le soir, soupe. Mère est très soupe. Dans sa jeunesse, elle a pratiqué la panade quotidienne. De vieux croûtons, de l'eau chaude, le tout relevé au bouillon Kub. Passons.

Bref, hier soir, histoire de meubler, entre deux bouchées, je dis :

— Un de ces jours, j'irai chercher des pierres, va en falloir. Une des restanques s'éboule. La pluie. Elle amollit les sols.

Les trois quarts du temps, je parle pour les murs. Mère est sourde en pointillés. Quand le sujet la branche, elle réagit. C'est le cas. Elle dit :

— En dernier, il allait s'y mettre, aux restanques.

— Qui donc ? Mains d'or ?

— Qui veux-tu ? Ça se passait au printemps. Il a calculé, il a commencé, puis. Il a trafiqué un moment, je le regardais faire. Il a posé la pioche, il a dit : « Je vais chercher du gris, j'en ai plus... » Il roulait, ça lui revenait moins cher.

Silence. Je demande :

— Et alors ?

— Il a pris la Juva. Gwendo, on l'appelait, une idée à lui. Il a pris le chemin. Il est parti.

Silence. Je respecte. Elle reprend, rêveusement :

— Du gris...

Point barre. Mains d'or a pris son temps. Elle ne l'a jamais revu. Elle suçote une dent creuse. Ce bruit m'agace, on tue pour moins. Ça peut attendre.

La soupe, terminé, place aux courgettes. Au four, avec un filet d'huile d'olive, un régal. Outre les courgettes, il reste des haricots verts et des pommes de terre nouvelles. Extra, en robe de chambre, toujours avec le filet. Tout vient du jardin, sauf l'huile. Nous sommes trop haut pour l'olivier. Mère mastique. Elle suit son idée, elle reprend :

— Pour la Juva, les gendarmes sont repassés, l'été d'après. On venait de la repêcher dans le fleuve, du côté de Mallemort.

Silence. Je demande :

— Je te ressers ?

Signe que non. Elle constate :

— C'est pas la porte à côté, Mallemort.

En effet. Cette fois, je n'attends pas le Messie. Je demande :

— Elle était vide ?

— Vide. Oui.

Les gendarmes ont horreur du vide. Ils ont passé Mère à l'essoreuse. Elle en savait moins qu'eux. Le brigadier insistait :

— Enfin, il est parti pour quoi au juste, votre homme ?

— Pour chercher du gris.

Le tabac aussi, faut se méfier. Retour au présent. La glycine boude, dans l'angle, près de la porte. J'ai beau l'arroser, elle ne fleurit pas. Je l'ai installée sur un fil nylon, pour l'orienter au-dessus de l'entrée. Pas mèche, elle préfère l'autre sens, elle se décroche. Par contre, le pied de vigne, à l'opposé, donnera une grappe, cette année. Une première. Mère a planté des pêchers, de la pêche de vigne. Chaque printemps, le gel nous tue les fleurs. Restent les feuilles, merci quand même.

16

## La Sauvagine

Sur notre droite, la crête est proche, abrupte, une falaise verte. Avec un rien de brume, on se croit dans la jungle, manque juste King Kong. Un bouscatier passe quand il y pense, il débite quelques stères, de quoi passer l'hiver.

Nous pourrions mettre nos bois en coupe, pour en tirer quatre sous. Ce serait moche. Les arbres vivent leur vie, ils abritent des chevreuils, de la sauvagine. Des sangliers aussi.

Eux ne s'en font pas. L'autre matin, toute une bande labourait le pré, tranquilles. Je les ai observés un moment, à la jumelle. Massifs, tête basse, l'échine en pente, on aurait juré des bisons. Au bout d'un moment, ils ont filé au petit trot, sans s'affoler.

Le soir, le renard passe. Édouard. Il a son assiette à dix mètres, face à la baie vitrée. Je lui prépare des restes, des croquettes arrosées de lait. Je casse un œuf. Il ne vient pas à heure fixe. Il mange en prenant son temps, par petites bouchées. De nous, il ne se méfie pas. Il reste aux aguets, quand même, oreilles mobiles, prêt à détaler.

Je sors lui parler, à distance. Il m'observe, penche la tête, comme pour mieux écouter. Nous sommes amis, enfin, presque. Je tiens à sa présence. C'est un proche.

Sauvages, les bêtes ? Quelle blague ! Elles n'ont pas la manie de tirer droit devant. Les lapins ne tuent pas les chasseurs, ça se saurait.

Puis j'aime les oiseaux. Je sème des graines de tournesol sur la vieille table, près de l'escalier extérieur. Elles ont du succès. Dès les premiers froids, j'attire les mésanges. Ce qu'elles sont vives ! Têtes bleues à jabot jaune, charbonnières à baudrier noir et nonettes grises, coiffées à la mohican. Elles piquent une graine et vont la décortiquer plus loin, dans l'églantier. J'avais aussi des sittelles, l'hiver passé. Qui sait si elles reviendront.

Ah, on s'agite. Je vais voir. Mère n'en fait qu'à sa tête. Nature, elle est dans ma chambre, chiffon en main. Je lui ai pourtant demandé de ne pas… C'est plus fort qu'elle. Alors ?

Elle a pris Sa photo. Notre photo. Je suis avec Jean, il me tient par les épaules. Je suis presque jolie. Mère me voit, pose le cadre, sort sans un regard. Je prends la photo à mon tour. Nous étions ensemble alors. Tout semblait possible. Nous étions si jeunes, des gamins. Oui. Il reste une image, ce cliché, et ce goût de cendres. Ne dis pas ça. Il reste l'espoir. Jean n'est pas perdu.

Les raisons de mourir sont aussi et d'abord des raisons de vivre. Sans blague... Tu sais quoi ? Tu me sors tout à fait le sujet de philo bidon, commentez et discutez. Remarque, c'est exact, en climat tempéré. Ici on meurt pour rien, en masse, pour un écart climatique. C'est la vie. Je parle de l'Inde, pas de la Corrèze. Est-ce raisonnable ? Sans doute pas, mais cela nous donne du grain à moudre, à nous autres reporters.

Rien ne change dans le sous-continent, l'ami. Chaque fois que j'y mets les pieds, je retrouve le même foutoir, ce jaillissement vital, cette décomposition ambiante, le sacré en pleine pourriture.

L'aéronef me dépose à Bombay. À peine le pied sur la passerelle, la chaleur vous assaille, le bain de vapeur. Taxi. La ville, la pâte humaine, klaxons, charroi, grouillement. Nous insistons, nous passons. Enfin la plaine sous un ciel plombé.

Nous roulons. Plus de relief, la boue, partout, comme au début du monde. Ah, un monticule. Deux, dix. Des vaches, gonflées, pour une fois. Autant là qu'ailleurs, je fais signe au chauffeur, je descends.

Pas un poil d'air. La puanteur prend à la gorge. Tout autour, la boue, encore et encore. Cette fois, il s'agit d'une inondation, suite à une mousson démentielle mon mari, comme disait Guste, qui déteste en rater une. Je vois d'ici sa grimace, s'il était là, entre la canicule et l'odeur. Dans cette boue, des cadavres. Je suis là pour. Annie aime les sucettes, la presse la cata. Cette blague, elle en vit. Tes morts, on les distingue mal, ils ont la teinte terreuse du décor. La lumière achève de tout écraser. Tant pis, au travail, esclave. Je mitraille. La courroie de la sacoche me scie l'épaule. Les corps traînent là où l'eau les a laissés, dans les champs, les fossés. Un bras se lève. Une face mord le vide à pleines dents. Et ces vaches, encore elles, obscènes, envahissantes dans la mort comme dans la vie.

Plus loin, j'aperçois un village, une poignée de bicoques ceinturée de verdure. Allons voir. Je reprends le taxi. Ton village a de la visite, grand chef, quelques véhicules kaki stationnent sur la place centrale. L'armée, des pingouins en uniforme, allure british, bronzage local et moustaches fournies font de la figuration. On s'y croirait, *good job*.

J'abandonne mon taxi près du poste de police. Qu'il attende. *Yes sir*, il ne demande que ça. C'est parti, un gradé s'approche, me salue. Je suis en zone interdite, *sorry*, il dit. Tiens donc… *Documents, please*. Je tends mon passeport, lesté de roupies. Un coup d'œil. Il me le rend, allégé. *No problem, sir*. Vous êtes reporter ? Vous pouvez y aller.

Allons. D'abord, un chouïa de Baume du Tigre, sur la lèvre supérieure, j'avais oublié. Je reprends mon véhicule, nous sortons du bled. Un peu plus loin, je l'abandonne. Qu'il retourne au village, je le retrouverai. Cette fois, je progresse sur une chaussée surélevée. Rien de nouveau sous le soleil, boue et corps à la dérive. Je prends. Tiens, on ne voit pas de chiens. J'avance encore. Regarde, ce hangar cachait une file de bonshommes, avec brancards. Ils viennent y déposer leur récolte. Ils entassent les cadavres dans une frange d'ombre étroite, en piles, comme autant de bûches. Je m'approche. Pas mal. La quantité y est, pas la qualité, le détail accrocheur, la petite fille par exemple, rêveuse dans son dernier sommeil. Avec un corbeau sur l'épaule, prêt à gober l'œil ? Par exemple. Remarque, un corbeau apprivoisé, ce serait pratique. Tu lui dirais : Vladimir Ilitch, tu vois la gamine, là-bas ? Tu y vas, mais pas touche, hein, avant que papa fasse signe.

Guste, lui, s'est beaucoup servi d'un nounours, dans les débuts, quand nous bossions ensemble. Une fois sur le terrain, il choisissait un petit corps, au milieu du tout-venant. Il te balançait sa mascotte à côté, de quoi vous tirer la larme. À force, on finissait par reconnaître la peluche, il aurait dû en changer. Bourlinguer n'était pas sa tasse de Viandox, il a changé de boulot. À présent, il travaille toujours pour l'agence, mais à la doc. Il a gardé Nounours sur son bureau, ça lui rappelle le bon temps, et je reviens à mes branquignols.

Ces deux-là ? Vendu. Valables, maigres, presque noirs dans leurs loques blanches. Ils arrivent. Je les cadre. En arrière-fond, une touffe de palmiers, un temple, pour les situer. Les types m'aperçoivent. Aussi sec, ils se collent au garde-à-vous, impeccables, et me font le salut militaire. Le brancard valse, son passager avec. J'ai droit à un sourire éblouissant. Repos, vous pouvez fumer, je leur offre une clope. Joli, coco, belle image. Elle peut passer ? Je veux. S'ils n'aiment pas ça, ils n'auront rien d'autre. Si tu le dis...

Je suis arrivé trop tard, pas le choix. Total, la lumière ne vaut pas un clou. Il faudrait dormir sur place pour avoir celle de l'aube, mais où ? Pas grave, en forçant sur les contrastes, je devrais m'en sortir.

## La Sauvagine

Je liquide encore quelques pellicules, une vache res-capée qui broute un sari, des rictus, un visage en paix. Du sacré, l'artiste. La patte de Ganesh vient de s'apesantir. La vie sort de la boue, elle y retourne. Et tiens, admire ce jeune chiot. Il tire sur un chiffon, le foulard d'une vieille dame. Il joue, la tête ballotte. Pas mal. Gentil, le chien. Je lui balance un bonbon. J'en ai plein les poches, pour les gosses. Du temps qu'ils les ramassent, ils te lâchent. Toutou flaire, il n'en veut pas. Normal, il ne connaît pas. J'ai fait le plein, je crois. Il faut tout prendre. Tu te dis, cette image, à quoi bon, rien d'extra. C'est pourtant elle qui cartonnera. Une autre, vraiment bonne, te restera sur les bras. Le client a toujours raison.

Fait chaud, je ruisselle. C'est le métier. On fait avec. Et encore là, le calme. J'ai connu plus musclé. Avec Gus, on s'en est payé, la guerre Iran-Irak, l'Afgha, le Cambodge et le con de Manon. Ah, le rush de l'adrénaline avant la première rafale... Et ce miaulement des balles, quand tout peut basculer, toi avec. Rien ne vaut la roulette russe. Tu t'en fous, tu l'as eue, ta photo. Le reste, en galère.

C'était dans les débuts, on s'y croit. Fabrice au Congo, Tintin à Waterloo. À force, on se lasse. Une petite guerre chasse l'autre, à refaire. Faut s'accrocher. La guerre ne nourrit plus son homme. Le public décroche. On le comprend, il sature. Les conflits, on lui en a servi de toutes les couleurs, à toutes les sauces, au gaz et au napalm, à l'obus et au coupe-coupe. À présent, place à l'humanitaire, braves gens.

Par chance, les emmerdes naturelles à grande échelle font encore recette. Les gens aiment bien, ils se sentent vaguement coupables de croupir en paix, entre bobonne et bureau. On les sollicite. À votre bon cœur, siouplait. Ils raquent. Le fund-raising marche à fond. Les associations-vautour compatissantes se sucrent bon train. Les plus honnêtes gardent 80 %. Souvenez-vous de l'Arc et partez rassurés. Moralité, ne jamais donner, jamais, never, nitchevo, que dale, sauf de la main à la main, quand c'est possible.

Terminé. Chuis en nage. Tu as vu l'heure ? À la soupe, mon gars, on rentre. Tu m'excuseras, je n'ai pas faim, l'odeur m'a gavé. Vanné je suis. Je retrouve mon taxi dans un tea-shop. Je commence par avaler un soda. Tiède. Puis un thé. Taxi-boy joue aux cartes avec les soldats. Le pigeon se fait plumer. Il va se rattraper sur la course. Pas sûr. Avant, j'aurais laissé pisser, l'agence payait. Fini, l'agence, c'est moi, je suis à mon compte.

Je ne pleure pas, mon produit se vend. Je fournis direct. Je ne triche pas sur la qualité, ça se sait. Parfois on me passe commande, parfois je propose. Je fonctionne en flux tendu.

Amicale, la force armée. Un gradé s'approche, me demande :

— *Good job, sir ?*

Je fais signe que oui, pouce levé. *Number one.* Temps de rentrer. Je regarde mon chauffeur, c'est son tour. Un sous-fifre lui réclame ses papiers, c'est reparti. La maison ne fait pas de cadeaux, ils te plument à l'entrée, rebelote à la sortie. Si je veux tracer la route, devinez voir qui va casquer…

Quand il faut, il faut. Pour commencer, j'offre le thé, tournée générale. Ensuite, quelques roupies, en douce, au plus ancien dans le grade le plus élevé. Les galons l'indiquent, ils sont là pour. Et enfin, salut la compagnie, au plaisir. République ou pas, le bakchich est roi.

Tu te souviens, en Égypte ? La huitième plaie, ou la première, au choix. Je ratissais la Vallée des Rois. Temps chaud et sec, réverbération maxi. Deux douzaines de touristes venaient de se faire dessouder près du tombeau de la

reine Havaussoué. J'atterris dans un village. Poussière, déchets, enseignes bariolées, chiens, ânes, et deux gamines. Mains tendues, elles psalmodient :
— Bakchich ral' bol ! Bakchich ral' bol !
Authentique. Finie la parenthèse. *So long*, village. Nous roulons. Le tac tangue. Fait soif. Je sors mon thermos, du thé perso, pas une décoction d'amibes. Tudieu madame, ce climat vous casserait les pattes à un cul-de-jatte. Alors, pourquoi repiquer au truc, camarade ? Pour en baver, c'est si bon quand on arrête. Ici, je transpire, à Paris j'étouffe. De plus, il me manque le sens du social, l'art de jouer les liftiers. Ce sport ne m'intéresse pas. Au panier, les crabes.

Fils, quand tu grimpes à l'échelle, les barreaux, ce sont les autres. Alors, au large, et larguez les amarres. J'ai donc choisi le dernier des métiers, jamais chez soi, sécurité zéro, risques garantis. La preuve, j'ai fini par me bloquer une balle dans la poignée d'amour babord. C'était limite.

La chose s'est produite un jour d'élections, dans une république bananière d'Amérique centrale. D'un bord des latifundiaires soutenus et armés par Tonton Sam. De l'autre, *el pueblo, unido, como no…* Avec Guste, nous venions d'écumer le pays dans tous les sens, en fraternisant avec la guérilla. Sur notre voiture s'affichaient des TV majuscules, partout, y compris sur le toit. Total, le jour du vote, les *compañeros guerilleros* nous ont allumés, pour le bilan. Salauds les copains. À l'approche d'un pont, ils nous ont tirés de face, comme des lapins. Gus a pu virer sur place. Je me suis couché à temps, sinon je me payais un nombril de plus. Faut aimer.

J'ai atterri à l'hosto, avec la fournée du jour. Presse et radio en ont causé, aux infos. J'ai fait des jaloux. Un vétéran d'un grand quotidien est passé me voir, sur mon lit de douleurs. Il m'a lancé :

— Tu as la blessure dont tout le monde rêve !
Texto. Le dernier des métiers ? Le premier, garanti, il
n'y a pas photo. Tu te pointes, n'importe où, sur n'importe
quel continent. Tu annonces :
— Salut ! Je suis *Le Bigarreau*, ou *La semaine de
Suzette*. Envoyez-moi votre boss, fissa !
Il vient, et comment ! À ta botte. Il n'est rien, un
bonzaï parmi d'autres, il le sait. Toi, tu es Dieu. Tu as le
pouvoir de le créer. Grâce à toi, il sortira du néant. Il accé-
dera à l'Être médiatique. Son image fleurira dans les pages
des grands magazines de la planète. Tu le propulseras
parmi les immortels d'un jour. Comment te refuser ? Tu
glisses les plaques dans la lanterne magique de l'actualité.
La gloire ne fonctionne plus au mérite ni à l'ancienneté,
elle dépend de toi, et de toi seul. Elle jaillit sous ton index,
ma puce. Tu la déclenches. Il en a conscience.

Être Dieu, c'est un métier. Tu l'es devenu à la dure.
Tu as fait tes preuves. Roi ne puis, prince ne daigne…
Fabriquer l'événement, pas moyen. Pas question pour toi
de faire sauter un immeuble pour accuser des terroristes, ni
de lancer une petite guerre pour te goinfrer le pétrole d'un
pays, ou pour être réélu. Tu connais tes limites.

Ton pouvoir est ailleurs. Un événement existe dans la
mesure où l'on en parle. Sinon, il disparaît. Tu le sors au
jour, tu lui donnes son importance. Sans toi, il n'est rien.

Je l'ai fait. Il faut du flair et de la patience. J'en ai.
Quand un grand pays d'Afrique noire a vidé ses squaters
noirs avec des gants blindés, j'étais là. Fallait voir. Les
expulseurs étaient aussi noirs que leurs victimes. S'ils
avaient eu le teint pâle, on aurait hurlé au génocide. Là,
tout se passait en famille.

J'ai cartonné. Les collègues ont débarqué après.
Après la sortie de mon reportage. Et quand un empire puis-
sant, pillier de l'équilibre mondial, s'est écroulé suite à

huit jours d'émeute, sous les coups de barbe d'un fana-
tique enturbanné, j'étais sur place. Seul, frontières bou-
clées, aéroports fermés. Le scoop absolu. Je n'attendais pas
les événéments à Paris, au comptoir d'un troquet branché
avec les vedettes des grandes agences. Je venais de passer
six mois sur place, à patienter. Ça devait sauter, tout le
monde le savait, une question de temps. Et j'étais seul.
J'étais resté. Faut aimer les kebabs, mon frère.
Les copains ont parlé de coup de bol. Je veux bien,
la chance existe. Elle se mérite. Elle n'est pas une fatalité.
Tout au plus l'excuse des médiocres.
Après, mon statut a changé. De pion quelconque, je
suis passé Top Gun. Je ne suis pas un Grand, un Capa ou
un Depardon, ne rêvons pas. Je suis un pro. Un bon. À présent, on me fait confiance. Avec moi, ce sera du solide, on
le sait. Ma barque, je la mène à ma guise. Je n'ai plus à
argumenter face à quelqu'un qui n'écoute pas. Ni à par-
tager la poire en deux. Elle est pour moi, les pépins avec.
La règle du jeu.
J'observe quelques principes, éviter les sujets
rebattus, les tartes contournables. Par exemple, le Taj-
Mahal. Je fais toujours le détour pour passer au large de
cette sucrerie. Ou les Matchos-Pitchouns, ces temples
incas perchés sur leur montagne. Cette fois-là, j'ai préféré
filer au Chili, avant la chute d'Allende. Après, ce n'était
plus possible. Salvador, kaputt. *Chile con sangre.*
Bon, coco, ne raconte pas ta vie, on est arrivés. *Gate
of India*, et mamie Victoria sur son trône perchée, avec sa
couronne rikiki. Sympas, les Indiens, ils ne l'ont pas
balancée dans les poubelles de l'Histoire. Je débarque.
Houla, mon tac voit grand. Nous étions d'accord sur
un chiffre, au départ. Il prétend le majorer, avec conviction. N'importe quoi. Remarque, il a raison, qui ne risque
rien… Je divise par quatre, et il s'en sort bien.

26

On rentre ? Rien ne presse. Tu es sur place, profites-en pour torcher un peu d'ambiance. Ce soir, la lumière sera meilleure. À nous l'hôtel, la douche, la clim, du linge clean. Je revis. Ensuite je passe au bar, fraîcheur, lumières tamisées. En avant pour la corvée de cartes postales. C'est débile, j'en conviens, mais ça compte. Les gens s'imaginent qu'ils existent, encore est-il bon de le leur rappeler. Pense aux contingences, aux points de chute, on ne sait jamais. Pour ma part, j'élague, je voyage léger. Surtout, j'évite de m'installer. Simple, tu crois posséder, tes possessions te possèdent. Ton logis devient ton tombeau. J'ai compris, je me fais héberger.

À Paris, vieille Cybul s'y colle. Elle est instit', donc pas là les trois quarts du temps. Elle niche rue Saint-Denis, l'artère putassière, au-dessus d'un ciné porno, entre un sex-shop et un pipe-show. La chair est chiante hélas. Elle est surtout répétitive.

D'autre part, je viens du Midi. J'y retourne, j'ai gardé des liens. À Aix, M. Mauclair, Vieux-Monsieur pour les intimes, peut me loger à l'occasion. Quand l'envie me prend, je file voir l'amie Jeanne, dans nos collines bas-alpines. Là-bas, je respire.

À Paris, je retrouve les collègues, les glandeurs associés, les papas razzis, les mamas, toute la smala. Ils se valent. Leur but, te piquer une idée, te tirer le tapis sous les pieds. Ils rêvent de gloire sans vouloir payer le prix. Un jour mon scoop viendra...

Qui frappe ainsi les flots près du sérail des femmes ? J'étais remonté m'allonger un moment, je venais de m'assoupir. Se pointe une femme de chambre bardée de serviettes. Ne t'excuse pas, soubrette amie, je dégage. Fais comme chez toi. Je retourne au bar. Toujours partant pour une virée, collègue ? Non, trop chaud. Je vais plutôt

27

éplucher la presse locale, on ne sait jamais, il peut me venir une idée. Je prendrai mon aéronef ce soir. Attends, si tu faisais un saut au Cachemire ? Tu auras du mal à passer, avec leur guerre, et qui s'en soucie ? Les temps changent. L'axe du monde était un sabre, il vire au thermomètre. La preuve, cette inondation, en attendant le prochain tremblement de terre, avec chiens renifleurs et miraculés de service.

Agréable, ce bar, ses vieilles boiseries, ses batteries d'alcools et le lent tournoiement des pales d'une armada de ventilos obsolètes. L'endroit fleure le cuir et le tabac froid. Ils ont gardé pieusement le portrait de la Termite-Mère, Good Old Vicky. La salle est vide, hormis la kyrielle de garçons. Ils t'attendaient. Un d'eux va te chercher le *Times of India*. Un autre t'apporte ton whisky. Si j'étais dans un polar convenable, il y aurait une inconnue, au bar, juchée sur un tabouret, forcément belle. Avec le fume-cigarettes ? Pas obligé. Ils datent, et je regrette les casques coloniaux. À part les flics anglais, plus personne n'en trimbale.

La flemme, d'un coup. Normal, après une opération. J'aimais bien, avant, avec Guste, on pouvait causer. Un anxieux, l'ami. Lui s'est bloqué une balle dans le gilet prévu pour. Une sacrée secousse, ça l'a refroidi, d'autant qu'il n'en voulait plus trop, ça se sentait. Il a décroché. Il s'est replié sur l'agence, il me tient au courant des ragots, qui fait quoi contre qui, l'écume de la soupe. Un si petit monde...

Il te parle du Boss, un chef. Ce bachi-bouzouk ne manque ni de poigne, ni d'astuce. Il sent l'actualité comme pas deux, il faut. Il se défend, la preuve, la boîte tient toujours. Ce pingre les lâche avec des élastiques. J'étais dans son bureau, un jour, je revois la scène. Nous discutions de la rentabilité d'un sujet. D'un coup déboule Ditar, un collègue, un colosse, les poings faits. Il éructe. Il cravache, il dit, ses photos, on les voit partout. Et le fric, hein ? Où il est le fric ? Bordel, il est marié, il vient d'avoir un gosse, ça peut pas durer... Va y avoir du vilain, je me dis.

Le Boss, pas ému, ouvre un tiroir, en sort une boîte de Blédine. Avec le sourire, il la tend au forcené :

— Je comprends, tu as raison. Écoute, prends toujours ça.

Écroulé, Ditar, et moi donc ! Des gags pareils ne s'inventent pas. La réalité marche en tête, toujours, je passe ma vie à le remarquer. La fiction joue les Poulidor. Je rêvasse. N'oublie pas ton canard. Ah, c'est vrai... Voyons voir. Du local. Des projets de développement. Des inaugurations de pissotières, des embrouilles de politique locale, rien de saillant. La vache sacrée ne pisse pas loin.

Et toi, le moral ? Tu ne crois pas qu'un jour il te faudra raccrocher ? Pas question. Je mourrai dans mes Timberland, en opération. Ou alors, je m'écraserai un jour, en aéronef et en beauté. Propre et sans douleur. Je rejoindrai le cycle de l'azote.

Moi, Victor-Stéphane-Marie Mauclair, je suis un vieux monsieur, je l'admets, bien volontiers. C'est d'ailleurs mon surnom. J'assume. À nos âges, la soixantaine sonnée, le monde apparaît sous un autre angle. Son relief s'atténue, les urgences s'estompent. Nous n'avons plus grand-chose à prouver. Inutile de se placer dans une perspective d'éternité, l'avenir se voit plutôt de dos. Les projets, les vastes horizons ? Allez-y, j'en viens. Ma foire aux vanités, j'en ai fait le tour. Je n'ai pas cassé de baraques. Tout se vaut, en fin de compte. Un club de boules ou un empire, les enjeux sont les mêmes.

Pour moi, les lauriers sont coupés, ou tout comme. Je joue les prolongations. Il reste quoi ? L'essentiel, mon vieux, l'amitié. Elle seule surnage. Je m'inquiète du sort de quelques amis. Cette préoccupation me rattache à la vie, sinon...

Sinon quoi ? Le suicide, à quoi rime ? Ce n'est qu'un raccourci. La mort n'est pas un projet, c'est une certitude, la seule. La chère vieille chose est un rongeur patient. Tapie dans l'ombre de votre ombre, elle attend, pas pressée. Vous pouvez compter sur elle, la camarade ne déçoit jamais son monde.

D'ordinaire, je démarre de bon matin. Je veux, j'ai la forme. Beaucoup ne peuvent plus en dire autant. Pas mal de noms sont rayés, dans mon carnet d'adresses, et de plus jeunes, et j'en enterre encore. Les gens ont la manie de disparaître, je remarque. Surtout ces derniers temps. Ils ne tiennent pas la distance. Moi ? Impeccable, droit dans mes charentaises, et comment ! Jeanne aussi m'appelle Vieux-Monsieur, la petite garce ! Je ne lui en veux pas, je l'adore, c'est un cœur. Puis cette étiquette vous donne une touche respectable. D'ordinaire, l'adjectif vieux déprécie son objet : Vieux con, vieille peau, vieux schnock, vieille rombière, et j'en passe. J'accepte donc, je l'ai dit, d'autant que je ne parais pas mon âge. Je ne le cache pas non plus. Ni teinture ni rien. Mes cheveux restent blancs. Souriant peu, j'ai peu de rides. Dans l'ensemble, la carcasse tient.

J'évite de m'encroûter. Je vis à Aix, une chance, Aix-en-Provence. À chaque rentrée, cette ancienne cité romaine vous prend un coup de jeune. Les touristes s'envolent avec les hirondelles, les étudiants déboulent. On les trouve partout, dans les rues, les cafés, les mangeoires à bon marché. Ils peuplent les placards pourris que de bonnes âmes daignent leur proposer à des prix fabuleux. Par exemple, six mètres carrés, au sol, c'est-à-dire trois en station debout, vu que vous êtes sous les toits. Toilettes à l'étage du dessous, suivez l'odeur. Douches municipales à volonté, inconfort garanti, et estimez-vous heureux, vous êtes casé. Plus tard vous regretterez cette époque bénie où la sève bouillonnait dans vos veines.

Je n'en suis plus là. J'occupe un vieil appart, à deux coudées du Mirabeau, près de la Place des Tanneurs. D'un côté, il donne sur une rue calme, de l'autre sur une cour, la cour des miracles. Des excroissances y poussent dans tous les sens, en hauteur, en biais, en large. Du Lego, un foutoir de toits et de décrochements, et même, dans un renfoncement, un brin de jardin, avec une treille et des péchers, parole. Une oasis sans soleil où s'accroche une mémé sicilienne et son chien Bimbo. L'animal n'aboie jamais. La mémé glapit non-stop à longueur de jour, d'une voix de crécelle. Stoïque, Bimbo ne dresse plus l'oreille. Il bâille. Encore un vieux couple.

Tout un petit monde peuple cette termitière. En face, un pépé, la bonne pâte, fait sécher des slips considérables sur son balcon. Nous échangeons à l'occasion des signaux d'amitié. Juste à côté de chez moi, à ma gauche, sévit un couple, les pit-bulls. On ne les voit pas, on les entend. Le soir, à peine dix heures sonnées, au moindre bruit, ils éructent, menacent d'appeler la force publique. Des malades.

Plus bas, dans l'immeuble, mes colocataires voisinent gentiment, des bourgeois bien élevés. L'espèce se fait rare. Le reste, du passage, des couples, de l'étudiant, rien de stable. Les bonnes années, l'ambiance reste supportable. Sinon, faut aimer, on en trouve pour tous les goûts, à condition d'apprécier le hard rock et la mélancolie poignante des mélopées maghrébines, et cette espèce d'imprécation vociférée sur un ton monocorde, le... Ça me reviendra.

Quand j'atteins le point de rupture, je lance un appel au calme. Parfois, cela marche. Parfois non, alors j'ai les boules, les boules Quiès, je précise. Je ferme mes écoutilles. Il m'est arrivé de balancer une bouteille vide, un soir de ramdam particulièrement sonore. Elle a percuté le ciment. Le choc a résonné, amplifié par les parois. Une bombe. D'un coup, le poulailler s'est tu. Après, je ne vous dis pas l'affolement, un vrai petit 11 Septembre. Il en faut peu pour affoler son monde.

Autant pour mon côté rat des villes. Le rap... Pardon ? Le nom que tu cherchais, la cantilène boum-boum. Merci.

Vivre en ville comporte ses agréments. Le matin, vous vous levez, entre quatre murs en général. Les pièces à trois murs se font rares. Par les ouvertures, vous pouvez voir la même chose, en face. Des murs. Et en vous penchant à la fenêtre, en levant la tête, si vous êtes chanceux, un lambeau de ciel. Où qu'il se porte, votre regard se cogne à des obstacles. À force, il devrait avoir des bleus. Les échappées viennent de la télé, westerns et docs baveux sur les baleines à bosse ou le diable de Tasmanie. Foutaises.

À la longue, je supporte mal, j'ai besoin d'espace. J'en ai. Je possède une ancienne ferme à Vuynes, dans les Basses-Alpes-de-Haute-Provence (B.A.H.P.), incrustée à flanc de colline.

Le paradis ? Presque. Un bémol quand même. L'ancêtre qui a choisi cet emplacement, voici trois ou quatre siècles, a négligé un détail. La cuisine repose sur le roc. Tu es pierre, et sur cette pierre... Le séjour, lui, flotte sur un lit d'argile. La bâtisse a donc tendance à s'ouvrir par le haut, à l'inverse d'une figue mûre. Il serait bon de la cercler, de revoir l'hectare de tuiles en jachère. À quoi bon ? Le tout durera bien autant que moi.

Puis ça occupe. À l'automne, pour peu qu'il pleuve, j'ai l'eau courante, au grenier. Je dispose des bassines aux points de chute.

Dans la cave, même topo. De loin en loin une mare s'étale, et de son côté, la façade s'effrite. Sclérose en plaques. Je fais confiance à la vigne vierge. Tout se tient, à Vieux-Monsieur, vieille maison, mon bon. Je me garde d'y toucher, elle pourrait le prendre mal et se laisser choir.

D'ailleurs j'y réside peu. Elle sert à dépanner les oiseaux de passage, à l'occasion. La louer ? Il faudrait d'abord la retaper. Le jeu n'en vaut pas la chandelle. Quand j'ai besoin de changer d'air, je vais chez Jeanne.

Autant pour le cadre. La vie ? Si elle avait un sens, cela se saurait, à force. Je n'en vois aucun, ma foi, à part l'amitié. Minute, et si je me levais ? Un café, je n'aurais rien contre. Je me trouve bien, allongé. Rien ne presse. Encore un petit moment, fils. L'amitié, nous disions ? Les amis, j'en ai eu ma part. Au fil des saisons, vous croisez pas mal de gens sympas. La plupart s'évanouissent dans le décor, surtout si vous, vous bougez. Le hasard les amène, il les disperse. Le peu qui reste, j'y tiens.

Nous nous voyons quand nous pouvons. En cas de besoin, je les aide. Sinon, je les écoute, c'est important. Une oreille vaut une paire de bras. J'ai affaire à des femmes, surtout, elles sont plus humaines, plus concrètes. Les hommes restent coincés, dans l'ensemble. Ils ont leur rôle à tenir. Ils bouffonnent, leur situation l'exige et cela ne leur déplaît pas. Les hommes sont de grands enfants.

Mes amies ont pas mal vécu. Elles ont encaissé leur content de maris, de gosses et d'emmerdes variées, traversé quelques guerres, des mortes saisons... Leur compteur a bouclé la boucle plusieurs fois. Elles tiennent. La vie continue.

Je tiens à elles. Il y a Justine, et Suzanne, et d'autres. Il y a surtout Jeanne, ma chère Jeanne, ma préférée, le nez dans son... Je cherche le mot propre : impasse, blocage... Jeanne la recluse, la séquestrée volontaire. Et il y a Jean, le fils que je n'ai pas eu.

Sinon, la vie, mon brave, c'était comment ? Totalement ratée, je reconnais, un jeu de massacre. J'étais la quille, les boules ne m'ont pas raté, je l'ai cherché. J'ai valdingué. J'ai tout fait pour réussir à ne pas réussir. J'envoyais tout valser, ricochant à plaisir d'un job merdique à un autre, pire. Je ne me suis pas ennuyé. Que voulez-vous, je trouvais obscène de marner pour des gens largement plus nantis que moi. Surtout, je m'en contrefichais. Travailler, passe encore, mais la promiscuité, l'obligation de rester cloué à poste fixe, je ne supportais pas. Et encore moins rendre des comptes. À quelle heure ? J'ai bourlingué, la cloche finie. Une carrière, l'avancement, les échelons, se retrouver sur des rails, l'horreur ! Autant se flinguer tout de suite. J'ai donc roulé ma bosse. J'avais des satisfactions. Un exemple : cette fois-là, je me trouvais à Marignane, agent d'escale dans une compagnie aérienne aujourd'hui disparue. Accueil des passagers au départ et à l'arrivée des zincs. Formalités PDS : Police, Douane, Santé. Enregistrement des bagages, tout ça. Ce jour-là, j'étais de permanence. Je consulte le planning : pas d'aéronef en vue. Je prends un bouquin, je vais m'isoler dans l'herbe, près de l'étang, heureux. Je m'endors un couple d'heures.

Une fois réveillé, je rejoins mon créneau, l'âme en paix. En mon absence, un avion dérouté s'était posé. J'étais censé m'en charger. Un collègue l'avait fait à ma place. Ensuite, il avait mouchardé.

Le chef d'escale me convoque donc dans son bureau. Un chef, en effet, la stature d'Aznavour et le charme de Goebbels sous une casquette d'amiral soviétique. L'homoncule traîne la patte et en veut à l'humanité valide. Je précise, je suis saisonnier, engagé pour l'été, avec possibilité d'intégration si je fais mes preuves. La carotte et le bâton, petit patapon. Me voici face au grand homme. Il me signale mon forfait. Je reconnais les faits. Il lâche :

— Et naturellement, monsieur Mauclair, vous souhaitez rester à Aéro-Bic ? (mettons).

Il jouit, je le vois se dilater. L'orgasme est proche. C'est le moment de m'aplatir, de gémir : Pardon, papa, le ferai plus, promis... Serai sage... Pitié !

Je réponds non. Il se fige. Sa pomme d'Adam tressaille. Son regard vacille. Il se reprend :

— Ah bon...

Il bredouille une formule comme quoi c'est parfait. L'ordre règne dans Varsovie, je peux dégager. J'obtempère. Je lui laisse tout loisir pour brouter sa vaste casquette. Des exploits de ce genre vous maintiennent à votre point de départ. J'ai déjanté pas mal de fois, mon côté cigale, et les années ont défilé. Une manie, chez elles. Entre-temps, le monde changeait, la conjoncture aussi. Plus question de valser d'un turbin à l'autre comme le joyeux gibbon dans sa forêt primaire. Fini les vaches grasses, le plein emploi passait à la trappe. J'ai abordé les rivages glauques de la récession sans le moindre biscuit. La dèche. Que faire ? Le Loto ? Je ne joue pas. Me prostituer ? Je n'avais ni la vocation ni le physique.

Le miracle s'est produit, bête comme chou, l'héritage d'un mien tonton, comme dans un mauvais téléfilm (pléonasme). Il me tombe dessus au bon moment, sans me surprendre. Toute ma vie, l'argent, je m'en suis moqué. En cas de besoin, il arrive à point, d'un bord ou de l'autre, parole. Alors à quoi bon paniquer ?

Le gag se répète, en plus grand. Je reçois la lettre d'un notaire, maître Mazet, provenance Digne. Un notaire ? Diable ! Ce mercenaire de l'emprunt Pinay me fixe rendez-vous pour affaire me concernant. Je m'y rends, le jour dit.

Le maître me reçoit dans son bureau. Jeune, prospère, style super-occupé. La coquille vaut l'huître. Impeccable, son sanctuaire, reliures pur cuir dans des vitrines, ordinateur, batterie de téléphones, le tout nickel. Ajoutez une flottille de secrétaires de choc et servez chaud. Pas mal le décor, voyons la pièce.

Maître Mazet me met au courant. Un certain Hippo-
lyte Jamois vient de faire de votre serviteur son légataire
universel. Hippo, késako ? Il s'agirait d'un demi-frère de
ma pauvre mère. Première nouvelle. Va pour. J'opine. Je
dis :

— Ma foi, je n'y pensais plus.

— Eh bien, il ne vous a pas oublié.

Mon notaire compulse quelques feuillets, s'éclaircit la
gorge :

— J'ai là son testament. Si vous le voulez bien, nous
allons en prendre connaissance.

Prenons. Il lit. J'enregistre. Tonton se souvient de son
neveu. N'ayant pas d'autre héritier sous le coude, il lui
laisse l'ensemble de ses biens, meubles et immeubles. Je
marmonne :

— Et le papier de son caramel.

Maître Mazet n'a pas bien saisi :

— Pardon ?

— Non, rien. Poursuivez, je vous en prie.

— ... et immeubles, à savoir une propriété sise à
Vuynes, 04, et un portefeuille d'actions et obligations d'un
montant...

Rondelet, le montant. Il y va fort, Hippo, quand il s'y
met. Le maître me félicite :

— Je vous remettrai sous peu vos titres de propriété,
j'ai encore quelques vérifications à effectuer. Quant à votre
portefeuille, que souhaitez-vous ? Mon étude peut s'en
charger, si vous le désirez.

À sa guise.

— Maître, je vous fais confiance. Agissez pour le
mieux.

— Nous allons nous en occuper. Je peux d'ores et
déjà vous garantir un revenu mensuel confortable. Si vous

souhaitez disposer d'une somme importante, faites-le-moi
savoir à l'avance, pour que nous puissions...
    Scions, scions, scions du bois... Il parle comme un
catalogue IKÉA. J'approuve des deux mains. Tout ce qu'il
voudra.
    — Désirez-vous une avance ?
    Comment donc ! Je calcule. À quatre chiffres ? Au
diable l'avarice. À cinq. Vendu. Facile, un coup d'interphone, une secrétaire va chercher le chèque. Je signe un
reçu. Lou Mazet me préviendra pour la suite. Bon, ben,
merci pour tout. Je me retrouve devant l'étude, lesté d'une
somme confortable. Le monde a changé de face.
    Tu me chantes quel air ? Le rond-point est encore en
place, avec sa colonne sommée d'un astrolabe kitsch.
À deux pas se dresse toujours ce mur rocheux, dernier
contrefort du Cousson, qui permet à Digne de végéter dans
l'ombre et l'humidité. Digne-les-Bains, station thermale,
fonctionne dans le style du sabre de M. Prudhomme. Les
rhumatismes, elle les soigne. Au besoin, elle les pro-
voque. Ne noyons pas le poisson, pauvre bête. Quoi de
changé ? Mais tout, je maintiens. Tu vois cette Mercedes,
juste devant, sans doute celle de compère Mazet. Si je
veux, j'achète sa cousine. Quand je veux.
    Quel intérêt ? Alors, autre chose. Demain, si ça me
chante, je file au Zimbabwe ou au Birobidjan. Sauf qu'il
faudrait me payer pour y aller. J'ai jeté l'ancre à Aix, je
m'y plais. À quoi bon bouger ? Pour trouver quoi ? De la
carte postale grandeur nature truffée de touristes. Pas question. J'ai vu un reportage sur les malheurs des gagnants du
Loto. Vite vu, ils achètent la méga-cylindrée, la baraque
avec piscine obligée, un collier de chien en diamants pour
Julie. Point. Et ils restent en rade. Le bonheur ne s'achète
pas.

## La Sauvagine

Le bonheur, c'est pouvoir flâner, regarder vivre son monde, à Aix, puis dégager quand cela me chante et filer voir Jeanne. Drôle de fille. Douée, vive, sensible, les portes de l'avenir ne demandaient qu'à tourner sur leurs gonds pour elle, c'est dire. Les portes de l'avenir ? Pourquoi pas le string coulissant du destin ? Monsieur ne se refuse rien. Peu importe la métaphore, l'avenir reste un siège éjectable. Oublie-le. Pour quelqu'un comme elle, tout semblait possible, au départ. En théorie. En pratique, quand vous voyez le jour dans un arrière-fond de vallée, fille d'une fille-mère de mère en fille, vous y restez. De plus, si votre génitrice tient à vous garder sous sa coupe, vous rognez vos ailes. Et si pour finir vous tombez amoureuse d'un feu follet, n'en jetez plus, le compte y est.

Chère Jeanne... La vie a choisi pour elle. Mais bon sang, on se révolte, on envoie valser, on tue au besoin. Facile à dire. Dans les feuilletons, pourquoi pas ? En vrai, on s'écrase. Le futur est mort-né. Les jeux sont faits. Ils l'étaient de toujours.

Je me lève ? Encore deux minutes, tu l'auras ton café. Revenons à Jeanne. À la campagne, donc, nous sommes voisins. Elle demeure en aval, dans la vallée, sur le territoire de Tarasse, la commune voisine. Pour se rendre chez elle, après avoir quitté Vuynes, on prend un peu plus loin un chemin vicinal. Une fois passée la ferme des Bertrand et ses chiens rouscailleurs, le goudron s'arrête. On emprunte alors un chemin rugueux, raviné, garni de galets. Quatre kilomètres qui paraissent le triple, au milieu des chênes, des fayards et des pins parasites. On aperçoit la bergerie de Jeanne au dernier moment, au dernier virage, un bâtiment trapu posé comme un poing fermé à flanc de colline. L'endroit à l'écart, un coin à sangliers. Les glands abondent, et les champignons, quand l'automne se fait pluvieux.

Jeanne est établie là, en compagnie de madame Mère. Une jardinière de choc, la mamma, toujours fourrée dans ses plantations, binette en mains. Elle a du mérite, vu l'état du sol, beaucoup de cailloux, peu de terre, et quelle ! Vous avez intérêt à coller du terreau avant de vous lancer. Un détail, la dame parle le moins possible, toujours ça de gagné. Le silence des proches est un bienfait des dieux.

Quand j'y vais, je me défonce. J'ai entrepris tout un programme de restanques, ces terrasses étroites soutenues par des murets, nécessaires sur les sols en pente raide. Je les bâtis. Je les étage sous la façade, plein sud, à l'abri du mistral. Il en faut autant comme autant, madame mère plante d'abondance. Forsythias, bouleaux, géraniums, althéas, tout lui va, tout fait ventre, et même un pied de vigne et une glycine. Ces deux derniers viennent de ma terrasse, à Aix, où ils donnaient des grappes convenables. Là-bas pas mèche. Ils décorent. Leur feuillage adoucit la façade.

La bergerie repose sur une butte. Tout autour, j'ai disposé un fil électrique alimenté par batterie, sinon les chevreuils auraient tôt fait de tout zapper. On en aperçoit, tôt le matin, tard le soir, dans le pré en contrebas. Dieu qu'ils sont gracieux ! Je les observe, aux jumelles. Ils se déplacent lentement. Ils broutent, deux bouchées, trois, puis dressent la tête, inquiets. Rien à signaler, ils continuent. À la première alerte, ils disparaissent, en trois bonds.

Les sangliers se montrent moins, ils préfèrent le sous-bois. Quand ils se manifestent, on s'en aperçoit. Ils vous retournent un champ de lavandin en quelques coups de groin, à la recherche des larves. Ils défoncent les prés, saccagent les maïs. La discrétion ne les étouffe pas.

L'hiver, les chasseurs du village organisent des battues. Le paysage devient zone interdite. Leurs chiens donnent de la voix, les fusils aussi. Parfois, des plombs retombent en pluie sur le toit de Jeanne. À part ça, collègue, le train-train ? Je n'ai pas le temps de me tartir, les journées sont trop courtes, parole. Le soir, je lis, des bios de préférence, de l'Histoire. Les romans me tombent des mains, sauf exception, Lodge par exemple, ou Japrisot. Toujours les mêmes balançoires, en gros. Un manque total de nécessité. On sent trop que nos auteurs pondent sans y croire, comme autant de volailles en batterie. Aucun style, vous ne reconnaissez aucune voix. Des produits interchangeables, n'importe qui peut signer n'importe lequel, aucune différence. Pas grave, personne ne t'oblige à en lire. Encore une chance.

Au bout d'un moment, je laisse tomber, je rêve. Le flux des souvenirs, la douceur douce-amère des regrets : « ... les défuntes années en robes surannées ». La vie se ramène à si peu de choses. Elle passe comme passent les nuages. Tout revient à rien. Tout revient au même, en attendant le terminus. Je reviens à ma poignée d'amies, mon dernier refuge.

Nous nous aimons bien. Elles sont tellement moins connes que les bonshommes. Nous nous voyons quand nous nous voyons, rien de programmé, au hasard d'un anniversaire ou d'un coup de blues, et je me souviens d'une histoire. Une fois, donc...

Plus tard, papounet, pitié ! Cesse de jouer les *Confidences*. Au fait, ce torchon existe encore ? Il fleurissait en bonne place à l'étalage des kiosques, il fut un temps, avec un couple de rêve dessiné sur la couverture. Un couple fade à gerber. Le toubib et l'infirmière, le patron et la secrétaire, le nabab et la prolétaire. L'opium de la minette. D'autres dessins colonisaient les trottoirs, à l'époque. Des artistes vous torchaient Vierges et Annonciations, à la craie, en série. Naïfs leurs cœurs et noires leurs mains. Ils bloquaient le passage, glanaient quelques pièces et s'imbibaient de gaz d'échappement. Dans la foulée, des semelles profanes effaçaient leurs œuvres sacrées. Ainsi va toute chair.

Splendide, l'automne, cette année, avec ce temps clair. De peu, vu la chaleur, nous en avions deux, comme l'an passé. Début septembre, les arbres tiraient la langue, tout jaunissait. Les pluies se sont abattues d'un coup, le paysage a reverdi, avant de se colorer pour de bon, à l'approche des premiers froids.

Voilà, je me lève. Un brin de toilette. La glace du lavabo ne me flatte pas. Je déjeune, et hop, direction la bergerie. Mes respects à madame Mère, une bise à Jeanne, et je m'active. Je traque des pierres potables pour mon grand-œuvre. Tiens, la camarade part faire ses courses, j'entends Manon s'éloigner. La dame douairière, sécateur en main, taille des arbustes. Je m'arrête un moment, je regarde. J'en prends plein la vue. Le rideau de forêt, alentour, ruisselle de couleurs. Très haut, trois rapaces en triangle font du vol stationnaire. Un d'eux plonge, les autres basculent à sa poursuite. Ils jouent, plein ciel. Le bonheur, donc, et je me demande ce que devient Jean.

Je ne suis pas le seul. Jeanne l'attend. Elle l'a attendu toute sa vie. Il passe entre deux virées, histoire de se refaire une santé. Elle attend, patiente comme une pierre.

Pourquoi ne se sont-ils pas... Toi et tes questions ! L'eau et l'huile, tu connais ? La vie serait trop facile si c'était simple. Ou le contraire.

Tes rapaces ont disparu. On s'y remet ? Il faut. Avant, j'étais fauché. Je disposais de tout mon temps et je me démenais comme un babouin sur une plaque chauffante. À présent aussi j'ai le temps, mais l'urgence manque pour me pousser au train. Saleté d'argent ! Avant, je m'en lavais les mains, et comment ! Je n'en avais ni l'habitude, ni l'usage. Rien ne me tentait, les vitrines restaient un pur décor. Je vivais en roue libre.

J'ai pas mal trafiqué, parole. J'aurais pu être pilote, para ou pêcheur de langoustes. J'ai tâté de tout un peu sans m'attacher. Je ne suis pas une casserole. J'ai surfé à la surface des choses. Choisir une issue, c'était se barrer les autres, à quoi bon se fixer ? Le vent préfère les feuilles mortes.

Tu lui donneras le bonjour, et en attendant, attrape-moi ce pavé. N'empêche, cette bergerie ferait un fortin convenable, le point d'appui pour bloquer les infiltrations. Et aussi le coin rêvé pour en prendre plein la gueule, comme à Dien-Bien-Phu. La guerre me manque. Nous en avons eu notre bonne part, de chouettes guerres coloniales, encore artisanales, avec jungle et caillasse à volonté, du Tonkin aux Aurès.

La guerre, d'accord. L'ennui, c'était l'armée, sa carcasse bureaucratique et son commandement inepte. D'avance, elle vous sapait le moral. Vous voulez de l'épopée ? Comment donc ! De corvée de chiottes en attendant. Rompez. J'ai tiré mes trente mois, à l'époque, comme tout le monde.

Connerie ! Parlons-en quand même. C'est que j'en voulais. Je m'engage donc comme élève-pilote dans l'Aéronavale, l'aviation embarquée, les ailes et l'ancre. À l'époque, l'Indo s'éternisait. Je rejoins la base-école, sur le bassin d'Arcachon. Accueil chaleureux, avec fouille des valises à l'aubette pour rafler alcool et couteaux. Ensuite douche froide, en janvier, et boule à zéro. On endosse la tenue. Séance photo, avec la planchette portant le numéro matricule sur le thorax. Et enfin, la grande vie, les corvées, les camions de terre à décharger. En prime, la double, un quart de gros rouge. Les défilés au pas cadencé autour des bâtiments :

— Hon Dé ! Hon Dé !... On chante, siouplait ! On chante.

Nous beuglons en chœur :

« Oui nous sommes les joyeux corsaires. Les rois redoutés de la mer. »

Fameux corsaires en boîte ! La chambrée, entassés, nos hamacs crochés d'un bout aux caissons, de l'autre à une barre qui traverse toute la pièce. Quand un gazier se branle, nous sommes trente à en profiter, et allez donc. Rien ne se perd. Séances de tir, avec des fusils russes, estampillés de la faucille et du marteau, un souvenir laissé par la Kriegsmarine. Séances de canot, prononcez canotte, dans de lourdes barcasses. À souquer, les gars. Mieux que ça !

Et le sac, avec uniforme et linge de corps, plié au carré, marqué au pochoir. Le matricule, de Dieu ! Ce linge propre, pas question de l'utiliser, faut le garder impec pour pouvoir le présenter à l'inspection.

Un sommet ! On étale le contenu du sac devant son caisson, chaque pièce chevauchant l'autre, matricule en évidence. 4532 T 54. T pour Toulon, 54 pour l'année. On se tient au garde-à-vous, à côté.

Le gradé passe, un sous-bite canonnier. Trente ans de cuites recuites. Il ne sera jamais officier, il ne sait que ça. Vous, il y a des chances. Il le sait. Il vous hait, d'instinct. Et hop, coup de pied, le linge valse :

— Ça va pas, bordel ! Pilote bachelier engagé de mes couilles !

Pas mal, tout est dit, et au suivant.

Ensuite, destination le Maroc. Autre base-école, cette fois pour l'entraînement au vol. Flambant neuve. Ah, le Maroc, quel beau protectorat ! Une réussite. Les Marocains viennent fouiller nos poubelles, pour les restes. Copieux, les restes. C'est généreux la France. Nous commençons les cours sur Stampe, de vieux biplans d'acrobatie, Snoopy et le Baron Rouge. Roulage au sol et enfin décollage. Le Stampe offre deux sièges en baquet, l'un derrière l'autre. Chaque place dispose de ses commandes. Devant, le moniteur, derrière, l'élève. Pas de cockpit. Communication par tuyau acoustique.

J'ai droit à un second-maître. Une fois en l'air, il me demande de maintenir le zinc en vol horizontal, à 600 pieds. Bien compris. J'exécute, pieds 600. Et bordée d'insultes, je suis une crasse de meule, formule pouvant se renverser. Je ne tiens pas la bonne altitude, c'est pourtant pas compliqué ! Coup d'œil à l'altimètre, toujours 600 pieds. Et toujours les insultes. Pour cause, nos altimètres ne sont pas synchros. Le second-maître en déduit que je suis l'idiot du village, irrécupérable. Il me débarque. Fin d'une carrière.

Éjecté, je me retrouve au VI<sup>e</sup> Dépôt des Équipages de la Flotte, à Toulon. 8 mai 54. J'arrive pile pour participer au défilé de la Victoire, boulevard de Strasbourg. Nous marchons au pas presque correctement. La foule ne nous couvre pas de fleurs. Dien-Bien-Phu vient de tomber. Pas drôle pour un port de guerre. Le conflit terminé, bonjour le chômage. La paix, gross malheur ! Pleurez doux alcyons, et vous oiseaux sacrés... Marasme en vue.

Un Front républicain de gauche accède au pouvoir, un peu plus tard. Fini les aventures coloniales, promis juré. Adieu la vie, adieu les promotions, bonjour le dégagement des cadres. Par bonheur, à Alger, l'ogre socialiste capitule devant trois tomates, c'est reparti pour un tour, et je me retrouve sur le porte-avions *Arromanches*, retour d'Indo.

La belle vie. Nous faisons des ronds dans l'eau entre Tarente, Naples et Bizerte. Nos flottilles s'entraînent, Hellcats, Helldivers, de lourds chasseurs-bombardiers bleu nuit, moteurs en étoile, reliquats de la guerre du Pacifique. Appontages de jour. La crosse croche dans le brin d'arrêt. Si elle rebondit, c'est le crash dans les barrières, l'hélice en huit. De nuit, le spectacle impressionne, avec les flammes de l'échappement.

Au fait, l'Algérie ? Ah, c'est vrai, c'est la pacification. Je mouille un matin au large d'Arzew. Enfin, pas moi, l'*Arromanches*. Rien de spécial, une côte pelée, du soleil. Arzew, le repaire des sakos, les fusiliers marins, à côté d'Oran.

La vie à bord ? Un univers en tôle. Pas de bois, l'acier, la rouille, la peinture. Les seules fibres, nos hamacs. Cet univers est découpé en tranches par les cloisons étanches, des orifices à bords saillants, permettant de passer d'un compartiment à l'autre, tous les dix pas. De lourdes portes peuvent les obturer. C'est calibré juste. Ou vous vous courbez en deux, ou vous vous ouvrez le front. Vous vivez dos voûté, dans une lumière artificielle. Ah, la marine, le grand large...

Ensuite ? Tout dépend. Côté officiers, la croisière grand luxe, normal. Côté matafs, c'est plus rustique. Par exemple, les chiottes, tout à l'avant, un régal. Vous dévalez une échelle raide, vous y êtes, des rangées de trous, avec des barres pour vous accrocher. À votre bon cœur, ni cloisons, ni PQ. À quai, c'est stable. En mer, avec le roulis, une vague de... enfin, une vaguelette navigue de babord sur tribord, et retour, d'où l'intérêt des barres. Vous pouvez lever les pieds au passage.

J'attends donc la nuit. J'opère dans les baignoires des pom-poms, les canons anti-aériens, sous les étoiles, dans la mer.

Les repas ? Vous prenez votre gamelle. À heures fixes, la cambuse distribue la pitance à la louche. Vous mangez où vous pouvez. Bon ap'.

Sauf les gradés. Nos seconds-maîtres disposent d'un carré à eux réservé, avec chaises et tables. Notez bien : les tables. D'où leur surnom de bœufs. Les occupations ? Simplissime. La marine en bois a vécu. À présent, la Royale est en tôle. Donc, chaque matin, un carré de toile émeri sous la semelle, vous enlevez la rouille dans les coursives. Ensuite, vous la piquez, au marteau et au burin, sur les surfaces verticales, à l'extérieur. Enfin, vous repeignez, et à refaire. Le mouvement perpétuel, en quelque sorte. Des facéties pimentent l'ordinaire. Un vieux crabe-chef canonnier s'appelait Lanusse. À longueur de journée, un appel retentissait : « Maître Lanusse au local accus. » La gloire…

« Et ô mon cœur, entends le chant des matelots… »

J'entends encore la pulsation des machines. J'avoue, j'ai aimé. Je sais, faut pas, l'armée, c'est vilain. C'était au temps du service militaire et de l'anti-militarisme induit et obligatoire. Je n'ai jamais été aussi heureux que sur ce bon vieux porte-aéronefs. Très tôt, j'ai pu récupérer un bureau Flottilles, utilisé seulement à quai. J'ai branché mon hamac à des tuyauteries. Pour la première fois, je disposais d'une chambre à moi. Je n'ai jamais été aussi libre. Ma compagnie me croit au secrétariat, où je joue les utilités, vu que j'ai le bac, chose rare à l'époque. Ils m'ont vidé sur Stampe, ils me lâchent sur Japy.

Le secrétariat me croit à la compagnie. Enfin seul. Je vis en autarcie. Je me nourris de biscuits carrés, sous cellophane. Le jour, je me planque, je lis. Je sors la nuit. Le pont d'envol plonge et se relève lentement. Les silhouettes des avions, ailes repliées, se détachent sur le ciel, ce ciel lumineux, vide comme mon avenir. Personne ne m'attend. Je n'attends rien. Sous moi, ce sillage blanc que je domine, debout près du bord. Très près. Trop. Il suffirait d'un rien. Et puis fini la Royale, je rejoins le présent. Coco, faut pas t'absenter comme ça. Combien de temps, déjà ? Quarante ans ? Quelque chose dans ces eaux. Je n'ai rien vu passer. Je m'y remets. Chinois, encore un effort. Je reprends mes pierres. Nous tiendrons.

Carrefour, vous parlez d'un nom ! L'endroit ne l'a pas volé. On s'y croise, on s'y perd presque, on s'y attarde, on n'y reste pas, et je remplis mon chariot. Je suis ma liste, travée par travée, pain, pain d'épices, biscottes, confitures. Le pain d'épices, Édouard adore, il apprécie le sucré. Ah, et il me faut encore des graines pour mes oiseaux, du tournesol. Cette année, j'ai toujours mes mésanges, et aussi de nouveaux amateurs, des gros becs, taille moyenne, entre la mésange et le merle, ventre beige, dos marron. Je les ai d'abord pris pour des geais, à cause de leurs ailes bleutées. Rien à voir. Avec leur bec conique, on dirait de petits perroquets.

Un d'eux m'a tué. J'avais semé du tournesol sur l'appui de la fenêtre, celle de ma chambre. Il a passé des heures à donner de grands coups de bec à son reflet. Il frappe. Trois bonds en arrière. Il revient. Il frappe. Trois bonds en arrière, et à suivre. Il s'est obstiné huit jours avant de se résigner. J'ai aussi des pinsons du nord, des tarins des aulnes et des chardonnerets, très colorés, à tête blanche, noire et rouge.

Bon, mes courses... Je coche au fur et à mesure. De la lessive ? Il t'en reste. Par contre, il te faut du poivre, de la sauce Tabasco. Quoi d'autre ? De la mâche, puis des bananes, des golden, pour faire une tarte. C'est fou.

49

La confiture, pas la peine. La mère Bertrand, Berthe de son prénom, notre voisine, en fabrique. Elle la fait bonne. Sa ferme se trouve un peu avant l'embouchure de notre chemin. Elle propose aussi des légumes, des pommes de terre. Un chef, Berthe.

Je prends du whisky, du 12 ans d'âge pour Jean. Il doit passer. J'ai eu droit à une carte postale de Bombay, la porte de l'Inde, un arc de triomphe mastoc. Au verso, j'ai lu : « Yale s'en chargera. » C'est tout lui.

Ses cartes, j'en garde une pleine boîte, venues de tous ces pays que je ne verrai jamais. Je n'y tiens pas. Je n'ai rien à y faire. Voyons… Allumettes, papier à lettres. Quoi d'autre ? C'est inouï tout ce qu'il faut, Mère n'en revient pas. Avant, elle dit, à part les allumettes et le sel, on se débrouillait seuls. Les journaux avaient un double usage. Et à suivre, le moulin à café qu'on calait entre ses genoux, le tub pour se laver. Ce tub, on le retrouve au premier plan dans un Bonnard. Les jeunes doivent se demander de quoi il s'agit. L'inventaire maternel, je connais par cœur, à force.

Le compte y est. Plus que le compte, même. Je pioche dans le superflu, comme tout le monde. Avec leurs euros, tout paraît six fois moins cher, on se fait avoir. C'est agréable de dépenser, je me sens plus légère. Un plaisir gratuit, j'allais dire. Enfin, pas tout à fait.

Ah, j'oubliais, des bières pour Vieux-Monsieur, et du Perrier, en petites bouteilles, pour le whisky. Vieux-Monsieur ne crache pas dessus. Mère le gâte. Ils sont plus ou moins de la même génération. Tu l'imagines en beau-père ? À une époque, c'était jouable, Mère avait des restes intéressants. Mais un homme à demeure, j'ai du mal à imaginer. Proche, oui. Intime non.

Direction la caisse. Nature, on queute. Ce que les gens sont moches, à se demander s'ils le font exprès. C'est la fin des vacances, les derniers Bidochon se laissent aller. Les femmes se tiennent, leur coquetterie limite les dégâts. Mais les types ! En terme de grossesse, pas mal approchent du terme, jeunes compris. Jeunes surtout, à force de junk food et de jeux vidéos. J'encaisse mal ce manque de dignité. Le RMI aussi ? Sans doute. Ne me fais pas un dessin, j'ai compris. Tu entends ces hurlements ? Un gosse. On l'égorge ? Hélas non. Le petit chéri mugit dans le secteur des bonbons. Il tire dans un sens, sa mère dans l'autre. Il trépigne, pique sa crise. L'autre dinde le supporte. Je la pilerais. Une bonne tape sur le derrière du mioche, ce serait réglé. Il chialerait pour quelque chose.

Je passe, je paie, je sors. Je vide mon chariot dans le coffre de Manon, ma 4L. Il me faudrait un 4 × 4, pour le chemin. L'hiver, avec la glace, on ne passe plus, c'est la galère, je dois me débrouiller à pied. On ne sait jamais combien de temps ça va durer. Le 4 × 4 attendra, nous n'en avons pas les moyens.

Fin de la corvée. Je range le chariot, je récupère mon euro. Allez roule. Dans le coin, Manon n'a pas la cote. Pas assez smart. Son apparence hérisse les populations. Leurs trotinettes, nos ruraux y tiennent, et pas qu'un peu. Il s'agit de leur carte de visite. C'est à qui aura le dernier modèle pour enfoncer le voisin. Avec Berthe, ça ne rate jamais. Dès qu'elle l'aperçoit, c'est parti :

— Mon Dieu, cette voiture, c'est pas possible ! Quand c'est que vous l'envoyez à la casse, votre épave ? Vous avez pas honte ? Vous attendez quoi pour la changer ?

Je réponds que je n'ai pas honte. Je n'ai surtout pas de quoi. Elle proteste :

— Et le crédit ? C'est pas fait pour les chiens !

— Dès que j'ai gagné au Loto, promis.

— Alors on n'a pas fini de la voir !

— Elle vous gêne tant que ça ?

— Je pense bien, elle marque trop mal ! J'élèverais pas des cochons dedans, risque pas.

— Je ne vous en demande pas tant.

Remarque, ce serait mignon, une portée de porcelets. Nous n'avons pas de bestioles, Mère ne supporte pas. Pas question d'être esclaves, elle dit. Puis les bêtes meurent avant vous, ça vous donne du chagrin inutile. Un peu avant Mallemoisson, le trafic bouchonne. On démolit le vieux pont qui enjambe la route, feu rouge et voie unique. J'attends. Je regarde la jauge, l'aiguille est au plus bas. Zut, j'ai oublié de faire le plein à Carrefour, tant que j'y étais. Ça ira, Manon n'est pas gourmande. Au fond, nous nous ressemblons, nous avons pas mal roulé sur place. Je ne suis pas plus avancée. Je suis passée à côté de ma vie. Mes yeux s'embuent, ma vue se trouble. Nous repartons. Je tourne à droite, vers Mirabeau. Je me gare un moment, un peu plus loin, sous des chênes. Énormes, ces arbres. Ils ont servi de décor dans *Le Hussard sur le toit*. Tant pis pour eux.

Dieu que je me sens mal… De loin en loin, cela me prend, un coup de grisou venu des profondeurs. Je craque. Il vaut mieux, sinon j'aurais l'ulcère depuis beau temps, ou un cancer quelconque. J'étouffe. J'ouvre la portière, je descends, je fais quelques pas.

Je cache mon jeu, personne ne s'en doute, à voir mon air coriace. Nous savons nous tenir, et de quoi me plaindrais-je ? Je suis chez moi, majeure, j'ai la santé. Oui, et je suis bien avancée.

Je me sens mal. Jean n'y est pour rien, tout est de ma faute. J'empoigne mon sac, je sors un miroir, je me regarde. J'évite le maquillage, à quoi bon… Mon visage est nu, plat comme la lune. Plat comme ma vie. Laide ? Même pas. Je préférerais. C'est pire, je suis quelconque. Si j'étais moche, au moins, j'aurais l'air de quelque chose. Je n'ai jamais été jeune, jamais. Je dois avoir des gènes de vieille fille, la pouliche montée en graine qui vit avec sa maman. Déjà, Mère, c'est son style. Elle me montre l'exemple, je prends l'ornière. Elle est dure, Marthe, dure comme un silex, bloquée comme un éboulement, et sourde en prime, quand ça l'arrange. Nous nous cramponnons à notre butte comme deux taupes, enkystées. Les années défilent. Nous ne bronchons pas. Elle n'attend plus rien. Moi, si. Jean.

Et si tu changeais de refrain ? Comme si je pouvais. Demande-moi de ne plus respirer, tant qu'à faire. Jean, mon Jean... Il est tout ce que je ne suis pas. Beau ? Si on veut. En groupe, on ne le remarque pas. Il n'a rien de spécial, il se fond dans la masse. C'est sa force, dans son métier. Il passe inaperçu, qui s'en méfierait ? Il a l'air d'un gamin inoffensif. En action, il est redoutable, il ne lâche jamais sa proie. Son copain Guste me l'a dit et redit.

Un ami à lui, Guste, un ancien reporter. Il l'accompagnait, dans les débuts. En vrai, il s'appelle Ho. Il est viêt d'origine. Prénom Philippe. D'où son surnom, inévitable d'après Jean. Philippe Ho ? Guste, évidemment.

Il vit à Paris. Il est passé plusieurs fois, avec Jean. Nous avons sympathisé. Il lui arrive de se pointer seul, nous le recevons volontiers. Un gentil garçon, bricoleur et cordon bleu avec ça. Mère l'adore, elle lui trouve un air exotique.

Je connais Jean depuis toujours. Il est du village, enfin presque. Il est venu tôt. Il arrivait de Marseille, quartier des Accoules, après avoir perdu son père dans un incendie. La maison d'un voisin brûlait. Son père est retourné dans les flammes chercher un gosse. Un aller simple. Sa mère, une cinglée, venait de fuguer. On a donc confié le petit à son oncle, un pilier du village. Jean allait sur ses cinq ans, à l'époque. Un père héros, donc, une mère indigne, de quoi vous donner un bon départ. Par chance, son oncle l'adorait. Sa tante aussi, mais elle, elle n'existe pas tellement. Jean ne paraissait pas marqué par les événements. Il s'est rattrapé. Normalement, il n'aurait jamais dû sortir de Vuynes. Dans le coin, la tombe n'est pas loin du berceau. On sait d'où l'on sort et où on finira. Entre les deux, on a tout son temps pour tourner en rond.

Nous avons un an d'intervalle. Je suis la cadette. À l'école, il suivait donc la classe au-dessus. Le gentil gamin, il comprenait tout, et bien élevé avec ça. La maîtresse en redemandait, mais pas question d'être le chouchou.

Très tôt, il s'est passé quelque chose, il a cessé de jouer le jeu. Il a décroché. Il s'ennuyait, il le cachait mal. Lui si correct se faisait à présent punir pour arrogance. Il s'en moquait, l'école lui pesait. Je le voyais rêver d'autre chose, mais quoi ? Pour s'évader, il lisait tout ce qui passait à sa portée, peu de choses au total. Chez nous, les livres sont faits pour les propres à rien, ou pour caler un meuble bancal. Le jour, on s'occupe. Le soir vous prenez la télé. Le journal ? À part les avatars de l'OM et les avis de décès... Quand je dis le journal, pas d'erreur, vous n'avez pas le choix. Seule *La Provence* parvient jusqu'à nous. Pour le reste, la presse nationale, il faut pousser jusqu'à Carrefour, autant dire la lune, pour un gosse.

Tout a commencé un soir d'été. Je sautais à la corde avec Mélanie, devant l'école, en attendant maman. Elle était en retard. J'ai vu Jean remonter la rue, tenant quelque chose de roulé dans la main. J'ai couru lui faire la bise. Il m'a stoppée, de la main. Il a dit :
— Regarde.

Il m'a montré son trésor, un genre de petit livre mince, bordé de jaune, avec une photo sur la couverture. Un gorille blanc. Ça alors... J'ai lu le titre : National Geo... graphic... J'ai demandé :

— Pourquoi c'est écrit drôle ?

— Parce que c'est de l'anglais, bécasse.

— D'abord je ne suis pas une bécasse. Fais voir.

— Pas touche. Approche.

Il l'a ouvert. C'était plein de photos en couleur, des paysages, des gens, et ce gorille pas croyable. Il a demandé :

— Alors ?

— Alors c'est des photos.

— Bravo ! Tu ne vois pas la différence ?

— Quelle ?

Non, je ne voyais pas. Lui oui. Il a soupiré, fermé son magazine sans un mot. Il a filé, je n'existais plus. C'était vrai, je n'avais rien trouvé de spécial. Lui était foudroyé, il me l'a dit plus tard. Il venait de ramasser ce *National Geo* à la terrasse du Bar de la Place, oublié sans doute par un touriste. Il l'avait feuilleté, cloué par une évidence. Ces photos, c'était la vie, la vie même. Il n'avait jamais rien vu d'aussi évident. Les plus belles photos du monde. Jean venait de trouver sa voie.

Il s'y est collé. Il a commencé petit. Bien sûr, la photo existait, au village comme partout. On consommait de la pellicule pour les fêtes, les mariages, les communions, naturellement, et pour les tableaux de chasse. Fallait voir le résultat ! Une bande d'ahuris, en plein midi, dans un max de lumière. On appuie sur le déclencheur. Le petit oiseau sort, écœuré. Vous venez d'obtenir le cliché nul, aussi nul que ceux de *La Provence*. Je parle des pages locales, ce massacre des innocents.

Mais bon, il faut un début. Jean a tanné Tonton. Il lui en a offert un pas cher. Après, je ne sais plus, je n'y connais rien. Il a continué. Sa passion s'est changée en métier.

Nous grandissions en parallèle. J'avais mon projet, je voulais très fort m'en sortir, devenir digne de lui, une femme bien. Je sentais qu'il s'échapperait. Il fallait qu'il puisse être fier de moi, un jour. La chenille rêve du papillon. Je rêvais. La plouquette finirait infirmière, ou journaliste, pourquoi pas ? C'était déjà joli de désirer à si longue portée. Pour mes copines, l'avenir se bornait à deux gosses, trois pour les plus voraces. Pour les garçons ? Patron de bar. Les pauvres ont l'imagination de leurs ressources.

Je rêvais... Infirmière, c'est bien, on porte l'uniforme blanc, avec la coiffe, comme dans les feuilletons américains. On fait du bien aux gens. On se tient quelque part entre l'ange et le docteur.

Journaliste, c'est mieux. On va partout, on voit tout, après on raconte. On a son nom imprimé dans le journal. Votre monde vous connaît, on devient quelqu'un. Oui.

J'ai essayé. Je me suis évadée, pas trop loin, caissière à Continent, celui de Digne. J'en ai vu défiler, du monde, pas la peine d'aller au diable. À part qu'il s'agissait toujours des mêmes. Un début ? Un premier pas, disons, de quoi se dégrossir. Ça paraissait jouable.

Ma tentative a tourné court. Je comptais sans Mère. Elle s'est retrouvée seule, dans la journée. Son ombre lui manquait, je parle de moi. Je rentrais à la nuit, l'hiver. Je partais tôt. Elle ne l'a pas supporté. Elle ne m'a pas intimé de rester, je me serais cabrée. Elle s'est inventé des malaises, des vertiges :

— Je sais pas ce que j'ai, tout à l'heure, j'ai voulu ramasser je sais plus quoi, j'ai failli partir dans les

**pommes.** Tu me vois, seule, le nez dans la terre, avec une patte cassée ?

Elle en a rajouté une couche, des palpitations, pour faire bon poids. On commence par simuler, puis on se pique au jeu. La maladie s'installe comme chez elle. Je suis lâche. J'ai cédé, regagné ma niche et ma chaîne. Je n'ai plus bougé.

Le train-train a recommencé. Un jour chasse l'autre. Quelle différence ? C'est le même. Le pire reste l'hiver, on n'en voit pas la fin. Il s'éternise. Silence, froid cassant, et ce décors en deuil, en noir et blanc, dès les premières neiges. Je donnais leurs graines aux mésanges. Je croisais les traces de la sauvagine, dans la neige. Je garnissais l'assiette d'Édouard. J'attendais Jean.

Il passait régulièrement, entre deux raids. J'étais la seule à m'intéresser à ses exploits. Les autres avaient déjà tout vu et revu à la télé. Ils avaient compris d'avance, à quoi bon les soûler ?

Peu à peu, Jean s'est affirmé. Il a fini par se rejoindre. Il a fait son trou, une agence l'a embauché. Le succès lui allait bien. Il aurait pu plastronner à l'aise dans la grande ville. Certains produisent, d'autres se produisent. Lui partait au cœur des points chauds. De retour, il en parlait peu, il fallait tout lui arracher. Il se trouvait bien chez nous. Je recharge mes batteries, il disait.

Un automne, son absence s'est prolongée. Il venait de prendre une balle, quelque part en Amérique centrale. Il trouvait ça drôle. Il s'est même permis une plaisanterie facile.

À son retour, j'ai voulu voir. Il a défait sa ceinture, défait son jeans. On voyait nettement deux traces cicatricielles, au-dessus de la hanche, l'entrée et la sortie. Il en plaisantait :

— Tu vois, ça n'arrive pas qu'aux autres. Maintenant je ne risque plus rien, j'ai donné.

Tant d'inconscience fait frémir. Et pourtant, imagine... Si cette balle avait frappé plus à droite, s'il en avait réchappé, en sale état... Tu te vois pousser sa petite voiture ? Quelle horreur ! Quel bonheur aussi. Tu t'écoutes ? Oui. Disons que je n'ai rien dit.

À présent, je l'attends, Pénélope célibataire, femme au foyer sans foyer. Passent les saisons, je pense à lui. J'ai pensé à lui cet hiver, dans l'air glacé. Des paquets de neige dégringolaient en silence des branches du grand chêne. Je pense à lui. Le printemps est proche, les jours se font tièdes. La neige fond aux flancs du Cheval Blanc. Dans le jardin, tout recommence. Mère regarde où en sont ses plantations. Les forsythias bourgeonnent, ils seront les premiers à fleurir, de l'or dans le décor. Le reste suivra, tulipes et seringas. J'attends. Je pense à lui.

J'aurais pu avoir un gosse à moi, pas besoin d'un homme à demeure pour ça. Je l'aurais vu pousser. Je n'ai rien, mes bras sont vides La faute à qui ? Qu'as-tu fait, à part rêvasser ? J'admets. J'ai mes excuses. Question façade, je laisse à désirer, avec mon masque figé. Côté coiffure, je m'offre la coupe au bol. Pour la tenue, grosse toile, cuir et souliers de marche. Je suis parée, la Cendrillon bas-alpine. Le Prince Charmant est servi.

Jean n'a rien attendu. Il est parti dès qu'il a pu. D'abord, il a exploré les entours, Cévennes, Alsace, Bretagne, histoire de se roder. Il filait en stop, en vélo, à l'aventure. Tonton laissait faire, pas contrariant. Tata pareil. Il en a profité.

En seconde, il a disparu tout un été. Je m'inquiétais, j'allais aux nouvelles. Je tarabustais l'Oncle. Il hésitait à lancer un avis de recherche. Il disait : « Il n'a pas un rond, il rentrera, forcément. Il doit zoner chez un copain, il s'en fait partout. » Il allait donner l'alerte quand il a reçu une carte d'Istanbul : « Tout va bien. Vous affolez pas. Topkapi qui croyait prendre. Bisous et tout. Tarzan. » Top pas quoi ? Tonton n'a pas compris. Jean est rentré pour la rentrée. Il m'a ramené des loukoums à la rose, avec des éclats de pistache. J'en garde un, racorni à présent. L'argent ? Il s'était dégoté un job, chez un épicier arménien, dans le bazar. Il aurait pu rester, le patron l'avait à la bonne :

— Tu comprends, je branchais les touristes. Je commençais à baragouiner en turc. Iavach, iavach...

— Ça veut dire ?

— Doucement, doucement...

Il ramenait sa moisson de photos, bien sûr. Pas les niaiseries ordinaires, Sainte-Sophie au couchant et les minarets affûtés à contre-jour, sur fond de vol de pigeons. Non, des portraits de gens ordinaires, de vrais visages pleins de rides, avec de vrais sourires, des chapelets dans des mains noueuses, et des femmes ensachées, noires comme des olives. La vie même.

Il a tenté de les placer, sans succès. Il faut connaître les portes où frapper. La réussite est un métier. C'est d'abord une longue patience.

Nous avions grandi. Nous allions présenter le bac. J'étais sa confidente. Les autres, il s'en fichait, il disait :

— Elles collent, tu peux pas savoir !

Je savais. Il m'a dit :

— Excuse-moi, Jeanne, mais tu es la moins...

Il a hésité. J'ai demandé :

— La moins quoi ?

— La moins tarte.

Le bel hommage ! Il a repris sa quête, plus loin cette fois, aux quatre coins de la rose des vents. Il a pris la route des Indes. À l'époque, c'était faisable, de Karachi à Kandahar et de Kaboul à Mazar-I-Charif. Les bouddhas géants tenaient encore la pose. Il a parcouru les Kerguelen, l'Amazonie. Ça ne rendait pas vraiment. Les Kerguelen, par exemple, avec leurs gorfous sauteurs et leurs éléphants de mer, il les a placées à *La Vie du rail*. Il fallait tenter autre chose. Il s'est lancé dans les conflits.

Des guerres, alors, on en trouvait pour tous les goûts, dans tous les coins, toute la gamme. Un seul détail ne changeait pas, l'AK 47, la kalache. On la trouvait même sur un drapeau national.

Dans les commencements, il s'autofinançait. Il travaillait un été, n'importe où, sur un chantier, dans un restal, le temps d'amasser un pécule. Ensuite, il fonçait. Très vite, il s'est imposé. C'est dans ces temps-là qu'il a rencontré Guste.

Ils s'en donnaient. Guste m'a raconté une de leurs équipées. Un pays venait de faire naufrage. Au large de ses côtes, on repêchait des boat-people :

— Tu vois, Jeanne, on était sur notre bateau, à tracer la route, deux semaines déjà, et rien. On scrutait l'horizon à la jumelle. Pas la queue d'un boat, oualou. D'un coup, au large, on aperçoit enfin une embarcation, une barque à moteur, bourrée de monde. Les têtes, tu aurais dit du caviar. Tu crois pas que non, elle s'est barrée à notre approche, il a fallu la courser.

— Pourquoi donc ?

— On avait arboré nos couleurs. Ils n'ont vu que le rouge, ils nous ont pris pour des Russes, la panique ! On les rejoint, on les rassure, on commence la cueillette. Tu vois, le beau toubib de chez nous qui prend à bout de bras un bébé viêt ! Tout autour, vingt types mitraillent, mêmes objectifs, même pelloche, même lumière. Et le meilleur, à l'arrivée, devine qui ? Jean. Il n'y avait pas photo ! Pas croyable.

On se marrait, quand même. On embarque donc la tribu, les femmes, les vieux, tout un village. On leur donne à boire, à manger. On soigne les bobos. Il y a une flopée de gosses. Ça reprend vite du poil de la bête, ces petits monstres. Jean, c'était sa période barbe et cheveux longs. Les gamins le voient, le reconnaissent. Ils l'entournent, le montrent du doigt. Ils crient :

— Kak Mak ! Kak Mak !

Je comprends mal.

— Kak Mak ? Késako ?

— Mais oui, ce vieux Karl. Les Viêts ont du mal avec les r. Marx, voyons, l'ancêtre de Lénine, ma copine.

— Ah oui, je vois.

— Pauvres gosses, ils ne connaissaient que ça, le père Noël soviétique. Jean, un peu ça va, puis la sérénade le gonfle. Il leur renvoie l'ascenseur. Mak Kak, il leur lance... Ils n'ont pas percuté. Ça n'était pas méchant.

Sur ce coup, il a fait un malheur. La première page d'un grand quotidien, deux jours d'affilée. Ça a continué, le tapis roulant. Le tapis rouge. Ça marchait du feu de Dieu.

Pourtant les places étaient chères. Jean l'expliquait :

— Pas compliqué, tu dois voir sans être vu, te fondre dans la masse. Quel que soit le pays, essayer de prendre l'allure du bonhomme du pays voisin. En Syrie, j'ai l'air Irakien, et en Irak, on me prend pour un Libanais. Jamais pour un gringo, surtout pas.

Puisqu'il le dit...

— Et surtout, le sourire. Tu ne forces pas les gens. Quand c'est possible, tu demandes la permission, avant de déclencher.

Oui. Ça va mieux, ma grande ? Fini ce gros chagrin ? Ça va. Je reprends Manon, je repars. Je rentre, je range les courses. Mère taille ses rosiers. Les pucerons vont repasser à l'attaque, un de ces quatre, et nous manquons de coccinelles. Qu'elle traite, ça l'occupera. Je me pose un moment, face à l'or pâle des érables.

Il y a eu les filles. J'en ai pas mal reçu, à domicile. De belles images, dans leur genre, je reconnais. Jean avait pris le pli de m'amener ses conquêtes du moment. On était copains, pas vrai ? Puis j'avais de la place de reste. Comment donc ! Il me les ramenait, comme un chat ses prises de la nuit, souris ou lézards.

Je recevais ces demoiselles. La classe au-dessus, dans l'ensemble, et de la variété. Rien à voir avec le cheptel bas-alpin. Une autre espèce, quasiment.

Ces oiselles possédaient un point commun. Elles voulaient percer, devenir quelqu'un, faire partie des gens intéressants. De ces gens qui ne s'intéressent qu'à leur nombril. N'importe quoi, mais paraître. Paraître pour être.

Venant de lui, ce choix m'a déçue. Je lui en ai fait la remarque. Ses poupées barbantes, il y tenait vraiment ?

Il a haussé l'épauche gauche, un tic.

— Elles m'amusent. Ça passe le temps.

J'ai protesté :

— Ce n'est pas une excuse !

— Qui te parle d'excuse ? Je précise, ces filles, je n'aurais même pas osé en rêver, au départ, alors…

— Le bonheur, hein ?

— Comment ça ?

— Mais si, voyons : Un rêve d'enfance réalisé dans l'âge mûr.

— Mûr, n'anticipons pas, et le rêve, tu repasseras. Disons que je m'offre ça parce que c'est possible, ne complique pas tout. Je te choque ?

Le coup du gosse de pauvres lâché dans la bonbonnière. La revanche de Jacou le Craquant. Je n'ai pas répondu. Il m'a donné une tape sur l'épaule :

— Allons, un sourire. Mieux que ça ! Tu sais bien que c'est toi ma préférée, grosse bête !

Je ne l'ai pas tué, je me suis retenue. Je lui en ai voulu, puis ça m'a passé. Elles se fanaient vite, ces fleurs fugaces. Les bouleversantes ne tenaient pas la distance. Un week-end, un été, puis elles valsaient, bon vent.

De mon côté, pas d'homme, surtout pas. Je comprenais Mère. Elle, une lionne ! Ses mâles, elle les avait dominés. Elle ne tenait qu'à moi, sa fille, et à notre terre, comme Scarlet à son Tara. Nous avions vu *Autant en emporte le vent*, à la télé. Clair, le message : La terre, elle, ne ment pas... Un pur péplum pétainiste, ce film.

Du cinéma, bien sûr. La terre s'en fout bien. Et moi donc ! Je comprenais Jean et son besoin de fuite. J'aurais pourtant voulu le retenir, j'avais peur pour lui. Les autres ? Ils désiraient que rien ne bouge, comme leurs pères avant eux, bornés de naissance.

Jean fonçait droit vers la lueur des brasiers, papillon de nuit égaré en plein jour, quitte à se brûler les ailes. Je l'admirais. Je voulais qu'il en réchappe. Pour conjurer le sort, j'avais tout préparé pour son retour. Sa chambre l'attendait. Aux murs, j'avais disposé quelques-uns de ses meilleurs clichés. Son whisky vieillissait à la cave. Je l'attendais. Peu m'importait ses amies de passage. Je restais la favorite, le port d'attache. Son refuge. Je gardais la meilleure part. Mon jour viendrait.

Puis il y a eu Léa.

Faites des projets, les petits, ne vous en privez pas. Le projet est une denrée aléatoire, foi de Vieux-Monsieur. Demain est à la portée du premier aérolithe en vadrouille. Soit. Je me trouvais donc chez Jeanne, heureux. Il m'a fallu rentrer dare-dare à Aix, pour cause de dégât des eaux, alerté par ma voisine du dessous. Je lui laisse mes clefs, elle arrose mes plantes. En fait, il s'agissait de peu de choses, une tuile déplacée. Les vieux appartements sont comme nous, ils se déglinguent, mon bon, fissures, fuites... Ces détails domestiques une fois réglés, je repars.

Revoici Vuynes. J'attends ma camarade, installé à la terrasse du Bar de la Place, devant un café médiocre. Navré de la déranger à chaque fois, mais ma Twingo laisserait sa peau dans son fichu chemin. J'attends, je rêvasse. Nous autres, civilisations, nous savons maintenant que nous sommes mortelles, comme disait l'autre farceur. Au fait, que deviennent les Jeunes Giscardiens ? On se le demande. Tout change si vite.

C'est toujours un plaisir de retrouver Jeanne. Je la voudrais enfin heureuse. Un cœur, cette fille. Elle n'a pas la vie qu'elle mérite. Elle n'a pas son Jean.

Je les voyais, tout gosses, tous les deux. Un si joli petit couple... Elle et lui dérouleraient leur romance,

comme dans un roman de George Sand. Rien du tout, il a
filé dès qu'il l'a pu. Qui sait, la situation peut encore
s'arranger. Tu y tiens ? Oui. Ce serait pour moi une sorte
de revanche. C'est aussi simple que ça.

En attendant, tu sais quoi ? Tu vois les ennuis de
Jeanne avec sa voie d'accès, le chemin de croix que c'est.
Ça ne peut plus durer, tu vas me faire le plaisir de lui offrir
un 4 × 4. Pas n'importe lequel, le plus beau pour la plus
belle. Tu as le choix et l'argent. Tu attends quoi ? C'est
comme si c'était fait. Dès mon retour à Aix, je dégage les
sous, je fais la tournée des concessionnaires, et youpi.

Commence par trouver l'engin. Tu as raison, il me
tarde de m'y mettre. Je ferme les yeux. Je lézarde. Jeanne
se fait attendre. M'en fous, je suis trop bien. Un tracteur
défile, avec sa remorque de bois.

Jeanne, je la... Tiens, la voilà. Sa 4L pile devant la
terrasse. Elle descend. Je me dresse. Nous nous frottons le
museau. Elle sent le grand large et la fumée de bois. Nous
filons. Je dis :

— Rien de neuf, tout de vieux, pas vrai ?

— Très vrai. Et toi ?

— Oh, moi... Parle-moi plutôt de ta mère.

— Toujours d'attaque, ne t'en fais pas. N'oublie pas
de la complimenter pour ses dernières plantations.

— À savoir ?

— Des iris, des masses, des blancs et des tigrés. Elle
en a mis plein partout, ils fixent la terre.

— Je m'extasierai, promis. De Dieu, ce chemin...

Les ornières se creusent, sa caisse tangue comme un
dromadaire défoncé. Aux virages, nous patinons sur des
lits de galets. Je me cramponne. Bizarre, on aperçoit sa
bergerie, de loin. C'est nouveau. J'en fais la remarque. Elle
m'explique, elle a fait faire une coupe.

Un peu plus loin, un peuplier s'est écroulé, rongé de l'intérieur. Son tronc déchiqueté pointe vers le ciel. Des branches en jaillissent, comme autant de tentacules. Les chênes rouillent. Leur sommet se déplume. La sécheresse a frappé. Une dernière rampe et nous y sommes. Nous débarquons. Aussi loin que le regard porte, personne. Si quand même, madame Mère apparaît, raide, robe grise, fichu noir, cheveux blancs, comme en deuil d'elle-même. Je lui présente mes respects. Je demande :

— Et mes cadeaux, ils prennent ?

Je lui ai offert au printemps dernier deux arbres à papillons, à l'état d'arbustes, bien sûr. En pleine saison, leurs grappes mauves se couvrent de papillons, en effet. Elle m'entraîne :

— Regardez.

Le plus proche de l'entrée a rempli son office, protégé par la maison. L'autre, exposé au mistral, n'a pas daigné fleurir. Un micro-climat, à vingt mètres près.

Nous inspectons les entours. Elle vient d'élaguer un petit chêne, pour lui permettre de gagner en hauteur. Et ce prunier ? Non, il vaut mieux pas, il paraît.

Elle râle. Des chenilles s'attaquent aux géraniums qu'elle a pourtant rentrés. Les tiges sont rongées de l'intérieur. Elle a beau vaporiser de l'insecticide, rien n'y fait.

Par contre, le seringa prospère, il a triplé. Les roses trémières dressent leurs hampes, l'extrémité encore en fleurs. Elle constate :

— J'en profite, parce que bientôt…

Un silence. Elle mâchonne dans le vide. Je relance :

— Bientôt ?

— Je parle pas de l'hiver, je vous parle de moi.

Bientôt je serai à la maison de retraite, j'espère bien.

Première nouvelle. Je n'en reviens pas.

— Vous ?

Elle est cinglée. Sans ses plantes chéries, je ne lui donne pas trois mois. Le mouroir, quelle idée ! Elle reprend :

— Oui, c'est comme je vous le dis.

— Vous en avez parlé à votre fille ?

— Pas encore. Ça m'a pris d'un coup, cette nuit. Je fais quoi, ici ? Je suis dans ses jambes, à cette petite, vaï, je le sais bien. Je l'ai toujours été. Il est temps que ça cesse.

Elle écarte les mains. Elle constate :

— Je suis la grosse égoïste, je m'en rends bien compte.

Elle peut le dire. Elle aura pris son temps pour se réveiller.

— Vous croyez que vous vous y ferez ?

— Mais bien sûr. Maintenant les jeunes ont plus la patience. Les vieux encombrent, pardi, pareil que des vieux meubles. Du coup, on vous balance, on vous veut plus. Mes copines y sont déjà, à la maison de retraite. Nous pourrons nous raconter nos histoires entre nous. Qui ça intéresse, à part nous ?

J'admets. D'un geste, je balaie le paysage :

— Et ça ? Vous allez le regretter.

— Vous tracassez pas, je reviens quand je veux. C'est pas le cloître, dites. Je profiterai des deux.

Pas bête, finalement. Elle évoque de futures délices :

— Je me ferai servir, ça me changera. Tout on vous fait là-bas, la chambre, les repas… Vous trouvez plein de filles pour vous soigner, pour vous distraire, rien que des jeunesses, et la télé tant que vous en voulez. Vous sortez dans le village si ça vous chante. Je serai pas malheureuse.

Je me lance :

— Et vous dénicherez un coquin, qui sait ?

Elle glousse, me menace du doigt :

— Là, vous devenez trop curieux.

C'est qu'elle ne dit pas non. La libido est une force sauvage. La voilà peut-être, la vraie raison. Plus tard, je passerai voir la directrice, en rendant visite à ma vieille amie. Elle confirmera. Madame Mère se laisse courtiser par un de leurs pensionnaires, un ancien instit', le charmeur de ces dames.

Diantre... En voilà du changement ! Marthe se remet à trafiquer. Je rentre. Jeanne me propose :

— Thé ? Café ?

— Tu n'aurais pas du raide, plutôt ?

— Tu sais où est le whisky, sers-toi.

Je me sers. Nous ressortons. Un nuage cache le soleil. Il fait plus frais d'un coup. Je dis :

— Tu es au courant pour...

— La maison de retraite ? Bien sûr.

— Ah bon... D'après ta mère, tu ne sais rien.

— N'importe quoi ! Elle en rêve depuis l'an Jésus, puis au moment de sauter le pas, plus personne. Elle m'a fait le coup plusieurs fois. Ce n'est pas dit qu'elle se décide.

— Tiens donc. Tu as du coca ?

— Dans le frigo. Attends, je vais voir s'il en reste.

— Tu es trop bonne.

— N'est-ce pas ? Je suis la servante du Seigneur.

La servante s'éclipse, revient avec un plateau garni. Tapenade, caviar d'aubergine, pain grillé. C'est Byzance. Je prépare des toasts. Je dis :

— Alors, raconte. Il s'agit de lui, pas vrai ?

— Ça se voit tant que ça ?

— À peine. Vous en êtes où ? Quoi de neuf ? Il a chopé le palu ?

— Si seulement...

— Détaille un peu.

— Il vient de rentrer. Cette fois, c'était l'Inde. Il est passé en coup de vent, la semaine dernière, après ton départ. Il a changé.

— Dans quel sens ?

Elle secoue la tête, nerveusement :

— D'habitude, tu le sens à l'aise. Il ne fait pas l'arbre droit, mais ça va. Là, rien. On dirait qu'il s'en fout. Il a autre chose en tête.

Je vois. Léa. Jeanne m'a tenu au courant, pour la dernière en date. Elle craint le pire. Je demande :

— Il fait une fixette, ce coup-ci ?

— Tu pourras en juger par toi-même, je les attends dans les jours qui viennent. Il veut prendre le plateau de Valensole. Tu ne te sauves pas, j'espère. J'aimerais que tu sois là.

— D'accord. Tu n'en sais pas plus ?

— Il m'a vaguement parlé de suivre des défilés de mode, si jamais il devait rester à Paris.

— Lui ? Allons donc ! Tu plaisantes !

— Je voudrais bien. Mais si sa chérie veut le garder dans ses jupes, elle doit lui trouver un autre travail.

— Très juste. Sacrée Léa ! Je n'y crois quand même pas, tu as beau dire. Tu te fais des idées.

— Nous verrons. Remarque, avec lui, comment savoir ? Il ne dit jamais non, il ne contrarie personne, mais il n'en fait qu'à sa tête.

— Et sa tête, elle est où ?

— Tu le lui demanderas. Il te faut un dessin ?

— Pas la peine. Si ta mère déserte et si Jean se laisse cravater, tu vas te retrouver seule, ma pauvre. Tu tiendras ?

— Arrête, tu me connais mieux que ça. Sans ma solitude, j'étouffe, les autres m'encombrent. Je ne parle pas de toi.

— J'espère.

— Et ne t'occupe pas de moi. C'est pour lui que j'ai peur.

— Qu'il se fasse bouffer tout cru, à Paris ?

— Voilà. Il joue les durs, mais c'est un naïf, il prend tout au premier degré. Son métier lui a caché le monde. Il ne se doute pas de ce qui l'attend, il va au massacre.

— Si tu lui en parlais ?

— Surtout pas. Il vient et il revient parce que je suis comme l'eau dormante, pas de vagues. Je deviens quoi s'il part ? Et qu'est-ce que je peux faire ?

— Si tu étais une petite souris, et que tu saches où se trouve le lit de Jean...

— Oui ?

— Avant que la créature de rêve dont nous parlons ne s'en approche, tu déposes un Tampax usagé sur le bord, histoire de voir comment elle le prend.

— Tu parles ! Ils n'en sont plus là, tu penses. Elle s'en moquerait.

— Vraiment ? Où va l'amour ?

— L'amour est un bouquet de bananes. Quand tu as faim, tu te sers.

Elle en sait des choses, notre ermite ! Poursuivons :

— Avec toi elle est comment, la Léa ?

— Correcte, le genre aimable avec la demeurée de service, tu vois. Je n'ai pas à m'en plaindre. On écoute sans entendre, on ne contrarie pas, ça n'en vaut pas la peine.

— Et lui en face d'elle ?

— Il n'en revient pas de sa chance, il reste sous le choc. Et moi je joue à quoi dans l'histoire ? Je tiens la chandelle ?

— On ne t'en demande pas tant. Tu continues, tu restes sympa. Surtout pas de clash, le temps travaille pour toi.

*La Sauvagine*

— Tu crois ?

— Forcément. Ta Léa ne s'en tiendra pas là. Elle ira trop loin, l'autre ahuri se réveillera, obligé.

— Et elle ira jusqu'où, d'après toi ?

— La bague au doigt, voyons, ou un baby. Que veux-tu d'autre ?

— Attends. Elle espère se lancer dans le cinéma. Sa carrière, tu en fais quoi ?

— Quelle ? Tu plaisantes, elle est bouclée avant de commencer, sa carrière. Si ton papa n'est pas déjà la vedette, tu peux te rhabiller. Les places sont retenues, elle le sait. Non, ce qu'il lui faut, c'est une revanche sur la bête. Et ça passe par Jean, malheureusement.

Pas mal. Je dois être inspiré. Après tout, c'est peut-être vrai, ce que je raconte. Jeanne ne suit pas. J'en rajoute une couche.

— Écoute, tu échoues sur un plan, vu ? Tu te récupères sur un autre. Si dans le domaine matériel tu te plantes, tu gicles dans les hauteurs spirituelles, les sectes ne vivent que de ça.

— Quel rapport avec Jean ?

— Simple. Si le ciné ne marche pas, Jean peut l'aider, il connaît un tas de monde. Elle peut y aller franco.

— Tu crois vraiment ?

— S'il est amoureux, aucun problème.

— Son métier, tu l'oublies. Il se défendra.

— Je l'espère. Nous aurons droit à une belle partie de bras de fer. Ah, j'entends ta mère.

Marthe revient. Nous changeons de sujet. La dame voudrait savoir où elle pourrait trouver des sapins argentés. À Dabisse ? Cette pépinière décline, en ce moment. J'irai voir à « Vive le jardin », à Aix. Promis.

Bien. Jeanne nous quitte, le repas à préparer. Madame Mère la suit. Ah, les corvées… On naît femme, on le reste.

Remarque, des variétés inédites font surface. Léa, par exemple, la dernière mouture de la garçonne, le genre « moi d'abord », j'imagine. Qu'est-ce que Jean peut bien lui trouver ?

L'amour, monsieur. L'amour est une vieille taupe. Ne parle pas de ce que tu ignores, pense plutôt au $4 \times 4$. La palette est riche. Faudra voir ça de plus près.

À Orly, ciel gris, pour changer. J'apprécie la fraîcheur. Je prends la file pour un taxi. Tout un groupe débarque de Cuba, chapeaux de paille et T-shirts Varadero, à l'effigie du Che, la monoculture locale. Trognes rougies, soleil et rhum obligent. Ces aventuriers en promotion s'interpellent, évoquent leurs exploits, afin que nul n'en ignore. Est-ce ainsi que les hommes vivent ? Il paraît. Un peu avant la porte d'Orléans, c'est la pâtée. Nous avançons par à-coups. Alésia, Saint-Michel, la Seine. Je me fais déposer au Châtelet, j'attrape mon sac. Le décor n'a pas bougé. Il est tôt, rue Saint-Denis, nos professionnelles récupèrent. Les passants passent, pressés, avec leur mine de papier mâchouillé. Manhattan vous a quand même une autre gueule.

J'arrive. Alors, le ciné ? Au menu, les gâteries habituelles : *Chattes en chaleur* et *Les Goulues*. Bon appétit. Je prends le couloir. Un coup d'œil à la boîte aux lettres, factures, pubs et une lettre. Je pose mon sac, je l'ouvre. Une feuille, avec un cœur, dessiné au rouge à lèvres, et une empreinte de bouche. Pas besoin de signature, et ce vide au creux de l'estomac, d'un coup, comme si j'allais défaillir. Le miracle continue.

L'escalier. C'est crade, pourtant Sucette a du blé, je veux. Elle possède l'immeuble et le ciné. Elle fait largement son beurre. Cette bienfaitrice tolère ma présence dans ses murs. En vrai, elle se prénomme Lucette. Je préfère Sucette, vu le contexte.

Troisième étage, nous y sommes. J'entre. Cybul n'est pas là. Je retrouve l'odeur de poussière et de moisi, en partie masquée par un parfum de lavande. J'ai ramené du lavandin, voici peu, une gerbe. Cybul en a fait des sachets. Je pose mon sac. Je prends le téléphone, j'appelle Léa. Je tombe sur le répondeur : « Vous êtes bien chez... Laissez un message, je vous... » Je laisse. Elle rappellera quand elle voudra, pas question de la harceler.

Au travail... Il me faut un montage. Je commence par ces gros nuages pansus d'avant la mousson, noirs et lourds. Ensuite un gosse, en premier plan, avec son ventre saillant comme un autre nuage. Bien. Une introduction tirée de mes archives.

Je reprends mes contacts, à la loupe. Je trie, je classe. Ça vient, l'histoire prend forme. Il m'en faudra plusieurs jeux en fonction des supports, people, province, étranger ou catho. Les cathos ont une âme, ne pas l'oublier, il faut fournir plus soft. Les Allemands sont hard. Les Italiens réclament une dose sentimentale, pour la mamma, j'imagine. Question de pratique. Je dose au feeling. Quant à la conclusion, tout dépend. Le happy end n'est pas obligatoire, l'important c'est de conforter le lecteur dans sa vision du monde. Quel que soit le sujet, il a son opinion. Pas touche.

Pour conclure, une vache sacrée en train de brouter dans un caniveau ? Vendu. L'Inde éternelle, la vie continue.

Tu t'en souviens, à Hong-Kong ? Les Anglais pliaient bagages avant le hand-over. Demain la Chine. Il me fallait un symbole. Je me trouvais à Victoria, la caserne sur le port, en bas de Nathan road, avec carte blanche. Un drapeau qui s'abaisse ? Aucun intérêt, l'image est réversible. Je repère dans le hall un portrait de Sa Majesté. À deux pas, un Écossais en uniforme, un Black Watch. Je demande donc à l'un de décrocher l'autre. Je prends. Je tiens mon symbole, en kilt.

Ce n'est pas tout, il me faut du british, du typique. Un orchestre militaire traîne dans le secteur, en attendant une cérémonie. Tenue de parade, avec peau de léopard sur l'épaule, grosse caisse, tout le bataclan. Ils sont disponibles un moment.

J'en fais quoi ? Un Anglais prend le thé avant tout, et même après. Nous nous trouvons à deux longueurs du mess des officiers. Je m'y rends, je tombe sur un servant chinois. *So solly*, ils sont fermés, il dit. Peut-il nous prêter une théière et des tasses ? *Yes sir.*

J'installe donc mon orchestre sur la pelouse, devant le mess. La grosse caisse sert de table. Mes braves se disposent autour, à la bonne franquette. Pas de thé ? Qu'importe. Un trompette fait mine de le servir. Les autres le prennent, avec beaucoup de naturel. Une vieille tradition vient de naître. Le lecteur sera content, *good job*.

Reste à ventiler. Je démarche mes clients à domicile, un peu partout en Europe, Londres, Berlin, Milan, Madrid. À New York, une amie s'en charge. Quand je passe, elle m'héberge. L'ennui, c'est Titus, son chat, un matou mahousse, pas coupé. Son loft embaume le mâle.

Les magazines me font confiance. Je livre un produit calibré, ni déchets ni surprises. La photo est un métier, j'ai payé pour le savoir.

Avant de repartir, je compte traîner un moment dans le secteur, histoire de voir ce qui se mijote, sans trop d'illusions. On ne me dira rien de précis. Les news sont comme les champignons, les bons coins, on se les garde.

Donner une fiesta peut payer. Ici, l'espace manque, et je ne suis pas chez moi, mais l'ami Guste dispose d'un vaste appart dans le Marais, des chambres de bonnes récupérées. D'abord la bouffe, arrosée, des miquettes, la bonne ambiance. Puis la java, dans la foulée. Musique, on danse, on s'échauffe, c'est parti. Une fois imbibés, les mickeys se lâchent. Les défenses tombent. Ils parlent, ils se vantent, pas besoin de les violer. Exécution. J'appelle le copain. Chance, il est là. Une fiesta ? Il est partant, absolument. Samedi ? Ça lui dit. Qu'il invite les collègues, il sait de qui je veux parler, sans oublier les ravissantes. Dakodak. Il demande :

— Comme ça, tu vas à la pêche ?

— Tu as tout compris.

— Compte sur moi. Tcho, bikou.

— À plus, ma vieille.

Une bonne chose de faite. On frappe. J'y vais. Sucette. La dame loge au rez-de-chaussée, en embuscade. Elle ignore le glissement sémantique opéré sur son nom. Je la salue :

— Bonjour, estimable tenancière. Vous désirez ?

— Jean, pouvez-vous me rendre un service ?

— C'est mon vœu le plus cher.

— N'en rajoutez pas. Voilà, ma caissière...

— ... est indisponible. D'accord. À quelle heure ?

— Je la remplacerais bien, mais j'ai ma comptabilité. Vous n'imaginez pas...

En effet. Je compatis. Je dis :

— Quand vous voulez.

— Les séances vont de quatorze heures à minuit, comme vous savez. Si vous pouviez vous en charger, à vingt heures je vous libère.

— Parfait, j'y serai.

— Je compte sur vous. Tenez, je vous laisse les clefs du box. Dans la caisse, vous trouverez vingt euros en petite monnaie, ça devrait suffire. Ça ira ?

— Soyez tranquille. Cette mission m'honore. J'en serai digne.

— Farceur, va ! Je me sauve. Et merci.

Elle m'a déjà fait le coup, la garce. Elle accepte que Cybul me loge, c'est du donnant-donnant, autrement dit je suis coincé. Homme libre, toujours tu chériras la mer. Elle est loin, mais bon, cette corvée me changera les idées.

Ah, la rue Saint-Denis, son trafic à sens unique, ses sex-shops, ses live-shows, ses hôtesses d'accueil tarifées... Au milieu, la marchandise passe encore. Vous trouvez de la marée fraîche venue de l'Est. Plus bas, côté Châtelet, ces dames mériteraient la retraite. Leur chair est triste, hélas, et j'ai faim.

Je descends prendre un chili au Conway, un restaurant américain, à deux pas. On trouve le même à New York. Je traverse. Dans un porche, une Natacha d'Asie centrale attend l'amateur. Elle en jette. Comment se fait-il qu'une créature de cette classe... Et comment se fait-il que la terre tourne ? Le hasard et la nécessité, petit. L'offre suit la demande.

Sur le trottoir opposé, deux pingouins bas de gamme la matent intensément. Ils en bavent presque. Trop chère la belle, probable, il leur faudra se soulager ailleurs. Barbès écrase les prix, et ils en viennent, je parie. Qu'ils y retournent.

À nous deux Conway. Lourd, le chili. Je prends un café, deux. Il faut, ce sera long. Courage. Je regagne Porno-Land, je m'installe dans le box, j'ouvre la caisse. J'attends. Au premier de ces messieurs.

Je me trouve pile au centre du hall, dans une cage vitrée, comme l'hostie dans l'ostensoir. Au fond, on gagne une première salle. Un escalier permet d'en joindre une autre, en sous-sol. Une ouvreuse guide les clients. Aujourd'hui, c'est Yvette, une petite brune piquante. Voyons voir. Le programme vient tout juste de changer. Le chaland a le choix entre *Fièvre au sex-shop* et *Chatte perdue sans collier*. La semaine prochaine, ce ne sera pas mal non plus : *La cosmonaute n'a pas de culotte* et *Veuve en folie*.

Le choix, si l'on veut. La minceur du sujet n'a d'égale que la monotonie des prestations. Quelle que soit l'histoire, l'action se résume à une série de fellations entrelardée de levrettes, ou le contraire. Je n'en perds pas une bouchée, pour cause. Dans un angle du hall, près de l'entrée, deux télés de rappel projettent les films en duplex avec les salles. Je surveille. Si une panne se produit, je dois alerter la projectionniste, une blonde platinée. Son QG se situe en face, dans un bar. Cette diva souhaite se lancer dans la chansonnette. Elle a fait presser un CD à compte d'auteur.

En piste donc. Le public ? On s'attend à du rase-mottes de second choix, du frustré mal-baisant, pour cause. Du tout, nous avons affaire à du tout-venant, des gens honorables, costumes et attaché-cases. On pourrait penser qu'ils n'ont rien à glander ici. Erreur, ils viennent et ils reviennent recharger leur petit vélo pour le pédalage conjugal, je suppose. Ils se pointent, mine de rien. Ils ne disent pas : *La fièvre* ou *La chatte*. Ils annoncent : La une ou La deux. La chatte l'emporte sur la fièvre. Question de titre ?

Je dois rester en cage. L'amateur peut débouler n'importe quand, vu l'absence d'intrigue. Je reste. J'observe les télés, entre deux tickets. Jésus, de quoi devenir végétarien. Une chance, elles sont muettes, j'évite

les feulements. Que c'est donc monotone, Seigneur !
Mécanique, je dirais.

Pour changer, j'observe la rue. Le trafic progresse au
pas. Tiens, les gens regardent dans ma direction. Ils se
marrent. Un bras sort d'une portière, pouce levé. Je
comprends mal. J'observe mieux, ils lorgnent d'abord les
affiches, puis ma modeste personne, et c'est parti, gondo-
lage à la clef. Quelque chose m'échappe. Allons voir.
Je me plante sur le trottoir. Un coup d'œil. Je suis
fixé. En travers de *La chatte*, une banderole annonce, en
gros caractères :

PHALLUS D'OR AU FESTIVAL DE COPENHAGUE.

Le phallus, c'est moi. Encore une pub mensongère, et
la projectionniste me rejoint, Irma de son prénom. La belle
est aguichante dans le style Mireille Darc. Elle me fait
signe de dégager. J'obtempère, je connais la chanson. Elle
prend ma place. Je m'écarte, je la regarde opérer.

Le client du porno sait que nous savons qu'il va
prendre les choses en mains, une fois dans le noir. La suite
va se jouer en solo, à cinq contre un. Si le caissier se trouve
être un quidam quelconque, pas grave. On reste entre
cochons. Mais s'il s'agit d'Irma, autre chanson. L'amateur se sent gêné, un rien branlotin face à cette maîtresse
femme. Il se fait petit garçon. Il balance son billet. Irma
tend le ticket, puis commence à rendre la monnaie. Elle
prend tout son temps. Une fois sur deux, le clampin file
sans demander son reste. Irma met l'argent de côté. En fin
de séance, si le radin réclame, elle lui rend son dû. En
général, c'est tout bon. Nous partageons le butin.

Est-ce vraiment honnête ? En tout cas, c'est bon à
prendre. La caisse me suffit, je n'ai pas à jouer les
ouvreuses. Deux filles sont là pour, par roulement. Faut

aimer. Pas mal ne tiennent pas le choc. Yvette m'a expliqué, tout la révulse dans l'affaire, la vue d'abord, ces membres énormes qui te sautent au visage, quand tu déboules dans la salle. Ce déballage de muqueuses béantes, ces giclées de tapioca. Et l'odeur, cette odeur de poissonnerie après la marée. Puis ces types en train de s'astiquer le chinois hardi petit, comme autant de babouins, et tu tombes dessus, au hasard d'un coup de lampe pour placer ton monde. Immonde.

Le soir, il faut dégager le tapis de kleenex amidonnés, au jet, balancer du déodorant. Bref, la gerbe.

Irma repartie, je reprends mon créneau. Le temps s'étire. Pas de panne, rien à signaler. À huit heures, Sucette me relève, comme prévu. L'ouvreuse-bis remplace Yvette. Je l'attends deux minutes, le temps qu'elle se change. Nous allons prendre un verre, près de la fontaine des Innocents. La camarade fait triste mine. Elle avale la moitié de son demi, goûlument. Elle soupire. Elle annonce :

— Jean, je me barre, j'en peux plus !

— À ce point ? Patiente un peu, tu t'y feras.

— Sûrement pas, et il y a autre chose.

— Quoi donc ?

Il s'agit de son couple. Avec son type, rien ne va plus. Elle supporte mal ses approches légitimes, elle ressent tout en termes pornos. Le moindre contact la hérisse. Dès qu'il l'effleure, elle se révulse, elle n'y peut rien. Les sensitives, Jojo encaisse mal. Ça devient tangent.

— Tu comprends, je ne veux pas le perdre, j'y tiens. Peut-être qu'en arrêtant, ça me passera.

Je le lui souhaite. C'est ce qu'on appelle dans le jargon actuel des dommages collatéraux. Elle demande :

— Et toi, tes photos de guerre… Ça ne te gêne pas de voir des morts ?

Je la rassure. Les morts sont des objets. Tu n'es pas là pour les pleurer, mais pour les prendre, pour saisir une ambiance et la restituer. Une simple question de cadrage : ces paysans pauvres, au Salavador, alignés comme des bûches après une embuscade sur la route d'Usulutan. Plan large, il faut que la comparaison s'impose d'elle-même. Ce guérillero, attaché derrière une jeep et traîné en triomphe par l'armée, dans la banlieue de Guatemala-City. Un gros plan montre mieux la haine. Tu revois ces cadavres de Noirs, quelque part dans Rio, gonflés par la chaleur, obscènes, de purs déchets, jetés à la décharge. À côté d'eux, un détail doit faire ressortir la banalité dans l'horreur : vieux pneu, carcasse de frigo... Et cette exhumation, dans ce village indien, près de San-Luis-Potosi, au nord du Mexique. Le cercueil grouille de vers blancs, gras. Tu prends de très près en te bouchant le nez, pas commode, face au rictus du défunt. J'épargne ces détails à Yvette. Tu es poussière ? Quelle blague ! Tu es pourriture.

Et puis les morts, qui s'en plaindrait ? Ce sont des gens de bonne compagnie. La preuve, ils fréquentent rarement les pornos. Ils te laissent vivre, non ? Elle rit, elle en convient. Je demande :

— Tu comptes faire quoi, ma belle ?

— Infirmière, j'aimerais bien, ou jardinière d'enfants. Ce que ça me changerait ! Seulement il y a les études, et je n'ai pas d'argent.

Pas d'argent, pas d'avenir. Je salue au passage le syndrome de la sœur de charité. Infirmière, nounou... Normal, les gens se sentent coupables, ils veulent se racheter. Si le péché originel n'existait pas, ils l'inventeraient. Yvette lève le poing :

— Je m'en fous, je me débrouillerai. Dis-moi, et toi, Jean, tu continues ?

Cette question ! Que faire d'autre ? Je dis oui, bien sûr. Elle regarde sa montre :

— Excuse, je file, Philou m'attend.

— Sauve-toi. Et bonne chance, si jamais on ne se revoit plus.

— À toi aussi.

Je la regretterai. Un brave petit cheval, prêt pour l'équarrissage. Infirmière ? Frais mis à part, je la vois mal reprendre des études. Elle n'a plus la tête à ça. Elle va caracoler d'un job merdique à l'autre. Personne n'y peut rien, et vogue la galère. Tu rêves du grand amour, tu encaisses le porno plein pot.

Je n'en suis pas là, Dieu garde. Je suis mordu, et bien mordu. Léa m'est tombée dessus comme une avalanche. Un matin, Guste m'appelle. Voilà, un magazine veut prendre des photos de célébrités à la terrasse des Deux Magots, sans les célébrités. Il faut des figurants pour en tenir lieu. On collera ensuite le minois des vedettes sur les pantins, dont moi. Il m'invite, un service à lui rendre. Je gagne donc Saint-Germain. Il fait beau à n'y pas croire. Nous nous retrouvons une douzaine, installés à la terrasse, face à l'église. Nous consommons, nous causons, nature. Un photographe opère.

Une fille s'approche, s'excuse. Elle est en retard. Elle prend place. Juste une fille. La décrire ? À quoi bon. L'évidence de la beauté se moque des mots. Je ne vois qu'elle, un halo l'entoure, le reste se fond dans la brume. Je n'entends rien. Pas possible, c'est une vision, elle va disparaître. Non. Elle persiste. J'émerge. Je bois.

La fille a pris place deux tables plus loin, je vois son profil. Elle est trop... Jamais je n'oserai... Pourvu qu'elle ne parte pas. Ne compte plus que cette attirance, ce besoin d'exister, pour elle. Je connais le photographe. Après la séance, il nous présente :

— Léa... Jean le baroudeur.

Le baroudeur ? Admettons. La fille me sourit. Je marque des points sans avoir à me battre, et tu cherches quoi ? Compter pour elle, c'est tout. Qu'elle se tourne vers moi comme moi vers elle, rien d'autre. J'en suis là. Je n'ai jamais connu ça, ce besoin extrême, ce déchirement. Et en même temps, je déteste dépendre, débrouille-toi. Basta, je te plaindrai quand j'aurai le temps. Va te reposer, va. Demain sera un autre jour. Cybul est rentrée tard, je ne l'ai pas entendue. Elle est parfaite. Ce matin, quand j'émerge, elle est déjà repartie. Nous ne risquons pas l'usure du couple.

Je m'y remets, je termine mes envois. L'opération prend du temps, pas plus que nécessaire. Je suis organisé, entraînement dur, combat facile, comme on dit à la Légion, d'après Vieux-Monsieur. Le sérieux paye. C'est bouclé.

Je passe à la poste expédier mon courrier. Je flâne un moment. Tout ce monde, partout, et ils ont tous l'air d'aller quelque part. La journée s'étire. Je vois une vieille toile, un western : *Seuls sont les indomptés*, une histoire d'enclosure, dans l'Ouest. Avec Kirk Douglas, l'homme au menton troué. Ensuite, sieste. Je récupère. Tu sais quoi ? L'heure de la fiesta va sonner.

J'appelle Guste. Il n'a pas oublié.

— Tu as bien fait les courses, j'espère, l'alcool, la bouffe ? Je te rembourserai.

— Un peu que je les ai faites. J'ai même prévu large.

— Tant mieux pour toi, il t'en restera.

— J'y compte bien, charlot !

— Bon, j'arrive.

Pas mal, le Marais, le dernier quartier vivant, ses bars, ses épiceries casher, ses hôtels historiques, sa faune gay. Rue des Rosiers, Gus colonise un dernier étage. Dès le premier palier, le bruit m'assaille.

Je frappe. Pas de réponse. J'entre. La chaleur me saute au visage, l'odeur d'alcool, et cette saleté de fumée. Ça danse. Une même vibration secoue les corps. Quel genre de danse ? Aucune idée. Tu n'as pas invité Léa. Pas question de la mêler à n'importe quoi.

Je repère quelques visages connus. Kébir, le patron de l'agence SDF, à savoir : « Sûrs de Flinguer ». Son sigle, il en est fier. Son désir le plus cher : détenir un ticket d'embarquement du max de compagnies aériennes possibles. Ça ou les boîtes de camembert... Je le salue :

— Alors, Marcel, ça va ?

— Tiens, Jean. Décidément, pas moyen de se débarrasser de toi.

Toujours le mot pour rire, ce vieux Kébir. Et voici Rufus, un bon, un vieux de la vieille. Hélas pour lui, il dispose de trop d'argent perso, son feu sacré se refroidit. Il n'a pas assez faim, ça ne pardonne pas.

Et Jean-Loup, pas mal non plus. Au départ, il ramait dans la photo de mode. Il a glissé dans la photo d'art, il obtient du flou, des angles bizarres, ni concret ni abstrait, une impasse à mon sens. La critique apprécie. Moins c'est clair, plus elle s'y retrouve. Chacun son truc.

Je repère une fille, ou plutôt ses seins. On ne voit qu'eux, ils trouent le décor, comme les pare-chocs nickel des Cadillac des années cinquante. La fille les promène, ou plutôt elle les suit, comme si elle n'était pas concernée.

J'interroge Gus. Il connaît ? Vaguement, une stagiaire, chez Kodak.

— Elle est venue seule ?

— J'ai pas fait gaffe. Demande-le-lui, et réveille-toi, il y a des amateurs.

Voyons. Je prépare un Cuba libre, tassé. Entre deux danses, je l'offre à Mae West. Essoufflée, visage en feu, la belle s'essuie le frontal du dos de la main, accepte mon

verre avec le sourire. Elle demande, avec un fort accent
Sud-Sud-Ouest :
— C'est vous le fameux Jean ?
— N'exagérons rien, je suis un simple travailleur
manuel.
— Comment ça ?
De l'index, je fais le geste d'appuyer sur le déclen-
cheur. Une ombre de moustache orne sa lèvre supérieure.
Elle approuve :
— Je vois. Sinon ?
Je me sens stupide. Je joue à quoi ? Je dis :
— Rien ne nous rend si grand qu'une grande
douleur.
— Ah bon... Tu es toujours comme ça ?
— Non, en ce moment, je me soigne. Et toi ?
— Oh moi, c'est simple, je m'éclate.
— Attention aux morceaux.
La bouleversante apprécie modérément. Elle tourne
les talons, fin de l'idylle. Sinon, tu aurais appris qu'elle
débarque de Perpignan, qu'elle essaie de se débarrasser de
l'accent, qu'elle adore Paris, le tout en se lissant la mous-
tache. Un Greuze. La cruche casée. C'est fait, Rufus l'a
prise en mains. Que le meilleur gagne.

Léa me manque. Tant mieux, au moins tu ressens
quelque chose. Nous nous sommes peu vus. Nous avons
parlé, au téléphone. Elle peut y passer un temps fou. Je
tiens le compte des heures qu'elle me consacre. Je l'écoute
parler d'elle, une débutante dans toute sa splendeur. Elle
veut à tout prix percer, être actrice. La beauté ne suffit pas.

Je la conseille de mon mieux, je la renseigne. Moi si
pressé, je ne raccroche jamais le premier. L'horreur fond,
cette vieille horreur des commencements. Je vais peut-être
accepter que l'on m'accepte... Tu me raconteras.

La séance continue. Rufus a donc fait main basse sur Cadillac. L'animal se rengorge, il vient de gagner son panier garni. Et toi ? Toujours pareil, sitôt fini de bosser, je bute en plein vide. Je sais, tout baigne, c'est la fête, tout ça. Je m'en fous bien. Figé derrière ma vitre, j'observe l'aquarium. Valsez, petits poissons, papa regarde. Viens, papa, je t'offre une sangria. Guste a bien fait les choses. Il a rempli à ras bords un authentique seau hygiénique de ce breuvage, le détail qui tue. On se sert avec une louche, des fragments filandreux flottent dans ce liquide glauque. Hallucinant. J'en prends. J'en reprends. Je m'imbibe consciencieusement, tant qu'à faire. Je croyais que tu... Ah oui, la pêche, les infos... D'un peu j'oubliais. Vlan, une tape sur l'épaule. Le liquide m'éclabousse. Je me retourne. Kébir, soi-même. Que me veut ce zombie ?

— Tu en fais une tête, Jean.

— Je réfléchissais.

— On peut savoir à quoi ?

— À la mort de Pompidou, collègue.

— Houla, vieille histoire... Et pourquoi ?

— C'était un grand ami de la France, on l'oublie trop de nos jours. Il nous a offert le Centre éponyme.

— Et po... quoi ?

— Et peau d'hareng. Quoi de neuf, noble fils d'une race déchue ? Que mijote l'agence SDF ? Dis-moi tout, montre-toi digne de notre vieille amitié, je t'en conjure.

— Jean, tu fatigues. On ne te l'a pas encore dit ?

— S'il fallait croire tout ce qu'on raconte...

Il me balance la méchante bourrade dans l'estomac. Oups ! J'en ai les quatre sueurs. Du coup, je décroche, il m'a cassé la baraque. Je file. Tu préviens Guste ? Rien du tout. Adieu monde cruel.

Je rentre à pied. Dehors, il bruine. Les voitures chouinent sur le bitume. Une lueur mauve teinte le ciel, on se croirait dans un film de Carné. C'est Paris, Mimi.

Je me rentre, donc, et pour une fois, Vieille Cybul est là. Elle corrige des copies, enfouie dans une robe de chambre bordeaux, un grand cru. Je la salue. Elle me jauge :

— Dis donc, tu en tiens une bonne !

— Erreur, c'est elle qui me tient.

— Tu veux une infusion ? Du thym ?

Plutôt mourir, je déteste. Je dis oui. Je boirai ce calice. Affalé dans un fauteuil, je la regarde s'affairer. Qui sait ce que fait Léa, en ce moment ? Jaloux ? Que non. C'est simple, si elle me trompe, je tue Cybul, ça lui apprendra.

Revoici ma future victime. Elle me tend un bol fumant :

— Attention, c'est chaud. J'en ai assez fait pour ce soir, je me couche. Bonne nuit quand même.

— Fais de doux rêves, Sweetie.

Fils, enfin seul. Tu es dur, la dame voulait peut-être socialiser, tu pouvais... Faire un effort ? Chamais. Trop courte, la vie. Je ne suis pas un animal de compagnie. Kébir a raison, et elle aussi. Je fatigue. Moi compris.

Je suis vidé, KO assis. Ouille ! C'est quoi ? Ton thym, sur ta cuisse, le bol s'épanche. La brûlure me secoue. Les fiestas passent mal, décidément. Trop de bouzin, trop d'alcool, trop de monde. Je ne suis bien qu'au casse-pipe, encore une fois.

Au fait, tes festoyeurs, tout à l'heure, tu pouvais te les payer, au flash. Je n'avais pas mon appareil, puis quel intérêt ? Ils ne sont pas assez people. Allez couché !

Au matin, la tête, je ne te dis pas. Comme si j'avais King Kong en cage, dans ma boîte osseuse. Une douche d'abord, chaude, puis froide. Mon cœur a tenu. À présent, un Nes. Quelle heure ? Pas vrai, déjà ? Deux aspirines plus loin, je relance Guste. Il m'agonit, me traite de lâcheur. Je laisse pisser. Un creux. Je demande :

— Alors, comment ça s'est fini ?

— Comme d'hab, comment veux-tu ? Ils sont partis, ils m'ont laissé le beans habituel, et moi...

Et moi et moi... Je laisse râler. Il n'est pas marié, il dit, il doit tout se taper. Autre creux. Je demande :

— Et la fille, l'extravasée ?

— Lolo Ferrari ? Ah oui, à un moment, elle a giflé Rufus. Il en est resté comme deux ronds de flan, il s'y croyait déjà. Pourtant, elle n'est pas sauvage.

— Comment le sais-tu ? Aurais-tu bénéficié de ses prestations ?

— Non, elle vise plus haut, un peu comme ta Léa, si je peux me permettre. Tu vois ce que je veux dire ?

Je préfère pas. Je dis quand même :

— Explique.

— Ben, des bruits. Puis c'est toutes les mêmes. Ta belle plante d'hier soir a dû être quelque chose comme Miss Cochonou, dans son bled. Ça lui est monté à la tête, et elle est montée à Paris avec ses avantages sur les bras, comme tu as pu voir.

— J'ai constaté. Ensuite ?

— Tu connais, mec. Elle grenouille dans le cinéma, comme les autres. Elle va tourner trois pubs pourries en espérant décrocher un bout de rôle, et elle se croit diffé-rente, pareil que les autres. Tu es bien placé pour le savoir.

L'ordure insiste. Gardons notre contrôle. Je lâche quand même :

— Léa n'a rien à voir.

Il se marre :

— Ben voyons ! On en reparlera, pauvre cloche.

— Je t'aime aussi.

88

Clac, je raccroche. C'est quoi, ces vannes ? Exact, Léa a commis quelques pubs, et elle vient de tourner dans un film de Brochal. Un second rôle, évidemment, mais elle était vraiment bonne, meilleure que l'autre vedette, la pulpeuse Matilda Mars. Vous parlez d'un nom ! Et elle n'est pas seule dans son cas ? Sans blague ! Où est le mal ? Les nains aussi ont commencé petits. Elle vise plus haut, normal. Et elle daigne perdre son temps avec moi, au lieu de... Le milieu ne manque pas de rigolos prêts à te promettre la lune en échange d'une gâterie. Je l'appelle. Pas là... Message après le bip... Répondeur, je te hais. Laissons quand même :

— Léa, tu es le plus beau jour de ma vie. Je te rappelle.

Je vais te dire, tu perds ton temps à Paris, tonton, entre une chose et l'autre. Tu ricoches dans le vide. Il faut t'y remettre. Dégage. C'était comment ce poème, déjà ? Attends, ça me revient :

« Écuyer
Ça qu'on selle
Mon fidèle
Destrier
Mon cœur ploie
Sous la joie
Quand je broie
L'étrier. »

C'est de qui ? Victor Hugo, hélas. Qui dit mieux ? Et à présent, en piste, mon gars.

Mon pauvre Philippe, rien ne va plus. En fin de compte, j'ai choisi le mauvais cheval, faut croire. Je me retrouve le cul entre deux chaises. Aussi, allez prévoir. J'appuie sur l'interphone :

— Julie, un café, c'est possible ?

— Toujours, Philippe.

Je me renverse dans mon fauteuil. Pour une fois que j'avais un bureau perso, avec plante verte... Pas un ficus, non, un philo, je ne sais trop quoi, et aux murs, quelques-uns de mes anciens clichés agrandis, du temps où je menais une vie dangereuse. Le bon temps, quand j'y repense. Une tempête de sable, avec un indigène qui tire une biquette au bout d'une corde, le tout dans les ocres. À côté, des gorfous sauteurs escaladent une pente. Dans les verts glauques. Ah, voilà le café.

— Julie, merci. Qu'est-ce que je deviendrais sans toi ?

— Rien d'autre ?

— Ça ira. Si vous avez du nouveau...

— Comptez sur moi.

Un coup je lui dis tu, un coup vous. Pas grave. Un beau cul, Julie, c'est l'essentiel, et dévouée, je ne vous dis pas. J'envisageais de me la faire, à un moment. J'ai hésité. Vous vous lancez dans une histoire au-dehors, pas grave, vous pouvez couper sans douleur, quand ça vous chante. Dans une boîte, gare les retombées, les ragots, les sourires en coin des faux-culs. Je n'ai pas trempé le biscuit, j'ai bien fait. On aurait rompu dans la foulée. Je me connais, je ne supporte rien. Tout le contraire, la petite Julie, je l'ai traitée comme une grande. Elle apprécie. Pas de harcèlement, du respect, le rêve pour une secrétaire. Du coup, je l'ai dans la poche, elle me rend service.

Elle sait nager, avec son air de ne pas y toucher. Elle est bien vue dans la boîte, la fine mouche. On la croit discrète, les gens se confient. Ils ont besoin de s'épancher, de demander des conseils qu'ils ne suivront pas. Ils parlent, Julie récolte, et du coup me voilà au courant. Génial. Les magouilles, je les vois venir.

Faut dire, j'ai préparé le terrain. J'ai entonné ses louanges à qui voulait bien m'entendre. Je l'ai invitée à déjeuner plusieurs fois, en tout bien tout honneur. Je l'ai traitée comme si elle existait, parole. Comme si son sort me préoccupait. Elle m'adore.

On peut comprendre. Dans notre milieu de baroudeurs, les filles sont considérées dans l'ensemble comme des garages à bittes. Surtout qu'elles n'aillent pas se croire précieuses : « Comment, tu veux pas baiser ? D'où tu sors ? Tu es coincée ou quoi ? »

La considération paie. Précieuse, la Julie. Je l'utilise à mi-temps. En dehors de moi, elle tient la doc. Elle vous retrouve en un clin d'œil les références de tel ou tel reportage. Surtout, elle garde en mémoire les images, elle sait d'instinct le matériel qu'il faut pour tel sujet, et où le trouver. Ça n'a pas de prix.

De mon côté, autre chanson. Aussi, j'ai déconné, je reconnais. J'avais pas mal de pouvoir, dans les débuts. J'étais en charge de la logistique, les billets, les réservations d'hôtel. Le boss m'avait à la bonne. Il m'a tendu quelques pièges, histoire de tester mon intégrité. Je les ai flairés. Après, j'étais le roi du pétrole. Je tenais les cordons de la bourse. J'acceptais ou pas les notes de frais. Au commencement, j'ai fait gaffe. Après, roue libre. Les cadors me mangeaient dans la main. Les têtes qui me déplaisaient pouvaient aller se rhabiller, si j'ose dire. Je squeezais les copains en douceur, dans l'intérêt de la maison, cela va de soi. Je me suis fait le max d'ennemis sans vraiment me fatiguer. J'adorais. Chiants, les amis. Je n'en ai pas des masses, personne ne me revient, et je suis payé de retour.

On ne raffole pas de moi, pour cause. Je ne suis pas vraiment le beau mec, bas sur pattes, un gros nez, de petits yeux, bridés avec ça, une tendance à l'embonpoint... Je suis viêt, je ne renie pas mes origines, mais je ressemble davantage à une patate germée qu'à Robert Redford dans *Out of Africa*. Ajoutez mon caractère de chien et servez chaud. Pourtant, j'étais presque potable dans les débuts. Cherchez l'erreur.

Vite vu, j'ai eu tort de changer de branche. Reporter, à l'époque où je faisais équipe avec Jean, ça marchait du feu de Dieu. Je n'étais pas génial, mais je vendais ma soupe. En plus, c'était excellent pour la ligne.

J'ai lâché assez vite, je ne tenais pas le rythme. Faut être mazo pour gicler n'importe quand n'importe où, bouffer n'importe quoi, crécher dans des nids à punaises. Faut aimer. Entendre miauler des balles, je m'en passe volontiers. J'ai saturé. J'ai décroché, un peu tôt, je crois. Enfin, c'est fait c'est fait.

Jean trouve ce cirque normal, il en redemande, il lui faut sa dose de risque. Il double la mise, un pur cinglé. Le jour où j'ai viré de bord, il était déçu : Tu te dégonfles... il a dit. Tu es gonflé pour deux, j'ai répondu.

Pour lui, ça marchait. Il a récolté sa Presse-Award. Le bol ? Oui et non. La chance existe, mais le personnage compte pour beaucoup. Il a tout pour plaire, le gars Saunois, la belle gueule, et surtout cette allure romantique du pilote fraîchement descendu, pieds sur terre et tête dans les nuages. Il n'a pas l'air tout à fait de ce monde, les bonnes gens en redemandent, les filles en raffolent. Il incarne cette image de l'aventurier que le pékin lambda ne sera jamais. La vie est quotidienne, elle vous use le bonhomme. Faut penser à bobonne, aux gosses, alors, jouer les héros... Laisse un peu mesurer les autres.

Autre chose, le marché change. La tendance people ne date pas d'hier, certes, mais à présent elle a tout avalé. On pouvait le prévoir. Les petits malins vous le disent. Après coup, les gens ont toujours tout compris.

L'explication ? Ils se sentent minables, dans leurs vies étriquées. Leurs faux besoins augmentent en flèche, pas leurs ressources. Fini la ville, les voilà zonés dans des banlieues pourries, des clapiers paumés. À eux les boulots précaires. Pour s'y rendre, ils ont le choix entre les embouteillages permanents, coincés dans leurs tas de boue à roulettes et les relents de gazole. Respirez ! Ou alors le RER puant, avec grèves surprises garanties, des heures planté sur le quai. La joie à l'aller, la perspective d'agressions au retour. Douce France...

Il leur faut donc leur ration d'oxygène, ils doivent absolument croire que la vraie vie existe, que des demi-dieux jeunes, beaux et friqués peuplent encore la planète, que le paradis est sur terre. Ce paradis, vous le trouvez dans la presse people.

L'agence s'est ralliée à ce panache rose. Du coup, je me retrouve hors course. Finis les raids à longue portée, tout se joue entre Saint-Germain, Saint-Trop et la Sainte Culotte de Madonna. Le boss a donc recruté de la minette et du minet, du beau linge avec de nouvelles accointances, et me voilà ringard. Je vais devoir gicler. Julie me prévient, une charrette se prépare, direction la sortie. Sauf miracle, une place m'attend à bord. Je vais me retrouver ancien combattant avant l'âge, comme l'autre taré, le copain de Jean, ce Vieux-Monsieur folklo qui vous bassine avec son Dien-Bien-Phu comme s'il en revenait. Le doux dingue. À Dien-Bien-Phu, on vous a foutu la pâtée, à vous, les nez-pointus ! Bien bien. Doc Lap ! Je m'égare. J'avale mon café, froid. Pas moyen d'avoir seulement un thé correct dans cette baraque, c'est pourtant pas la mer à boire, bordel ! Assez râlé, je m'y remets. J'ai tout notre fichier-clients à coller sur disquettes, plus les archives, tout le tremblement, ma reconversion. Je touche ma bille sur ordinateur, sans ça je serais déjà parti.

J'ai senti le vent du boulet. Par chance, le patron souhaitait informatiser. On avait commencé, mais personne ne voulait vraiment s'y coller. Total, un début de foutoir, un babouin n'aurait pas retrouvé ses petits. Julie, encore elle, a vanté mes talents. Du coup j'ai un répit. Jusqu'à quand ? Une charrette peut en cacher une autre. Il serait temps de m'inquiéter de mon futur proche.

Tu l'as dit, beau masque. Je traîne, ce matin, je me défilerais volontiers. Seulement ça la fout mal. Même si tu n'as rien à glander, tu es supposé rester. Si j'avais su, j'achetais une girafe. Arrête ! Tu as du boulot par-dessus la tête. Oui, et autant envie de m'y coller que de me pendre.

Jean s'en balance, il est célibataire. Pas de fil à la patte, aucune responsabilité, le rêve. Moi non. Très tôt, j'ai dû aider mes vieux à tenir notre restaurant, dans le XIII$^e$ Chinatown-sur-Seine. « Les portes du ciel », spécialités sino-viêts. Impossible donc de mener des études à terme. Pourtant j'étais doué, sans vouloir me flatter. Nous autres viêts nous ne craignons personne. Seulement, quand il faut assurer le marché, surveiller la cuisine et se taper la plonge, bonsoir les petits canards.

J'ai largué les amarres, le hasard. Jean passait au restal, à l'occasion, prendre un riz cantonais. Nous avons sympathisé. Il était en combine avec une ONG qui allait partir à la pêche au boat-people. Il leur fallait un interprète. Ils m'ont pris. Nous avons mis les voiles ensemble.

Cette virée a changé ma vie en profondeur. Elle m'a donné l'envie d'aller voir ailleurs. Surtout, elle m'en a offert les moyens. Avec l'argent gagné, je me suis offert un remplaçant, au restal. De fil en aiguille j'ai intégré l'agence. Au début, Jean m'a prêté le matos. Me former l'amusait. Je jouais les utilités. Nous autres, minorités, nous devons en passer par là. J'ai joué le jeu. À l'agence, je me tapais les corvées, les paperasses, l'intendance, dans les débuts. Tous pilotes de chasse, pas vrai, mais sans les rampants, vous ne pisseriez pas loin.

J'ai dit loin, pas haut. Il se trouve que c'est mon nom, Ho. Ça les a amusés un moment, les confrères, jusqu'à ce que cet âne rouge de Kébir trouve l'astuce suprême, celle qui m'est restée collée : Guste. Pourquoi pas Zanna, ou Lokoste, ou Roskope ? À cause de Philippe. Philippe Ho ? Guste. Ben voyons…

Je reconnais, le versant historique de mon nom vaut le voyage. J'ai échappé à Oncle, Dieu est bon.

C'est dur d'être étranger par la race. Je sais, les races n'existent pas, n'importe quel Africain vous le confirmera volontiers, après s'être fait refuser vingt boulots et autant de piaules. Les racistes ordinaires, j'accepte, c'est leur nature. J'encaisse mal le côté protecteur des pas racistes, leurs tapes amicales, leurs sourires complices. À voir leurs gueules enfarinées, il me prend des envies de tuer. Je m'en suis tiré, à force. J'apprécie mon bureau, je l'ai dit. Devoir le quitter m'ennuie, quitter Julie, ma routine. On s'attache.

J'ai encore le temps de voir venir, mais l'épée du père Damoclès pendouille pas très loin.

Repartir de zéro, facile à dire. J'ai mal vieilli, j'ai pris des habitudes de confort. Je dispose d'un F3 ancien loyer, sous-loué en douce à une aimable douairière retournée à Plougastel planter des crêpes. J'avais du blé, je l'ai claqué. J'ai un stock de traites à honorer pour de l'équipement Hi-Fi haut de gamme, l'internet, tout ça. Se tenir à jour dans cette branche coûte la peau des fesses. L'équipement vieillit vite. Et surtout j'ai mes vieux sur les bras. Bref, sans mon salaire actuel, je plonge.

J'ai prospecté. Je connais pas mal de monde, à force, mais à quarante balais sonnés, se reconvertir tourne à la mission impossible, à croire que vous êtes le grand-père du regretté Mathusalem. Pourtant, il me faut dénicher autre chose. J'ai besoin de blé, d'un bord ou de l'autre. Mon royaume pour un cheval… Me prostituer ? Pas mèche. Alors prostituer Julie ? Tu pousses ! L'argent, on n'en sort pas. On n'en trouve pas, tu veux dire. Pourtant, c'est pas ça qui manque. Je finirai bien par trouver une idée. Et vite.

Dommage, c'est injuste, mes entours me conviennent. J'ai mes repères. Le soleil, par exemple, le peu qu'il y en a, je suis sa progression. Je sais quand il va effleurer mon philo, et dans mes murs, je vis chaque jour comme si c'était le dernier, en attendant que l'on me tire le tapis sous les pieds.

Encore, moi, je n'ai rien demandé. Les tuiles débarquent seules. Jean, lui, Dieu sait s'il avait la vie belle. Plus libre, ça n'existait pas. D'un coup, ça lui prend, il est prêt à se rogner les ailes pour une petite pisseuse, du treize à la douzaine. Je rêve…

Encore, ce serait le coup de blues de la cinquantaine, le prolo gavé des vergetures de sa fidèle Gudule, qui flashe sur une nymphette, passons. Mais lui, les copines, il

n'avait qu'à se baisser. Le harem se montait de lui-même.
Il refusait du monde.

Justement, monsieur ne voulait pas. La bagatelle, du temps perdu pour monsieur. Ou alors, en passant, entre deux guerres, clic-clac, merci Kodak.

Garde tes larmes. Dans le fond, je ne suis pas mécontent. Les héros sont en papier mâché, comme tout le monde. Jean, je n'ai rien à lui reprocher, à part d'être trop. Trop beau, trop bon, trop too much. C'est mesquin, j'en conviens, mais c'est humain. Je trouve injuste de n'être que ce que je suis. Jean me fait de l'ombre. Il se plante ? Tant pis pour sa jolie gueule.

Pense plutôt à toi. Tu te vois retourner au restal maternel, la queue entre les miches ? Ça te pend au nez. Tu es le bon fils, tu n'y peux rien, et tes vieux ne rajeunissent pas. Seulement, le chope-souille, basta. J'ai donné. Je n'ai aucune envie de rempiler à vie. Puis je les connais, mes vieux. Un de ces quatre, ils vont me lâcher une honorable congaïe bien de chez nous dans les pattes. Ils rêvent de petits-enfants. Moi pas. J'ai tout mon temps pour pouponner. Je ne nage plus dans leurs eaux. Si jamais je leur ramenais une Julie, une Française, ils en feraient une jaunisse, mauvaise blague à part.

J'ai donc intérêt à trouver une solution, une combine qui rapporte, et vite. Quelle ? Si seulement je le savais... J'ai bien une idée juteuse, mais où trouver l'argent pour démarrer ? Assez divagué, on s'y remet. Tu es payé, tu dois marner, esclave. Maulen !

Il faut s'attendre à tout. Jeudi dernier, Mère me dit :
— Tu sens cette drôle d'odeur ?
Dans la nature, les odeurs ne manquent pas. Pour sentir, ça sent, une puanteur grasse. Ma foi... J'ai besoin d'eau. J'ouvre le robinet, à la cuisine. Il coule quelque chose de marron, et alors là, ça schlingue. Aucun doute. Je referme. Nous voilà propres.

Alors ? Il doit y avoir une occlusion, du côté de la fosse septique, avec remontées. Je fais quoi ? Commençons par nettoyer l'évier, puis j'appelle chez Berthe. Son fils, Jean-Luc, est là. Elle me le passe. Je lui explique le topo, il n'est pas surpris. Il me rassure :
— Faut pas te frapper, ta fosse est pleine.
— Ah bon. Et tu me conseilles quoi ? La louche ?
— Attends-moi. Le temps de prendre la pompe, j'arrive.

Une demi-heure plus tard, il est là. Tracteur, pompe, plus un gros tuyau noir. Toujours en forme, ce jeune homme. Il ne perd pas de temps :
— Jeanne, tu vois cette plaque de ciment, dans l'herbe ? Tu me la dégages. Du temps je mets en route.

Je prends une pelle, j'obéis. Cette plaque, je l'avais vue, bien sûr, sans me poser de questions. Elle est aux trois quarts enterrée. C'est fait. Deux couvercles apparaissent.

Jean-Luc en soulève un, plonge le tuyau, et en avant. Je demande :

— Je te prépare un café ?

— Deux minutes.

Deux et des poussières. Nous en venons à bout. Il reste des traces. La pluie nettoiera. Jean-Luc coupe le moteur. Silence. Il vient se laver les mains. Je réitère :

— Et ce café ?

— Un pastis, je ne dirais pas non.

— Ah, Jean-Luc, sans toi, qu'est-ce qu'on deviendrait ?

— Vous seriez bien emmerdées.

Exact. Je nous sers. Il boit debout, toujours pressé.

— Je te dois combien ?

— Pour moi, rien, c'est cadeau. Il y a la pompe et le gazole. Disons vingt euros.

C'est donné. Je paie.

— Tu déjeunes avec nous ?

— Tu plaisantes ? Et le travail ? J'ai deux hectares à retourner. Bon, ben, salut.

— Et merci encore.

— À la prochaine. Porte-toi bien.

Il file. Une chance qu'il soit là. Je souffle un bon coup. Regarde, la glycine gonfle ses bourgeons. La vigne tarde à en faire autant. Des pousses de coquelicots envahissent la terrasse, malgré le gravier. Round up ? Il faudrait.

J'en ai passé cet automne, ça n'a pas traîné. D'un coup, la gouttière, au-dessus du bûcher, s'est remplie d'abeilles mortes. Elles squattaient à même un creux du mur. Mère voulait que j'appelle les pompiers. Pas la peine, elles ont déménagé. On les comprend.

Le champ à nos pieds prend une teinte tendre. Des vergetures le zèbrent, l'été a laissé sa griffe et d'un peu, notre source tarissait. Il a plu, quelques orages, davantage de bruit que de bien, mais l'eau coule toujours.

Mes invités dorment, on dirait. Ils sont arrivés tard, hier soir, je ne les attendais plus. Je leur ai proposé... Non, sans façons, ils avaient mangé en route. Sa Grâce a daigné demander un Perrier-rondelle. Rondelle ? Ah oui, de citron. Désolée, je ne tiens pas cet article. Par contre, j'ai un excellent vinaigre. Garde-le-toi.

Les échanges ont tourné court, rouler fatigue. La bise. Jean sent Jean, une odeur de vieux cuir. Elle sent la femme tendance. Elle plane, sûre d'elle. Pour un peu, elle vous toucherait les écrouelles. Ils montent se coucher.

Oh, arrête, je t'en prie. Elle est comme elle est, tout le monde ne peut pas avoir un bec-de-lièvre. Ce n'est pas sa faute si elle a tout pour elle, et si elle en tire avantage, elle a raison.

Ils dorment. Tant mieux. Ensuite ? Ils disposent d'un véhicule de location. Jean voudra lui montrer la région. C'est jour de marché à Forcalquier, ils peuvent s'y rendre par le col de Fontbelle, la route vaut la peine. On trouve ce village, au mitan, Saint-Geniez. L'église arbore une plaque, au fronton, en l'honneur d'une fondation créée pour « Les pauvres méritants... ». Être pauvre, ça se mérite. Les autres peuvent crever.

Plus loin se trouve la Pierre Écrite, à l'entrée d'un défilé. Encore une plaque de pierre, en latin cette fois. Elle rappelle le passage du consul Dardanus, après la chute de l'empire d'Occident.

Un proconsul moderne vient de faire de notre région une réserve géologique. Il l'a balisée en long et en large. Au long des sentiers, des panneaux signalent les gisements de fossiles intéressants. L'amateur n'a plus qu'à se pointer avec marteau et burin pour la récolte. Il ne s'en prive pas.

Bon Dieu ce que je suis tendue ! J'ai envie de hurler. Retiens-toi, tu réveillerais ton monde. Ah, on bouge. Je dégage, je prends une hachette, je vais préparer du petit bois. J'attendrai qu'ils filent pour refaire surface. Je ne veux pas la voir, pas elle. Pourtant, j'en ai croisé, des oiselles de passage. J'ai même sympathisé avec certaines, de gentilles filles dans l'ensemble. Interchangeables, leur grande qualité. Elles passaient puis disparaissaient comme autant de fruits de saison.

De braves gamines, c'est vrai, lancées tôt dans ce milieu cannibale. Elles surnageaient un moment, pauvre petit fretin au milieu des requins. Beaucoup d'appelées pour des queues de cerises, les élues l'étant d'avance. Le feuilleton *Dynastie*.

Ne sois pas injuste, Poussinette. Léa, quelle différence ? Rien, à part son impact sur Jean. Il n'est plus lui-même, comme si... Comme après un choc, une illumination, disons. J'avais pressenti le danger au premier contact. L'intuition, ma petite.

La belle s'est pointée un soir de l'été dernier. Je suis allée prendre livraison aux Thumins, ils arrivaient en car, par la correspondance du train de Valence. Ensuite la route, le chemin, le tour du propriétaire. D'ordinaire, je recueille les commentaires d'usage :

— Pas croyable la vue que vous avez ! Et cet air pur ! Et ce calme !

Je les accepte modestement. J'offre à boire, j'indique les chambres. Je fais ce qu'il se doit, et le monde est content. Léa ? La garce n'a pas daigné s'émerveiller. Elle n'a rien regardé. Tout juste si elle ne m'a pas tendu sa main à baiser, j'exagère à peine. Je m'y attendais, à voir son port de tête. Son prénom aussi, ce Léa, je déteste, le cri du paon au féminin. Un avantage, il est court, on en est plus vite débarrassé.

101

Au physique ? Pas de quoi tomber à la renverse. Une brunette, mince, c'est de son âge, avec une poitrine prononcée. Nos biches ont toutes cette silhouette, ces temps. La pilule vous stimule la glande mammaire, autant pour les mâles, ils ont de quoi mégoter. Je n'ai pas oublié. Jean la regardait, en extase, le croyant devant la relique. Je n'en suis toujours pas remise. Qu'avait-elle de rare, cette loute, bon sang ? Un visage mobile, je reconnais. Soit, et alors ?

Pour parler, elle parlait. Elle tranchait de tout, à tout propos. En temps ordinaire, j'accepte. C'est rarement instructif, mais du moins, cela vous évite de vous mettre en frais.

Là, trop c'est trop, elle m'agaçait, tout se ramenait à sa chère personne, comme la balle sur la raquette du Jokari. L'élastique. Elle soûlait, à force. Mon pauvre Jean buvait la bonne parole. Le message ? Quel ? La musique plutôt. J'admets, elle a une belle voix, une de ces voix de gorge dont la raucité prend aux tripes. Gitanes sans filtre ? Hakik ? Les deux, j'ai eu l'occasion de le constater.

J'ai fait bonne contenance, nous savons nous tenir. Mère aucun problème, elle s'en moque. Nous offrons bonne table à nos invités, c'est bien le moins. Marthe aime recevoir. Elle ne s'attarde tout de même pas. La dernière bouchée avalée, elle tire sa révérence.

Léa, à part sa voix ? Des dents à traîner par terre. Elle en voulait, elle ne le cachait pas. Elle parlait carrière, relations, combines, comme quelqu'un dans le bain. Elle revenait volontiers sur son achèvement majeur, son rôle dans *Quand vient la nuit...* du fameux Brochal, le spécialiste de la peinture de mœurs au pistolet, une de nos gloires pelliculaires.

Elle tranchait. Jean approuvait. Il suivait la partition et souriait aux morceaux de bravoure. Pour un peu, il aurait applaudi. À peine le pied à l'étrier, notre pouliche se voyait déjà raflant les grands prix. L'âge tendre croit le monde à portée. Pour lui, les vieux sont des demeurés. Pis, des résignés. D'accord. Mais chez Léa perçait une pointe d'arrogance typiquement parisienne. J'encaisse mal. Pas de quoi se flinguer.

Mais alors, Jean ! Fini le baroudeur. On aurait dit le petit mioche timide, un rien plouc, ébloui par la diva. Ce n'était plus lui. Je le constatais sans comprendre.

Comprendre quoi ? Tu m'amuses. L'amour aveugle. Chaque chose n'a que la valeur qu'on lui prête. Aux yeux du désir, le plaqué en jette autant que la perle fine, ma douce. L'amateur décide.

Elle est donc venue. J'ai détesté. Elle allait filer, ciao bella, au plaisir de ne pas te revoir. Jean passerait à autre chose, et à suivre.

Erreur, elle est revenue, elle et elle seule, et elle est là. Pour Jean, je comprenais, puisqu'il est preneur. Mais elle, bon sang ! Elle n'a donc rien trouvé d'autre pour avancer ses affaires ?

Réfléchis, ne nous emballons pas. La starlette pullule sur le marché de l'occasion, et le strapontin est hors de prix. Du coup, Jean n'est pas le mauvais cheval, bien introduit dans la presse, en rapport avec pas mal de gens influents. Il valait la peine de s'attarder. Grâce à lui, des tas de portes pouvaient s'ouvrir dans ce très petit monde qui se veut le centre de l'univers où l'on est célèbre parce que l'on vous voit à la télé, et vice-versa. Tout se joue par relations. À force de se faire voir, on finit par être vu. Les médias font la loi. L'apparence devient réalité. C'est comme ça.

Jean le savait. Il tirait sa force de ce système. Simple, prenez Ernest-Antoine Charlot. C'est quelqu'un, E-A, il dirige l'empire du clafoutis en poudre, ou alors un

aéroport, une quelconque multi-nationale, un parti poli-tique, ce que vous voulez. Pour l'atteindre, macache, son secrétariat filtre. Seuls ses pairs peuvent le joindre, par vent favorable. Sauf si vous possédez la formule magique :
— Salut, ici Jean Saunois, du *Livarot* (ou de l'*Écho des Savanes*, ou de la *Semaine de Suzette*, pas de jaloux). J'aimerais faire un papier sur E-A, pour mon canard.
— Mais comment donc, je le préviens. Quand pensez-vous pouvoir...
Pour Antonio-Ernesto, qui fait poireauter ministres et autres valetailles, la presse passe en urgence. La perspec-tive de se trouver en pied et en majesté dans un de ces tor-chons de papier reste irrésistible. Pour cause, vous passez de l'obscurité relative à la pleine lumière, de la matière inerte à l'essence. Tel Dieu, le reporter vous crée. Le magnat, confiné dans sa bulle, reste zéro pour le monde extérieur, ou peu s'en faut. Multiplié par le tirage du maga-zine, lui-même multiplié par le nombre des lecteurs de chaque exemplaire, il accède au Oualala des happy few dont on cause. Répétons-nous, on les connaît parce qu'on en parle. Bien que ne présentant pas grand intérêt, ils font partie du sérail des gens intéressants. Point barre. Demain leur minois de papier servira à envelopper des sardines ou des salsifis. Certes, mais à présent les voilà mordus. La Gloire les a baisés au front. Ils attendent la suite, une autre apothéose, un autre magazine, si Dieu veut.
Jean avait la cote dans la profession. Il n'était pas un grand, pas encore, mais déjà un bon, une valeur sûre, et Léa le savait. Elle venait de harponner la baleine blanche, elle n'allait pas lâcher le morceau. Elle s'en servirait.
C'est là que je ne marchais plus. J'acceptais tout, sa condescendance, et de jouer les Cendrillons demeurées. Mais Jean n'était utilisable qu'à Paris. Elle devait donc lui rogner les ailes, pour l'amener au bon endroit, lui et son

carnet d'adresses. Le compte à rebours venait de commencer. Je me disais : Elle va trop vite, il ne se laissera pas déraciner. Pas lui, pas question. Cette niaise scie la branche.

Rien du tout, elle connaissait son pouvoir. Elle le ramènerait dans ses filets, à sa botte, sur son terrain. Je ne désespérais pourtant pas, l'opération ne serait pas si facile. Mon camarade manie la force d'inertie, jamais il ne vous contrarie. Il se contente d'en faire à sa tête.

Elle a lancé son offensive. Je l'ai vue opérer. Il ne bronchait pas, il se contentait de sourire. J'ai pensé : Elle va se lasser...

Tarare... La vague sur la roche. Elle a tenu. Le lierre et le chêne. Je me suis dit : Ses reportages avant tout, puis la bergerie, le calme... Elle n'aura pas le dernier mot, pas possible.

Elle l'a eu. Peu à peu, Jean a lâché du lest, espacé ses visites. Il n'a rien formulé. Question non-dit, nous nous défendons. Bientôt, il allait mettre les pouces, capituler une bonne fois.

Il vient de faire surface, et elle avec. Je dois la supporter, mademoiselle Moi-Je-Moi. Je la hais. Jean, je le plains. Il n'est pas là pour mes beaux yeux, il est passé prendre des affaires. J'arrête, je vais chialer.

Elle a gagné. J'espère encore. Quoi ? Je ne sais. J'espère. Il faut bien.

Cette nuit, j'ai rêvé de ma mère. C'était elle sans être elle, une silhouette blanche, dans la brume, qui s'avançait vers moi lentement. Elle portait un masque blanc. Elle l'a retiré. Sous ce masque, le visage de Léa, figé. À la place des yeux, le vide. L'angoisse m'a réveillé. Mon cœur dérapait.

Charmant. Je ne rêve jamais. Pour une fois, je suis gâté. L'interprétation ? Rien de plus facile. L'autre soir, tard, la télé a passé un film gore : *Le Masque du démon* de Mario Bava, avec Barbara Steel et Vierge de Nuremberg. Et voilà pourquoi votre fils a les jetons. C'est aussi peu compliqué que ça ? C'est. Je m'en serais passé.

Je reviens de Digne, un cirque médiatique, une battue aux loups organisée par des bergers. Les loups, si on veut. La cible restait l'écolo, ce prédateur bipède. Sale race, les écolos, ces illuminés font n'importe quoi. Total, les moutons subissent, les bergers en bavent, et ce n'est qu'un début. À présent, ils veulent réintroduire du lynx, et pourquoi pas une pincée de mammouths ?

La battue, du pipeau. Le loup n'allait pas les attendre. Tout ce tapage visait la presse, histoire de lui donner du grain à moudre.

Pas mauvais, leur numéro, avec fusils et chiens. Les trognes, surtout, et le jargon. L'ensemble valait le

106

déplacement. Nos parpagnans ont de satanées bobines, taillées dans la masse. Puis le loup reste un sujet d'avenir. Pour peu qu'il daigne croquer un marmot, un jour, tous les espoirs sont permis. Le plus tôt le mieux, nous manquons d'ennemis publics.

Je rentre donc, pas frais, après une nuit glauque dans le train. Gare de Lyon, j'émerge de la cohue. Taxi, feux rouges, l'occlusion habituelle. Je me fais jeter à Saint-Michel, près de la fontaine. On va plus vite à pied. Il est tôt, la rue Saint-Denis joue les belles endormies. Cybul a dégagé. Sur mon répondeur, un message. Je prends. *Globe* me demande de les rappeler. *Globe*, un magazine qui vient de se lancer, encore un, genre *Géo*. Ils ont le moral, le créneau refuse du monde.

Je rappelle, je tombe sur Truc-Chose. En vrai, il se nomme Truchorenkov, ça ne s'invente pas, d'où Truc-Machin, plus maniable. Un spécialiste des coups pourris.

— S'tu fous-là ? je demande...

Question stupide. Il s'est fait jeter de sa planque précédente, et il n'est pas végétarien. Le bifteck commande. *Globe* ou autre chose, tout fait ventre.

Il m'explique, il leur faut un reportage d'urgence, histoire de boucler leur prochain numéro. Si possible un nanar pas trop usé. Si j'ai une idée, ils sont preneurs des deux mains.

J'ai. Je demande :

— Vous pouvez payer ?

— La confiance règne. Sûr qu'on peut, on s'est dégoté un mécène, un milliardaire australien.

— Il a tant de fric que ça à perdre, votre kangourou ?

— On s'en occupe. Il possède autant d'entreprises qu'un clochard de puces, et il ne veut pas mettre tous ses œufs dans le même couffin, figure-toi. Il se lance dans la presse. Nous serons sa danseuse.

— Veinards ! Bon, la Mongolie, ça irait ?

— C'est où, ça, en Chine ?

— Tout contre, plus au sud.

Je détaille. Il s'agit d'un ex-satellite soviétique. Moscou vient de desserrer sa petite menotte, le bon moment pour se pointer.

— Voir quoi ?

— Le Nadam, ignare, la super fiesta locale, avec tir à l'arc, lutte, et surtout la course de chevaux dans la steppe. De l'exotisme garanti.

Machin apprécie :

— Le bouquet garni, quoi. D'accord, tu as carte blanche. Passe me voir.

Je passe. Nous topons. J'encaisse mon avance. Un crochet par Moscou, et me voici à Oulan-Bator, la capitale locale. J'aime bien l'ambiance de ces pays entre deux chaises. C'est fugace, tout est en l'air, tout est à vendre, avant le retour de l'ordre et de l'ennui.

Je m'équipe. J'affrète un interprète, Kim, un jeune Mongol anglophone, fils d'un caïd de la nomenklatura locale, ce qui peut servir. Pas sympa, plutôt content de lui. C'est son droit. Je loue une Lada, livrée avec chauffeur, Ivan, un Russe quinquagénaire, le moujik de base.

D'abord, un coup d'œil sur la capitale. Le Grand Frère a regagné son paradis. Reste sa marque. Juché sur un promontoire, l'inévitable monument à la gloire du panzer révizo domine la ville. L'engin, penché sur son plan incliné, paraît prêt à bondir vers de nouvelles aventures, entouré par la frise des joyeux kolkhoziens associés.

La ville ? L'océan de grisaille. Au centre, la place de la Révolution, avec ses pâtisseries stalino-byzantines, théâtre, assemblée nationale, musée… Pas loin, deux centrales thermiques fument placidement. L'anus au milieu du visage, le signe de la pieuvre.

108

Circulez, n'y a rien à voir. Je rassemble l'équipage, nous filons, cap vers le Nadam. L'événement se tient à quelques heures de piste, en plein désert de Gobi, près d'un bled quelconque, un coin oublié de Dieu. Nous y sommes. Nous trouvons quand même un hôtel, moins trois étoiles garanti, et on y va.

Leur désert n'est pas aménagé, juste de la caillasse. Ni dunes ni palmiers. La fête s'étale dans tous les sens, impossible de la rater. Un fouillis de tentes, une tribune, et la foule mongoloïde, en robe et en bonnet pointu.

Le spectacle a commencé. Les épreuves vont bon train. Je mitraille. *Globe* en aura pour l'argent de son pigeon. Les lutteurs ? Des monuments, torse nu, avec cache-sexe et bonnet farfelu. Ils imitent le vol de l'aigle en battant lentement des bras, puis s'étreignent avec fougue. C'est beau comme de l'antique.

Ah, regarde, un champion chenu tente sa chance contre un jeune baraqué. Papy joue les prolongations, mais son âge trahit sa généreuse envie, et l'on voit le pauvre diable tomber terrassé. Déçu, le patriarche, il y croyait encore.

Le tir à l'arc ? Comme partout. Mais la course équestre, pardon ! Une marée de concurrents, montés sur des petits chevaux nerveux, s'aligne vaille que vaille. Les descendants de Gengis Khan. Beaucoup de gamins dans le lot. Dix ans, douze ? Va savoir. Un coup de pistolet, ils s'arrachent, disparaissent à l'horizon pour combien de kilomètres ? Cinquante, cent ? Davantage ?

Au bout d'une couple d'heures, on voit revenir les premiers, lessivés. Les chevaux ont l'écume au mufle. Un gosse, l'étoile rouge sur son bonnet, se projette en tête.

Que dit Kim ? Que le vainqueur a gagné. À part ça, mon interprète n'est pas causant. La fantasia chez les ploucs, ce n'est pas sa tasse de koumis. Comme il a de la parentèle dans le secteur, il disparaît. Noblesse oblige. Reste mon moujik. Dans son sabir number one, Ivan tente de me signaler du nanan, de l'autre côté du bled.

— *Karacho*, il dit.

Il gesticule, une main en visière, de l'autre il tourne une manivelle. Je crois comprendre :

— *Kino ?*

— *Da.*

Banco. Allons-y.

Un coup de Lada, nous y sommes. Camions, baraques, du monde, des caméras. Coup de chance, nous tombons sur le tournage de *Gengis Khan*, précisément, un film à la gloire du top model local. Un eastern donc. Les réalisateurs n'ont pas lésiné sur la cavalerie. Tout un régiment de l'armée s'est nippé façon rétro. Ils ont de la gueule, et nous retrouvons Kim, en train de draguer la starlet. Il daigne nous suivre.

L'action ? Gengis va prendre Samarcande. Gros plan sur la ville, à l'horizon, à savoir deux douzaines de manches à balai, de taille inégale, plantés dans le sable à vingt mètres. Filmé à contre-jour, le trucage fonctionne. Bravo mongolito.

Côté accessoires, il y a comme un os dans le bortsch. Le khan crapahutait en chariot. Ils en ont construit un, comake, avec roues plein bois, et attelé au monstre une horde de haridelles. Les mesquines s'échinent. Rien à faire, le mastodonte ne bronche pas d'un pouce. Un bulldozer ferait mieux l'affaire.

Laissons tomber. J'explore. Sous une tente, je tombe sur Gengis soi-même, en pleine séance de maquillage. L'est gras, l'animal, et qu'on te le pomponne, qu'on te l'épile, qu'on te le bichonne ! Trop beau, je mitraille. Le bougre se fâche, m'invective. Kesskidit ? Kim refuse de traduire, ce serait déplaisant pour les cendres de mes ancêtres, il paraît.

Assez flirté, on dégage. Un tour en Lada. C'est quelque chose, la Mongolie. Le paysage ondule par vagues, à l'infini, en attendant de nouveaux conquérants. Tu parles, ils sont déjà sur place. Dans le bled, une file de 4 × 4 stationne, des Toy nickel. Les Japs sont là. Nous ne faisons pas le poids, ils prennent tout l'espace.

Il se fait tard. Kim a derechef disparu. Ce jouvenceau n'est décidément pas collant. Terminé pour aujourd'hui. Je donne rendez-vous à Ivan pour demain, huit heures devant l'hôtel. Lui aussi a des connaissances dans le secteur. S'il voit l'autre vedette, qu'il le prévienne.

Le soir vient. Des feux dans la plaine. Un peu partout, les gens campent, et j'ai la dalle, je n'ai rien pris ce midi. Je regagne mon cube de béton. Pas de restal. Je ressors. Un peu partout, le bon peuple festoie dans ses yourtes. L'air embaume le mouton grillé. Sûr qu'il doit y avoir une buvette quelque part, avec des brochettes. Nitchevo? La Fête de *L'Huma*, c'est à La Courneuve, Vladimir. Diable. Si seulement un apparatchik me balançait un os... Nom d'un petit houligan, c'est pas possible. Tout est possible, l'artiste.

Tant pis, qui dort dîne, retour à la case départ. Au bout de mon couloir, je tombe sur la babouchka de service, plantée derrière son comptoir. Les Russes ont dû l'oublier. À tout hasard, je fais signe de la main droite, doigts joints tendus vers le gosier, avec saccades. Elle *poniémaille*?

— *Da!*

La dame me tend un quignon de pain noir, avec un grand sourire.

— *Spassiba!*

Je lui offre en échange une poignée de monnaie locale. Refus, paume dressée. Encore merci. Je rejoins ma cellule. Manque la cruche et le rat, et tu l'aurais, ton dessin comique. Manque rien, regarde, une souris vient d'apparaître. Elle aussi a faim. Elle trottine, se plante au milieu de la pièce, te fixe. Je lui balance une miette. Elle s'en empare, la grignote, tenue entre deux pattes, assise sur son arrière-train. Ses moustaches frémissent de satisfaction.

Pour changer, je lui offre une croûte. Cette fois, elle la prend et disparaît. Bonne nuit, souricette.

Et sinon, cette piaule ? Ni radio, ni télé. On se couche. Dur, le lit, avec son matelas rembourré de noyaux de pêches. Une question familière pointe son museau. Je fais quoi, ici ? Tu attends le jour. La nuit, difficile d'opérer. Exact.

La nuit est le manteau des pauvres certes. Elle te cloue, en attendant, face à la méduse familière. Face à l'horreur des origines. Vieille histoire. J'adorais maman avant qu'elle disparaisse. Ma mère, mon refuge… Père ne riait jamais. Je sentais sa violence. Il la retournait contre lui. Jamais il ne m'a touché. Je ne sais s'il me voyait vraiment. Il buvait. Il puait l'alcool.

Tout gosse, tout paraît normal. Père parlait seul. Il partait sans prévenir, en plein repas. Parfois, la nuit, je l'entendais buter dans tous les angles, quand il rentrait. Maman était là sans y être vraiment, à distance. Elle s'occupait de moi, oui, bien sûr. J'avais l'assiette pleine et le cœur vide. J'aurais tant voulu l'embrasser… Elle se dérobait. Elle n'y tenait pas. J'attendais le dégel.

Je couchais dans notre petit salon sur un lit pliant. Le téléphone se trouvait à la cuisine, par commodité, j'imagine. Un matin, réveillé tôt, j'attendais l'heure de bouger. Puis je l'ai entendue, elle. Maman téléphonait. À qui ? Je l'ignore. Elle disait :

— Lui, il est toujours pareil, un sauvage. Rien à en tirer. Je ne le supporterai pas longtemps, tu peux le croire.

Elle parlait de papa. Puis mon tour est venu :

— Jean ? Tu parles, j'aurais mieux fait de ne pas le garder, il m'encombre, il ne m'apporte rien. Je n'ai plus la patience.

Le monde s'écroulait. Je me suis bouché les oreilles. Je n'existais que pour elle, plongé dans la peur de la perdre. De me perdre. Mensonge. Je l'aimais pour rien. J'ai voulu mourir.

Mon père l'a fait, peu de temps après. On me l'a raconté. Un incendie, il se trouvait là par hasard. Il restait un gosse dans la fournaise. Il est entré, il y est resté. Il n'a pas hésité, un héros, donc, et je me demande encore s'il cherchait ce gosse ou sa mort. Sa femme venait de nous quitter. J'ai retrouvé mon père, en le perdant.

On m'a confié à oncle Albert. Une vie nouvelle s'est ouverte, comme un livre neuf. Ma mère a refait la sienne, de son côté. Je ne l'ai jamais revue. Une vie nouvelle en plein village, cette fois, autant dire une crèche. L'église, les maisons, les santons, les animaux, les champs de lavandin, les bois. Manquait rien. Et Jeanne, la fidèle Jeanne.

Je renaissais. Je devenais un gamin comme les autres. Pas tout à fait. J'aurais dû mourir. La mort s'en souvenait, elle veillait sur moi. Je la sentais proche. Pourquoi la craindre ? Elle seule vous console. Elle ne déçoit jamais son monde, elle ne triche pas. Le moment venu, elle est là, et je me suis lancé très tôt dans la photo. Tout fuyait, mais par la magie de la pellicule, je pouvais fixer le temps. Je pouvais en vivre et m'évader. Au Moyen Âge, je serais allé de chantier en chantier bâtir des cathédrales. J'ai construit des reportages. Mon métier m'a permis de gagner le grand large. J'ai pu fuir en travaillant. Sinon, le reste, la normalité, la famille ? Vieille histoire. Adam rencontre Ève, parlez-moi d'amour, et à suivre Caïn-caha. Ah, l'amour madame… Les gens se jettent dessus comme le chien sur ses croquettes.

Pour moi, autre chanson. Une fille te plaît. Se faire aimer, facile, des flopées de babouins y parviennent. Ensuite, rien ne va plus. La chenille devient chrysalide, la chrysalide, papillon. La fiancée vire à l'épouse, l'épouse se fait mère. La mère, celle par qui la mort vient au père. Je n'attends pas. Je prends la tangente. J'ai de la fuite dans les idées.

Je repense à mon rêve. J'ai toujours tenu les femmes à distance. Des échanges superficiels, à la bonne heure. M'engager, non. Mais pas Léa. Léa, la nouvelle Ève ? Je crois. Je n'en ai pas peur. Elle me veut moi, elle ne souhaite pas de gosses, elle me l'a dit. Nous nous ressemblons. Je traque les images, elle veut en devenir une. Elle brûle, sa flamme me réchauffe. Je ferai tout pour qu'elle arrive.

Un détail, cette grande fille sait se débrouiller seule. Pour le moment, elle t'accepte. Ne te crois pas indispensable. Prie pour que cela dure.

J'ai dû m'endormir, un sommeil haché, sur mon lit de bosses. Le lendemain, aux aurores, en attendant Ivan, je sors contempler le décor. La fête est finie. Je prends quand même mon matos, on ne sait jamais. Je quitte le village. Tu as bien fait, tu as vu ? Ça bouge, là-bas. Hop, on y va. Admire, un plan d'eau, une pente, une vague humaine déferle. Des hommes, torse nu, en pantalon kaki, courent se baquer. Ton régiment de cavalerie. La lumière est extra, je mitraille. Bien, et retour à l'hôtel.

Ivan est là, et Kim daigne être présent. L'équipe se trouve au complet. Ivan a quelque chose à signaler. Il y aurait du dinosaure à la pelle, plus au nord. Du dino ? Bah, il s'en trouve partout, dans les parages, de ces foutues carcasses. Ce sera pour une autre fois. Terminé. Je congédie

Kim, il préfère rester. Je le paie largement. Un interprète aussi peu causant, pensez ! Nous parlons un moment. Il ne compte pas moisir sur place. Il veut partir en Amérique, faire de l'argent, *big money*, puis épouser une Japonaise. *Big money*, il répète. C'est original, ma foi. Encore un idéaliste. Bonne chance, Kim, et la bise à ta Japy. Je garde Ivan. Et lui, pourquoi n'a-t-il pas regagné son Oural natal ? Il s'est marié localement. Ici, il a sa famille, son travail. Il espère que le nouveau pouvoir ne fera pas le ménage aux dépens des anciens maîtres. Une fois Kim envolé, il retrouve un anglais passable, comprenne qui pourra. Et est-ce que je veux voir un temple ? Il en connaît un, dans les parages.

— Quel genre, bouddhiste ?

— Bien sûr. Un vieux temple, tout neuf.

— C'est-à-dire ?

On ne peut plus simple. Pour fonder l'avenir, les communistes ont fait du passé table rase, comme dans la chanson, au gué vive la rose. En clair, les moines, kaputt, et les pagodes rasées. Karacho devant. Puis l'avenir promis a rejoint les vieilles lunes, le sens de l'Histoire a rétrogradé, voici le passé de retour, avec dans sa musette des kyrielles de touristes en perspective. Ami entends-tu le bruit sourd du dollar dans la plaine ?

Comment plumer cette volaille ? Le touriste, cette âme simple, demande à voir ce qui doit être vu. Le tank, sur sa butte rouge, c'est pas mal, mais un peu court. Alors on lui refait des temples, à l'identique. Les moines ? Hollywood pourrait s'en charger. Pour l'heure, je remercie Ivan. Son temple ne vaut pas pipette.

Tant que j'y suis, je le paie. J'ajoute une solide gratification. Il paraît surpris. Pour les bambinos, je dis. *Da ?* *Zakouskis…* Il rit. Un brave type, Ivan, un type en or. Il me tape sur l'épaule. On part, il demande ? *Momentito*, je vais encore essayer de faire du local. Rendez-vous même endroit, treize heures.

Je baguenaude. Je prends quelques clichés de la yourte, des chevaux, des cavaliers, avec un lasso au bout d'une perche. Retour au bled. Un jeune m'aborde. Si je veux des tankas ? Faut voir.

De sous sa vareuse, il sort des rouleaux de peinture sur toile. J'en déroule un. Pas mal du tout. Au centre, dans une nuée, un lama bonnet jaune, assis en lotus. En bas, à gauche, un démon bleu. À droite, des moines. Entre eux, une table chargée d'offrandes. En haut, une pagode. C'est naïf, c'est beau. La provenance, on peut savoir ?

— Venir Tibet.

Je marchande. Nous tombons d'accord. Je prends le lot, trois tankas, donc. Si ça ne plaît pas à Léa, j'en ferai cadeau à Jeanne.

Oublie Léa, ce n'est pas son style. Ils seront mieux chez ta vieille copine. Sa bergerie vous a un air plus tibétain que nature, avec ses poutres vernies au fumet de mouton et ses murs de galets.

Avec Léa, autre chanson, je me vois mal vivre sans elle. Je n'ai rien vu venir, le piège, et je fais comment ? J'étais plus libre que le vent… La liberté se passe dans la tête, petit. N'importe quel taulard confirmera.

Toi et tes sentences, oublie-moi. À quoi bon dramatiser ? Une histoire de cœur, ce n'est pas la mer à boire. Plonge, tu verras. S'agit pas seulement de ça, il y a autre chose, je le sens, mais quoi ? Quelque chose bloque.

Un détail, Vuynes-Plage, elle ne s'y plaît guère, ma souris des villes. Normal, on l'a sevrée au bitume. Et ce n'est pas tout, nous avons parlé. Elle a de l'ambition pour moi. Le versant guerre, les gens saturent, elle dit. La kalache fumante sur fond de ruines, ils l'ont assez vue. Je peux et je dois me lancer dans autre chose. Pour cela, il faut me fixer à Paris. Je gagnerai du temps, je gagnerai ma vie. Nous serons proches.

C'est là que les choses coincent, je ne suis pas prêt à marcher sur la tête. Alors ? Si tu refuses, elle te plaque ? Possible, elle réagit au quart de tour. Ce genre de débat, avant, c'était impensable. Un chantage ? Écoute, pas de grand mot, personne ne te force. Tu crois ?

Je ne veux ni la perdre, ni changer d'orbite. Il va falloir quand même trancher, l'ami. L'échéance se rapproche. Elle ne t'a pas mis carrément le marché en mains. Elle espère sans doute n'avoir pas à le faire.

Écoute, tu pourrais essayer. Moins d'escapades alpines, pour commencer. Facile à dire, à Paris j'étouffe. Je vis en apnée. J'ai besoin de Vuynes et de vieille Jeanne. Chère Jeanne, elle a du mérite de nous recevoir, elle ne peut pas encaisser Léa. Pourtant, elle ne dit rien. Elle ne dit jamais rien.

Jalouse, elle ? Tu plaisantes, nous sommes comme sœur et frère, enfin ! Elle s'inquiète pour moi. Pourquoi pas ? Léa, j'y tiens. Je veux avant tout qu'elle s'en sorte. Son intensité me touche. Elle en veut comme j'en voulais à son âge. Nous avons dix ans d'écart, c'est moi, en plus jeune. C'est un peu ma fille, aussi. Elle me fait peur, parfois, elle me remet en question.

Qui sait si elle n'a pas raison ? Alors, on y vient, on jette le bébé avec l'eau crade ? À force de me gaver le film, j'y crois moins...

Puis le public change, exact. Nous l'avons gâté. Des conflits, nous lui en avons offert, saignants, dans tous les coins. Ça a eu payé. Le cadavre marchait comme un seul homme. Je revois ce cliché, au Cambodge, ce jeune khmer en tenue léopard, avec à bout de bras des têtes coupées. Il les tenait comme il aurait tenu des noix de coco, relax.

J'en suis où ? Chais pas. Laisse tomber. Laisse le temps au temps. Je te signale, l'adrénaline, je suis accro, et seul le terrain m'en fournit. Enfin, nous verrons. Tu as vu l'heure ? Tous à l'hôtel. Ivan m'attend, comme convenu. Il tire une drôle de bobine. Raspoutine est mort ? Non, il dit, c'est Kim. L'autre devait le guetter. Il lui est tombé dessus, dans la rue, peu après qu'il m'eut quitté. Il l'a nettoyé proprement. J'en reste bleu :

— Tu t'es laissé faire ?

Il hausse les épaules. Il dit :

— C'était ça, ou...

Il se passe la main, à plat, sur la gorge. Compris. Je sifflote. C'est quelque chose l'entente entre les peuples. Et sait-il où l'on peut se procurer de la vodka ? *No problem.* Une gargote, à deux pas, en tient. Je lui passe un billet, il va en chercher. Nous nous posons dans un coin à l'abri. À la nôtre. Il décapsule, me tend la bouteille. Je bois, je la lui passe. Houla, redoutable, leur carburant. Faut mener une vie dangereuse, gars, je me tue à te le répéter. Nous éclusons. Le moral remonte, hourrah l'Oural. Zoum, on y va.

Retour à Oulan-Bator, avec ses alignements de yourtes sédentarisées, à la périphérie, et cette allure de chantier en ruines. Nous longeons la voie ferrée, la veine jugulaire entre le défunt empire et la république cadette. Un train poussif se traîne, lui aussi n'y croit plus. On devine l'aéroport, les dérives des aéronefs se voient de loin. Nous y sommes. Rues froides, quelques Ladas, et la place finale. Décor du pouvoir, pouvoir du décor. L'hôtel. Terminus. Ivan, vieux camarade, quand nous reverrons-nous et nous reverrons-nous ? Je dis : *Achtung !*, avec geste d'égorgeur à l'appui. Il rit. Je lui laisse de quoi ne pas regretter l'excursion. Accolade, et c'est reparti.

Tupolev. Lac Baïkal, escale à Irkoutsk. Une nuit, une aurore et Moscou. Tu vois ce que je vois ?

Au départ, l'aérogare ressemblait à un vaste foutoir. L'endroit faisait peau neuve. Avant de gagner la salle d'embarquement, j'avais cherché la zone hors-taxes. Je me suis paumé dans des travaux tous zazimutes. Une pièce m'a tiré l'œil. Partout, des bouquins, sur les rayons, au sol, en vrac. Un naufrage.

J'ai regardé. Ils y étaient tous, tous les classiques, Marx, Engels, Lénine ma copine et Oncle Jo, les belles bacchantes, sans leurs couvertures vieillotes des éditions d'État. Toute la Sainte Maffia. J'en ai ramassé un, au hasard. « L'homme, le capital le plus précieux. » Signé Staline. *No comment.*

À présent, admire. Une hyène ne reconnaîtrait plus ses petits. Jésus, à peine le temps d'une valse, enterré le socialisme. Il s'est évaporé comme une buée. C'est fou, tout ruisselle de lumière, tous nos trésors sont là, nos parfums, nos fringues, nos godassons. Manque pas une marque. Tout baigne dans cette musak sirupeuse qui collerait du diabète à un sourd.

Glamour Levi's et orgues. Et tu sais quoi ? Jette un œil à ton billet, tu vas le sentir passer. Tu t'es attardé en Mongolie. Tu détiens un tarif charter, avec dates bloquées. Tu viens d'outrepasser. Ils n'ont rien vu à Oulan-Bator. Ici, autre chanson, tu dois changer de compagnie.

*Vamos.* Je me pointe au guichet. L'hôtesse se pointe illico, une blonde new wave, une rapide. Ça ne rate pas. C'est moi devoir payer plein tarif trajet Moscou-Paris, elle dit. *Pronto subito.* Histoire sans paroles, je ne proteste pas. Je lui glisse un billet vert, discrètement. Elle valide mon coupon de vol.

De nouveau le ronron feutré des réacteurs. Vanné je suis. Je ferme les yeux, des images se bousculent, chevaux, yourtes, Ivan... Les battements d'ailes des lutteurs. Elles sont ma vie, elles sont moi. Demain, je veux continuer. Nous en reparlerons. Demain je vois Léa.

Voilà, terminé. On décompresse, on recharge les accus, on trie la récolte. Oui, bon, puis ? Une fiesta, fils ? Pas maintenant. Léa ? J'hésite, j'ai très envie de la retrouver, mais... Tu sais bien. Tiens, je n'ai pas pensé à un cadeau, à part les tankas. On s'en fout.

Autre chose, je l'avais prise en photo, pour son press-book. Du beau travail, des clichés superbes. J'en ai parlé à Guste, si jamais l'agence... Il m'a ri au nez :

— Tu es naïf, mon lapin rose. Ta Léa, personne ne la connaît. Ce serait cette vieille pute de Sharon Stone, je ne dis pas. Mais là, à part se lancer dans la photo de charme, si tu vois ce que je veux dire...

— Et mon poing sur la gueule ?

— Tout de suite l'argument frappant... Moi, pour ce que j'en ai à cirer...

Il a raison. Être une image ne suffit pas, je ne sais que ça. Il faut devenir une marque. À elle de jouer.

Bonne pâte, je ne demande qu'à faire plaisir à madame Mère, mais question sapins, argentés ou pas, chou blanc. J'hésite un moment dans l'oasis de « Vive le jardin ». Un régal, une profusion d'arbres, d'arbustes et d'arbrisseaux. Joli, mais là-haut, chez Jeanne, le climat n'a rien à voir avec celui d'Aix. Ma jeune amie pas si jeune culmine à plus de 1 000 mètres, et on perd un degré tous les 150 mètres, dès qu'on grimpe. Tes arbustes fantoches ne feraient pas de vieux os.

Alors, déraciner quelques pins sur la colline ? Faut vouloir, le sol se défend, moitié argile, moitié galets. Il lâche difficilement sa proie. Puis tes déracinés, une fois plantés, tombent comme des mouches. Beaucoup de travail pour des queues de cerises.

On verra sur place. Il fait beau, je sors. Aix se dore au soleil, toujours aussi belle. Mes vieux os se dilatent presque. Quelques pigeons font leur footing en se rengorgeant. Les pigeons sont des bouffons. Le soir, des écharpes d'étourneaux quittent les pampas. Ils regagnent les platanes du Cours Sextius et en garnissent les branches de leurs guirlandes criardes. Au matin, leurs fientes tapissent les voitures garées en dessous. L'étourneau est un loup pour l'homme.

Demain, j'en connais qui râleront. Remarque, le Français râle en permanence. Il râle la bouche pleine, il râle en dormant. Tu l'égorgerais, il râlerait encore. Il m'arrive de voyager dans ces pays au sud du sud où couleurs, misère et joie de vivre font bon ménage. À peine revenu, à voir la mine de mes co-détenus, l'envie me prend de repartir.

Pour l'heure, affalé à la terrasse du « Happy days », j'observe le marché. Les chalands dérivent, au milieu des rumeurs familières. À force, je reconnais quelques habitués. Ce chien, par exemple. Foulard rouge au cou, comme un apache belle époque, il vaque à ses affaires bon train. Et ce lumpen... L'Onassis des poubelles. En treillis crades, bottes de caoutchouc trouées, l'œil aux aguets, il les écume. Des femmes plus ou moins bien balancées déambulent, nombril à l'air, certaines avec piercing en évidence. Il ne fait pas si chaud. La mode, fils. Une d'elles exhibe une cloque avancée, belle cible pour jouer aux fléchettes. Passe ce vieux Musiko, guitare en bandoulière. Lui chante du blues, une voix rauque. Il se voûte.

Du touriste, par vagues, des Japs rase-mottes, la vieille génération, d'une laideur standard, les femmes coiffées de larges chapeaux de toile. Chez eux, les basses castes ont le teint basané. Des Américains mollassons, plus obèses que la moyenne, c'est dire. Colomb aurait pu rester couché.

Les indigènes déambulent, pas pressés. Ils s'attardent, comparent. Les premiers champignons sont en montre, et ils ne sont pas donnés, la vache ! À suivre, charcutaille, fromages. Plus loin l'émail des poivrons resplendit, et ils viennent de retirer Albert Samain du Larousse. Ils ont osé. Nous en récitions, en classe, quand les instits n'étaient pas encore des professeurs des écoles. À l'époque, les gosses savaient lire en entrant en 6$^e$, et un référentiel bondissant ne désignait pas un ballon.

## La Sauvagine

« Sur la petite place au lever de l'aurore,
Le marché rit, joyeux, bruyant, multicolore... »

Je le garde encore en mémoire. Comment s'appelait son recueil déjà ? Ah, oui, *Aux flancs du vase.* Mon pauvre, s'il ne s'agissait que d'un poète disparu... Le passé s'effondre par pans entiers. On brade. Place aux jeunes et allez l'OM. Ce monument de nostalgie vous était offert par les Éts Duschnok et Ramollo, les spécialistes du ravalement virtuel.

Ma mémoire joue au billard. Je revois ce cimetière à Luang-Prabang, au Laos, jonché de tombes de l'ère coloniale, envahi par une herbe haute. Les pierres des défunts émergeaient encore. Elles servaient très naturellement de sanisettes aux vertébrés du cru, bipèdes ou quadrupèdes. Sida transit Gloria Lasso.

Paix à leurs cendres. Et sinon, la vie ? La mienne ? La page est tournée. *Struggle for life*, plus pour moi. Je déclare forfait. J'ai à mon tableau de chasse un nombre appréciable de conneries. Je ne marquerai pas pour autant la chronique au fer rouge, tant pis pour elle. Mon nom ne désignera pas une nouvelle espèce d'ombellifères, ni même un pétrolier. Nous ne sommes que locataires sur cette planète, à quoi sert de s'agiter ? Loque à terre, comme aurait dit papa Lacan, qui n'en ratait pas une, et ton terme approche, l'ami. Qu'il vienne.

En attendant, change de disque. Parle-moi plutôt de tes amies. Elles vont leur train, bon an mal an. Suzanne est en vadrouille, comme souvent, quelque part dans les Afriques. J'ai écopé d'une carte postale, un lion aux hormones. Enfin, si ça l'amuse... C'est fou, cette bougeotte. La course contre la montre, mon bon. Contre la mort. Devine un peu qui gagnera.

Marlène s'était enfin trouvé un amateur, la perle rare, le grillon du foyer. Ce paladin essuyait même la vaisselle, c'est dire. Il passait l'aspirateur. Un mutant. J'en avais le cœur réchauffé. Tu vois, me disais-je, le pire n'est pas toujours sûr.

Espère. Voici deux jours, elle m'appelle. Envolé l'oiseau rare, finie la romance. Le fiancé nouveau s'intéressait davantage au fils de cinq printemps qu'à sa mère. Ma pauvre chérie en suffoquait encore :

— Le salaud ! Je n'ai rien vu venir, rien ! Je l'aurais tué !

Je demande :

— Ton gosse a pris ça comment ?

— Il était ravi, au début, tu penses ! Enfin, il allait avoir un vrai papa, comme les autres. Depuis qu'il en rêve...

— Et, je veux dire, il ne...

— Non, mais c'était moins juste. Et que je te prends sur les genoux, et que je te fais des câlins...

— Plus qu'à toi ?

— Bien sûr, mais j'étais tellement contente pour Daniel ! Je le jure, les types, fini. Le premier qui ose m'approcher, je l'écorche vif.

— Garde-moi la peau, je te ferai des mocassins.

— Oh, arrête. Passe me dire bonjour, tu te fais rare. J'ai besoin de voir quelqu'un de normal.

Normal ? Ne la contrarions pas.

— Je passe, promis.

Me voici promu représentant de la normalité, on aura tout vu. Quant à Jeanne, rien de nouveau. Elle ne se remet pas de ses premières amours, virtuelles pourtant. Jean borne toujours son horizon. Elle paraît solide, à la voir, mais ne pas s'y fier, et madame Mère vient de gagner le mouroir. Tout arrive. Apparemment, c'est une réussite.

Jeanne m'a donné quelques détails. Marthe a sa chambre particulière, ses meubles, sa télé. Étant de loin la plus valide et surtout la plus volontaire, elle dicte sa loi, vous secoue son monde. Elle a retrouvé d'anciennes copines. Elle tient sa cour. Un chef, madame Mère. Pauvre Jeanne se retrouve seule.

C'est vrai. Tu attends quoi ? J'y vais. Pas question de débarquer les mains vides. Le mieux, c'est de faire une halte au Carrefour, avant Digne, histoire de prendre de l'alcool et de l'amuse-gueule. Vendu.

Un rêve, cette autoroute en cul-de-sac. Personne ou presque. Depuis que le gazole flambe à la pompe, les gens roulent plus doux. Quelques cirrus s'attardent au-dessus du Lubéron. Il fait grand beau temps.

Carrefour en vue. Je gare, je prends un chariot. Je le remplis au hasard des rayons. Dans la travée des douceurs, une boîte de calissons est ouverte. C'est sympa. Je pioche. Et près d'une étiqueteuse, je m'offre une datte de la Terre Promise. Charnue, un délice. Un peu plus loin, des qumquats. Merci pour tout.

Je règle, je sors. Je transvase mon butin dans le coffre.

Je reprends la route, direction Vuynes.

Au village, rien de nouveau, à première vue. Pourquoi voudrais-tu ? À ma terrasse habituelle, deux pelés plus trois tondus font de la figuration. La partie de boules va bon train.

Le patron m'apporte mon café. Rien de saillant chez lui, à part de copieuses moustaches. Elles équilibrent une calvitie prononcée. Qui donc s'amène ? Monsieur Raoul, soi-même, le maire, flanqué de l'un de ses porte-coton. Ils s'attablent, pas loin. Ils discutent. Il est question de poubelles et autres fariboles.

Un cas, ce Raoul, maire de père en fils depuis trois générations. Il est du coin, donc indégommable. Il ne fait rien, c'est parfait, rien à redire. Son petit monde en redemande. La France profonde, mon camarade, profonde comme une ornière après l'orage.

Assez joué, les boulistes s'en reviennent, engins à bout de bras. À force, ils doivent s'allonger. Ces vétérans commentent la partie, la mêlée fut chaude. Les vaincus doivent baiser Fanny, pas question d'y couper. Il s'agit d'une créature en contre-plaqué, jupes troussées, qui les attend près du comptoir. À la longue, son fondement s'estompe.

Exécution, rires, bourrades. On sait encore vivre, à Vuynes. Je les connais, ces bras cassés, à force. Deux sous-genres se distinguent dans l'espèce, les Bras Cassés Grande Gueule (BCGG), à savoir Riton, Choi, Zou la Trique et Jean-Luc le Bolide, fils de Berthe et voisin de Jeanne. Et les Bras Cassés Couilles Molles (BCCM) : le Dédou, Momond, Zoupi, dit l'Enclume, et Roro l'Africain. Quelques sous-fifres de moindre envergure gravitent autour de ces deux noyaux.

Pour l'heure, ils parlent de Fanny. Choi trouve qu'elle se fait vieille. Jean-Luc, fils de Berthe, opine :

— Yaka la virer. On l'a assez vue, cette mocheté.

Zoupi (dit la Trique) proteste :

— Tu étais bien content de la baiser, pas plus tard qu'hier, collègue.

Jean-Luc proteste :

— Moins que toi. Tu me vois perdre souvent, face d'ail ? Moi je gagne ou alors je la ferme, moi.

— Hé ho, l'autre, ça va les chevilles ?

Et à suivre. Ces messieurs palabrent. Ils finissent par décider d'en finir avec le vieux totem. Roro dit l'Africain, vu qu'il a servi outre-Méditerranée, propose un feu de joie, style la Saint-Jean. Pas d'accord. Jean-Luc :

— C'est ça. Et on danserait autour comme des minots, tant que tu y es ?

Pas question. Zoupi suggère d'en faire don au Musée de Digne. Mieux :

— Pourquoi on s'en monterait pas un ici, de musée ? On y mettrait tout ce qui sert plus, les outils, un vieux araire, un moulin à café, tout ça, vous voyez ?

Jean-Luc, encore lui, ajoute :

— Faudrait pas oublier ta femme.

Interloqué, Zoupi :

— Comment ça ?

— Tu vas pas nous faire croire qu'elle te sert encore dans l'état qu'elle est, rigolo !

Zoupi pâlit sous l'outrage. Il se redresse, brandit le poing vers l'insolent :

— Tu oses ! Répète-le ! Retire-le, bougre de petit salopard !

— Je répète ou je retire, faudrait savoir. Allez, le prends pas mal, je plaisantais. Ta femme, elle est pas plus pire qu'une autre, si on regarde de loin.

Cette fois, le patron intervint :

— Mollo, les petits. Vous êtes bien gentils, mais on s'entend plus. D'abord, Fanny, ça vous regarde pas pourquoi elle m'appartient. Je l'ai, je me la garde, vu ? Et j'offre la tournée. À la bonne vôtre.

Un diplomate, le patron. En général, les disputes s'achèvent de cette façon. On aboie, on ne mord pas. On en entend de belles. Dommage, Jeanne a raté la séance.

Elle continue. À présent, ils causent chevaux. Le canasson a repris son envol dans le paysage. Pas pour la bourrer, Dieu garde, ils disent. Les travaux forcés de papa ont vécu. Les temps changent, le noble animal fait peau neuve dans les manèges et les randonnées, même à Vuynes. Zoupi, dit l'Enclume, maréchal-ferrant de son état, avait fermé boutique. Il s'y remet. Retour vers le passé.

Agora pas morte. Tu te rends compte, la différence avec Aix, à si peu de distance ? Il ne s'agit pas d'espace, mon beau, il s'agit de temps. Aix aborde le XXIᵉ siècle, Cadarache n'est pas loin, avec le projet ITER dans sa giberne. Vuynes a un pied dans les collines et l'autre dans le XIXᵉ. Et voici Jeanne, enfin. Il est convenu que je laisse mon véhicule ici, pour ne pas l'abîmer.

Je lui fais signe. J'embarque. Elle n'a pas coupé le moteur. Nous rebroussons chemin. Elle demande :

— Là depuis longtemps ?

— J'arrive.

Rauque, sa voix. Diable :

— Je ne te dérange pas, au moins, Jeanne ?

— Toi, jamais.

— Parce que je ne sais pas, tu pourrais avoir autre chose à faire, recevoir du monde…

— Comme tu dis. Ils sont là.

Je comprends. Je dis :

— Je savais Jean de retour, il m'a envoyé une carte, une tour Eiffel, et impossible de lire le tampon de la poste. Il avait juste signé : Un Mongol fier.

— Il en revient.

— De la Mongolie ? Il en dit quoi ?

— Que c'était moyen. Il m'a ramené des peintures sur toile, avec plein de bouddhas, et puis l'autre engeance. Elle, je m'en serais passée.

Ne commentons pas. Nous filons. Nous longeons la vallée des Duyes, beaucoup de galets, très peu d'eau. Quelques troupeaux grisâtres s'attardent dans les prés. Une pie, juchée sur le dos d'un mouton, picore. Une autre. Un tracteur bourdonne. Derrière lui, un vol de mouettes s'effiloche, la terre défoncée les attire. Dans une poignée de générations, elles n'auront plus les pieds palmés, plus besoin, et accroche-toi, le chemin commence. Pas besoin de le labourer, la pluie s'en charge. Question 4 × 4, j'hésite encore. Le choix est vaste. Je me demande quel modèle conviendrait. Si tu veux charrier des pierres et du bois, c'est une chose. Si tu souhaites le garder propre...

Droit devant, trois perdrix tricotent des pattes, des habituées. Jeanne ralentit, nous les suivons un moment. Elles décollent, dégagent dans les taillis. Je dis :

— Pas de quoi.

— Pardon ?

— La carte de Jean, tu sais, la signature « Le Mongol fier ». Plus bas, il a rajouté : « Pas de quoi. »

— C'est tout lui.

Coup de frein. Jeanne coupe le moteur. Rigide, bras tendus sur le volant... Allons bon. Je lui tapote l'épaule. D'un coup, elle s'abat contre moi, elle dit :

— Je n'en peux plus. Si tu savais...

Je devine. Des sanglots muets la secouent, elle, la dure, ma fleur de silex. Elle s'est retenue trop longtemps. Je la berce. Je chantonne, doucement :

— « ... Et il lui dit dans son charmant langage, Les amoureux sont souvent malheureux, Les amoureux... »

Elle me bourre de coups de poing.

— Oh, toi... Monstre ! Arrête.

— De cheval.

— C'est quoi encore cette bêtise ? Idiot !

— Réfléchis. De poisson, ce serait trop facile, admets-le.

Elle se redresse. C'est passé. Je lui tends un kleenex presque propre.

— Merci. Excuse-moi.

Elle se mouche, soupire. J'attends. J'ai tout mon temps, un vieux monsieur n'est jamais pressé. Ça n'a plus voix au chapitre, ça peut encore jouer les confidents. La combine fonctionne à deux niveaux, Jean se confie à elle, et elle à moi.

Là, elle angoisse. Elle parle. L'échéance approche, l'ancrage à Paris. Son Jean file un mauvais coton. Elle en veut terriblement à Léa.

— Cette garce a tout et le reste, là-bas. Elle pourrait lui foutre la paix, tu ne crois pas ? Quel besoin de l'éloigner !

— Il en dit quoi ?

— Oh, il essaie de se faire à l'idée, il parle de nouvelles opportunités, de reconversion.

— Dans quel secteur ?

— Accroche-toi. La photo de mode.

Vavavoum... Quoi ? Comment !

— Jeanne, j'ai le sens de l'humour, je crois, mais nous ne sommes pas le premier avril, que je sache.

Elle confirme. Nous repartons. Je me tais. Que dire ? Jean est majeur. Non, très cher, il est amoureux, rien à voir. Eh bien, qu'il aille, jusqu'au bout. Quand il y sera, il reviendra.

Lui, peut-être. Tu oublies Jeanne. C'est vrai. Je fais quoi ? Je prends Léa entre quatre z'yeux, je lui dis : Arrête, cœur de béton, tu ne vas pas briser...

Briser quoi ? Jeanne et Jean ne sont pas mariés, et quand bien même... Léa t'enverrait sur les roses, elle n'aurait pas tort.

Autre chose. J'agis sur Jean, supposons. Je lui lâche Marlène dans les pattes. Elle est pas mal, Marlène, elle ne paraît pas son âge. Douce avec ça, pas bête, parfaitement consommable. Certes. Et le moutard, tu l'oublies ? Un casse-bonbons de première, ce cher petit. Je vois mal Jean pouponner.

Il existe une solution, forcément. Je vais y réfléchir, promis. Je ne supporte pas de voir ma Jeanne dans cet état. Pesant, ce silence. Je parle de quoi ? Attention où tu mets les pieds. Une bonne vieille plaisanterie, hein ? Essaie toujours. Celle du petit garçon qui connaît la recette pour que sa mémé imite le loup ? Elle est débile. Soyons simple. Je demande :

— Jeanne, la différence entre un prof et le sida tu connais ?

Elle calcule un moment :

— Ma foi, je ne vois pas.

— Le sida évolue.

Oui, et tu n'es pas encore passé à la banque. Une chose après l'autre, coco. D'ailleurs, je n'ai pas encore fait mon choix. Ne nous affolons pas.

Un travail pour plusieurs peut se faire seule. Je ne connais que ça. Je répare le toit, il en a grand besoin. J'ai refusé l'aide de Vieux-Monsieur, il serait capable de dégringoler, histoire de me changer les idées, je le connais. Jean-Luc ? Lui réglerait l'affaire en deux coups les gros. Pourquoi pas ? J'appelle chez Berthe :

— Votre fils est disponible ?

— Vous tombez mal ! M'en parlez pas, je sais pas où il se planque.

— Pourquoi donc ?

— Z'êtes pas au courant ? L'autre jour, c'était fête au village, la course des vieux tacots, comme tous les ans. Il a pas inventé de pisser sur un gendarme ?

— Comment ça ?

— Le pari stupide pardi. Faut dire, il avait bu plus que son compte. Un gendarme barrait l'entrée du village, pour que les voitures viennent pas encombrer. Il bougeait pas, tanqué sur place, juste il moulinait des bras. Jean-Luc s'est approché, par derrière. Il l'a arrosé, tranquille. L'autre était pas heureux, mais mon fils a pu s'escaper. Il préfère rester au large, du temps que M. Raoul arrange le coup. Vous avez une commission à lui faire ?

— Non, rien de spécial. Si jamais il veut se planquer à la bergerie, il est le bienvenu.

132

— On lui dira. Merci pour lui.

Un vrai gamin, le fils de Berthe. Je m'en passerai. Ce toit devrait être revu à fond, revoir les poutres, je n'en ai pas les moyens. Il a été rapetassé vaille que vaille, du temps où Mère avait ses soupirants. Ça ne date donc pas d'hier. Elle les choisissait bricoleurs, plus portée sur l'entretien de son domaine que sur la bagatelle. Je la comprends. Elle les faisait trimer.

L'éverite tient, heureusement. Pas mal de tuiles sont cassées, d'autres ont glissé, par pans entiers. Des bouchons de mousse gênent l'écoulement. Quand il pleut, l'eau s'engorge et s'infiltre. Les vieilles baraques, on n'en voit jamais la fin.

Je dispose des planches en diagonale, pour circuler sans trop de casse. Je nettoie, je remplace, je colmate les fissures, je fixe les tuiles de place en place avec du ciment prompt. Un travail de Romain. J'en redemande, parce que...

Voilà, ils sont toujours là. Ce matin, ils ont défilé de bonne heure. Jean promène sa belle indifférente. Dans la journée, je ne les aperçois pas. Ils rentrent tard, je ne les attends pas. Je les entends, de mon lit. Léa et la discrétion, ça fait deux.

Elle parle, il approuve, bon toutou, ça. Je me bouche les oreilles. Le sommeil, bonsoir. Je mets la radio en sourdine, je zappe au long des ondes, incapable de suivre quoi que ce soit. Au bout d'un moment, j'éteins, ils ont gagné leur chambre et les murs sont épais. Respire, ce n'est qu'un mauvais moment à passer. Après, ce sera pire.

Le toit, donc. Vieux-Monsieur m'aide tout de même. Il a dégoté une cargaison de vieilles tuiles, au village, des antiquités, pas deux pareilles. De la vieille argile, blanche, presque. Certaines se gondolent. Elles pèsent bon poids. Il prétend qu'elles étaient moulées sur les cuisses des ouvrières. Ces tuileuses devaient faire dans les trois mètres, facile.

Les tuiles sont restées empilées depuis la nuit des temps. Vieux-Monsieur les nettoie à la brosse, avant de me les passer. Bonjour la poussière. Il fait valser des cocons, des nids de guêpes, du lichen. Il chantonne en travaillant, des bribes de chansons oubliées depuis beau temps. Ces rengaines, Mère devait les connaître.

Le temps ? La météo nous laisse la fin de la semaine, avant le retour de l'éternellement nouvelle perturbation.

J'arrête, j'ai les reins brisés, à force de me tenir accroupie. C'est l'heure. Tu as prévu quoi, pour midi ? Une salade harengs-pommes de terre suffira. Vieux-Monsieur n'est pas difficile, tout lui est bon. Il raconte qu'en Indo, ils auraient été bien contents d'en trouver, des pommes de terre, dans la rizière. Il n'a jamais fait l'Indo, je pense. Il aurait pu, dans sa toute jeunesse. Il se contente d'en rêver. Il regrette aussi la guerre d'Espagne, celle de 14. Pour le moment, il s'en tient là, il n'est pas remonté jusqu'à Alésia.

Ce n'est pas méchant. Des âmes naïves marchent dans la combine. La preuve, on vient de lui proposer de remplacer le porte-drapeau de la section des Anciens Combattants de je ne sais trop où. La gloire.

Des harengs, donc, du fromage de cabre, des noix. Mère me réclamait toujours de l'alcool blanc pour préparer sa décoction de brou de noix. Je devrais passer la voir, c'est vrai.

Il n'y a pas le feu au lac, je souffle un moment. J'ai les mains tannées, les ongles, n'en parlons pas. À la longue, elles se sont élargies. Au repos, à demi fermées, on dirait des pinces, comme si elles venaient à peine de lâcher un manche. Je pourrais broyer un cou avec, je vois lequel.

Tiens, elles se crispent, rien qu'à l'idée. Pas de ça, Lisette, on doit trouver plus astucieux.

Si j'en parlais à mon vieux camarade ? Il doit connaître des recettes moins voyantes. Il a un côté « Guide du Castor Junior », toujours prêt à te fournir une panoplie de solutions, surtout quand tu ne lui demandes rien. Quand même, tout foutre en l'air pour une fille ! Impensable. Mais qu'est-ce qu'elle a, cette Léa ? Rien. Si ça ne vient pas d'elle, ça vient de lui. Cherche la faille. Tu le connais, tu es bien placée. Reprenons, les jeux sont joués d'entrée, nous savons, papa-maman, pipi-caca.

Son papa ? J'avais quatre ans lorsqu'il s'est fait cramer, je ne l'ai pas connu. Sa maman s'est mise aux abonnés absents. Tonton Albert a pris la relève, avec Tata. Elle, on l'oublie toujours. Elle a dû se présenter au concours de Miss Cellophane toute jeunette. Ils sont bien gentils, ils ont fait pour le mieux.

Maintenant, quant à savoir ce qui se passe vraiment au tréfonds des familles, autre chanson. Je sais une chose, Jean est en fuite. Il l'a toujours été. Soit, et te voilà bien avancée. Va donc voir à la cuisine si j'y suis.

Je rentre. Je trouve mon invité d'honneur tout sourire, la table couverte de bonnes choses, pâté, caillettes, jambon cru, un bocal de daube, un de pieds-paquets. Par exemple ! Je demande :

— D'où ça sort ? Je n'ai pas entendu l'hélicoptère.

— Pas besoin. Pendant que tu trafiquais, je suis descendu au village par le raccourci. On m'a pris en stop. J'ai fait les courses, pour remonter, je suis tombé sur le bouscatier, il a une coupe au-dessus de chez Berthe, et voilà.

— Tu es fou !

— J'espère bien. Tu m'invites ?

Il fait beau. Nous installons la dînette dehors, comme sur un balcon, face aux collines. Le soleil donne, le vin aussi. Yeux clos, je laisse aller. Tu vois, nous sommes deux. Vieux-Monsieur, je l'aime bien. À trente ans près, nous pourrions former un couple. Comme tu y vas ! D'accord, l'âge est élastique, surtout chez les hommes, mais question couple, je n'y connais rien. Je n'ai aucune envie de m'y coller. J'ai perdu ma virginité, un détail à liquider, vite fait mal fait, un soir de fête à Mallemoisson. J'avais choisi un Marseillais, pour être sûre de ne pas le revoir. Je me trouvais godiche, comme si on me retirait les amygdales, et Vieux-Monsieur demande :

— Jeanne, tu penses à quoi ?

— Au Saint-Prépuce.

— Je vois.

Nous causons reliques, histoire de causer. C'est vrai, au Moyen Âge, on vous en fourguait de toutes les couleurs, ils n'avaient pas peur des mouches. Les fragments de la Vraie Croix, n'en parlons même pas, on aurait pu monter une fabrique d'allumettes avec. Les Saints Nonos pullulaient. La Sainte Palme revient au Lait de la Vierge. Il avait dû virer au yoghourt, depuis le temps. Tu oublies la meilleure, la plume de l'Ange Gabriel. Vieux-Monsieur me la sort triomphalement. J'admets. Celle-là, je ne la connaissais pas.

Je me trouve bien, engourdie. Pas lui. Il tient la forme, il bourdonne, il passe du coq à l'âne et de l'âne au bœuf.

Intéressant. Yeux mi-clos, je regarde mon petit monde. Les insectes sont de retour. Une mante religieuse escalade le mur, lentement, près de la baie vitrée, elle déguste une sauterelle, on voit le bleu des ailes. Elle s'arrête. Elle repart. Les mantes mangent leurs mâles. Léa la mante… Je la vois, mi-monstre mi-femme, avec ses bras barbelés refermés sur Jean. J'ai un sursaut d'horreur. Vieux-Monsieur demande :

— Tu dormais ?

— Moi ? Jamais.

— J'avais cru. Je nous fais un café ?

— Bonne idée. Bien tassé si tu peux.

— Reçu 5/5. À Dien-Bien-Phu, on le faisait dans nos casques, au début. Du Nes, bien sûr.

— Et à la fin ?

— Dans des crânes. Ça laisse un goût.

Au fond, c'est un grand gamin. Il est passé au large de sa vie. Il navigue encore. Et j'ai jeté l'ancre avant de mettre les voiles. Café. Deux tasses, trois. J'en ai besoin. Un coup de vent frais nous surprend. Vieux-Monsieur se lève :

— Regarde ce qui s'amène !

À notre droite, plein sud, une barre de nuages se forme. Elle approche. Une entrée maritime comme dit le crapaud-buffle de la météo. Et c'est parti, une rafale nous bouscule de plein fouet. Le grand chêne frissonne de toutes ses branches. Nous rentrons. Les tuiles, une autre fois. Pourvu qu'elles tiennent... Ici, on peut voir défiler trois saisons en autant de minutes, j'exagère à peine. Impossible de faire une prévision. Côté temps, on ne s'ennuie pas.

Nous voilà cloués. Vieux-Monsieur me propose une canasta. Va pour. Je mélange deux jeux de 52 cartes. Nous jouons. Il gagne partie sur partie, une chance pas possible. Je préfère, il a horreur de perdre, comme la plupart des gosses. Le bougre jubile. Ça devient monotone. Il constate :

— Malheureuse au jeu, heureuse en amour.

Celle-là, il aurait pu me l'épargner. J'ai failli lui balancer mon jeu à la figure, je me retiens. Nous arrêtons. Il propose :

— Un thé ?

— La pluie a cessé, si on allait ramasser des escargots ? On trouve plein de gros bourgognes dans la sauge.

— Tu as raison. J'enfile mes bottes et on y va. Qui m'aime me suive.

— Puis non, ne m'attends pas, j'ai à faire.

— Comme tu voudras.

Un brin de ménage ? Ce ne serait pas de luxe, la maison est grande. Il doit me manquer un chromosome, le ménage, je n'en raffole pas. Et qui te demande d'aimer ça ? C'est parti. Un coup de torchon d'abord. Regarde le dessus du piano, on peut écrire dans la poussière, à l'aise. Je me noue un torchon sur la tête. Puis non, j'arrête. Pas envie de me forcer. Alors, ma caille, on a ses états d'âme ? Je nettoierais pour qui, tu peux me le dire ? Avant, soit, Mère voulait que tout soit impeccable, et moi je voulais la paix, alors je m'y collais. Je ne marche plus. Et l'amour-propre ? Ne me fais pas rire. Écoute, on vient.

Ce sont eux, j'entends la voiture. Je retire le foulard, je range le torchon, j'attrape un livre, je me plante sur le canapé. La châtelaine en son manoir... Je lis, à l'aise. La fée du foyer au débotté. La fée pourrait-elle tenir son livre à l'endroit ?

La porte s'ouvre. Je ne bronche pas. Tiens, je n'entends pas Léa. Pour cause, Jean est seul. Il entre, s'essuie les pieds. Je pose mon livre. Je demande :

— C'était bien ?

— Pas mal, au-dessus du Castelard, avec ce ciel sombre, ça en jetait. La lumière sortait de la terre.

— Je te fais un thé ?

— Volontiers. Tu ne me demandes pas où est Léa ?

— Pas la peine, tu vas me le dire.

— Elle a eu un appel, sur son portable. Son agent veut la voir d'urgence. Je l'ai menée à Saint-Auban, à la gare.

Une merveille, le portable, on ne le dira jamais assez.

— Du lapsang, ça t'ira ?

— Parfait.

— Lait ? Citron ?

— Un chouïa de rhum.

Je le prépare, dans ma théière rouge. Un cadeau de Jean, elle vient de Londres. J'y tiens. Elle a le rouge des boîtes à lettre de là-bas, il paraît. Je fais griller du pain. Thé, toasts, confiture de melon de Berthe. Monsieur est servi. Et des bus à impériale. J'avais oublié.

— Merci, tu me gâtes. Tu lis quoi ?

— Aucune idée. C'était pour me donner une contenance, pour tout t'avouer.

— C'en est à ce point ?

— De quoi parles-tu ?

— Ne joue pas les innocentes. Du souci que tu te fais pour mon avenir, grosse bête.

Je me lève. Je m'approche de la baie vitrée. D'un coup, le soleil balaie le paysage. Sur la terrasse, les dalles étincellent. Des gouttes de pluie brillent dans l'herbe. Le chêne lavé de frais se dilate. Un arc-en-ciel enjambe la Barre des Dourbes. La vie serait si belle si…

Je me tourne vers Jean. J'ai envie de hurler, mes idées se bousculent. Je lui lance :

— Tu n'es pas heureux, Jean, ne me fais pas ça !

Je ris, nerveusement. Il s'approche, m'étreint :

— Jeanne, on se calme. Arrive ce qu'il arrive, tu restes ma Jeanne. Et puis je t'ai raconté des blagues, tout à l'heure.

— Comment ça ?

— Au sujet de Léa. Il n'y a pas eu d'appel. Je lui ai demandé de rentrer seule, j'ai besoin de quelques jours à moi.

— Et alors ?

— Elle a compris, elle n'est pas stupide. D'autant qu'ici, ce n'est pas son style.

— J'ai cru comprendre. Et toi ? Tu veux quoi, tu le sais ?

Il ricane :

— Si seulement... Disons que je voudrais faire le point une bonne fois. Tu vois, quand je travaille, pas de questions. Après, c'est une autre affaire, je patauge. Pour ne rien te cacher, mettons, je commence une histoire avec une fille. Elle est gentille, ce devrait être le nuage rose, total, elle me gonfle. Je ne veux pas lui faire de la peine, je joue les prolongations un moment...

— Et pour finir, tu te défiles.

— On peut formuler ça comme ça.

— Et avec...

J'ai du mal à prononcer son nom.

— Avec Léa, je n'y vois pas clair. Elle m'attire très fort, c'est tout ce que je sais. Elle est partante pour le moment. Il ne s'agit pas d'elle, elle sait où elle va. Il s'agit de moi. J'ai l'impression de nager à contre-courant, plus un sentiment de malheur que je ne m'explique pas.

— C'est fou !

— Complètement. Je m'y perds. Bien, on arrête. Quand ce sera au point, je te ferai un dessin, promis.

— Monsieur est trop bon.

— Trop con, tu peux le dire. Ton vieil amoureux fait la sieste ?

— Il promène. Je l'adore, il ne sait plus quoi inventer pour se rendre utile.

— Signe de culpabilité refoulée, ça. On va à sa recherche ?

— Laisse-moi deux secondes.

Je m'équipe, des bottes, un ciré. Je ne touche plus terre. Léa est partie. Jean va se réveiller, il va s'en sortir, il faut. Pour un peu, je croirais en Dieu. S'il daigne sauver mon Jean... Tu te fais sœur ? Sans problème, je le suis déjà.

« Le vase où meurt cette verveine… »

Je laisse le poème m'envahir, puis je le passe en séquence b :
« Le base où beurt cette berbeine… »
Pas mal non plus. Ma tête en est pleine. De verveine ? Non, de lambeaux. Des fragments variés s'enchaînent en désordre, du temps je ne pense pas. C'est usant de penser à ne pas penser, fils. Autre exemple :
« Ma virilité, ma vaillante mère, c'est à toi que je la dois. »
Du Cocteau ? Du tout, du Pasteur, discours à une distribution de prix, et ton vase, il vient ? Affirmatif. Riez en approche. Riez, capitale du plateau de Valensole, cette vaste table juchée au-dessus des gorges du Verdon.
Le soleil cogne. J'y suis. Le village somnole. Potier en vue. Devant sa porte, tout un étalage de jarres en tout genre, et des pots, vernis, pansus. Dans le lot, les pots à touristes dominent, avec « Provence » ou « Riez » en évidence sur le nombril. Ne pas oublier la cigale. À dégager.
Je souhaite un récipient assez grand pour y planter des fleurs. Celui-ci devrait convenir, il a une bonne bouille. Adopté. Je m'en empare. Entrons. Une sonnerie se déclenche. Le tenancier jaillit au ralenti du sous-sol. Il s'essuie le front, il paraît sortir du four, cuit à point, et côté

142

arrière-boutique, une vendeuse se pointe. Le potier disparaît. Pas mal leur numéro.

Aimable, la fille. Elle sourit. Je m'inquiète discrètement du teint rubicond du patron :

— Le four ?

Cette fois, elle rit :

— Vous avez tout faux, le pastis !

Gentille, cette petite, des yeux vifs. Un Greuze, évidemment. Je demande :

— Vous êtes là pour la saison ?

— Comment vous avez deviné ?

— Mon petit doigt. Et sinon, vous faites quoi ?

— Je me le demande...

Elle ne rit plus. Je sais. Elle va tomber sur un bonhomme pas si bon. Dans trois ans, elle aura deux gosses et dix kilos en prime, valsez jeunesse. Je paie mon vase, elle me fait le paquet cadeau, maladroitement. En partant, je lui donne le conseil amical :

— Ne vous découragez pas, surtout. Il faut tuer.

Elle en fera ce qu'elle voudra. Je quitte le bled. À nous deux, plateau. Ils ont coupé lavandin et blé, ce sera pour une autre fois. Ça t'apprendra à vouloir faire des cartes postales. Des lanières de terre travaillées se déroulent. Je mitraille. L'air embaume encore, je respire à fond. C'est bon.

On rentre ? On rentre. Pour Jeanne, ce vase. Vieux-Monsieur, tu y penses ? J'ai vu des pipes en terre, dans la boutique, sur un présentoir, petit fourneau, long tuyau, avec un slogan : « Tu retourneras à la terre. » On retourne à Riez ? Inutile, notre vieil ami ne fume pas, et en parlant de fumée, regarde. Une colonne épaisse s'élève, à la sortie de Puimoisson, droit devant.

Je ralentis. Des broussailles flambent à l'orée d'un bois. Encore un écobuage qui tourne mal. Diable, le joyeux sinistre paraît bien parti. Tu arrives pile, un Traker s'amène, décrit une orbe. Je prends l'appareil, je sors en cata. Le bombardier d'eau passe en rase-mottes au-dessus des flammes, largue une cargaison orange. Je déclenche en rafale. Une belle image pour le calendrier des pompiers. L'avion disparaît. Des véhicules rouges s'amènent, des hommes en bleu jaillissent, se démènent, jets d'eau, ordres et désordre. Manque rien.

Tu te souviens, en Afgha, avec les moudjes, ces hélicos soviétiques qui nous collaient au train ? Des vaches de gros bahuts, avec leurs lance-roquettes latéraux. Tu vois, faut pas te désoler, on arrive à goupiller des images de guerre en pleine paix. Continue, fous-toi de moi.

N'empêche, pour la première fois, je reste en rade. D'habitude, je pars avant de me décider, parole. Et là, le bec dans l'eau. Ben oui. À toi de voir.

Un plaisir, ces photos pour le plaisir. Je ne compte quand même pas me lancer dans ce créneau. La pâtisserie, ce n'est pas mon fort. Sinon ? Rien de neuf, aucune nouvelle de Léa. Vexée ? Ma foi... Je n'en peux plus d'attendre. Attendre quoi, d'ailleurs ? Ma boussole perd le nord. C'est pourtant simple, je veux qu'elle me veuille. Si je ne suis pas tout pour elle, je ne suis rien. Joli raisonnement. Bravo papa.

C'est dit, je me donne encore huit jours. Passé ce délai, si rien n'est venu, je tire ma révérence. Vendu.

Je roule, tranquille. Qui sait ce que ma tendre amie trafique en ce moment ? Elle se débat en plein tourbillon, Dieu seul sait comment elle s'y retrouve, et j'aborde les Pénitents des Mées, cet alignement de roches grises, affûtées par l'érosion, au garde-à-vous le long de la route. Un peu plus loin, Malijai et son château. Napoléon s'y est arrêté, de retour de l'île d'Elbe. À l'entrée, un panneau le rappelle et demande : « Pourquoi pas vous ? »

## La Sauvagine

Dans un autre village, pas loin, un indigène goguenard avait cru bon d'afficher sous le panneau d'entrée :

« Le boulanger baise la femme du maire,
Pourquoi pas vous ? »

Après le rond-point, la pâtée habituelle, sur la route de Digne. Un camion, deux, et une file à la suite. Trois kilomètres plus loin, je dégage à gauche, vers Les Thumins. Déjà l'ombre décolore la vallée. J'ai fait le plein d'images, dans le secteur. Demain, je rentre. Léa me manque.

À part ça, tu aurais pu balader un peu moins, et payer davantage de ta personne, là-haut. Jeanne s'en fout, du moment que je suis là... Puis Vieux-Monsieur s'en donne, lancé comme jamais dans ses chantiers. Ses restanques, on les voit de loin, à présent. Inutile d'interférer.

Les voitures ont déjà mis leurs feux de position. Rien ne presse. J'aime ce moment entre chien et loup, la lumière s'estompe, les collines virent au rose, puis au mauve. Impression soleil couchant.

Jeanne a craqué, l'autre soir. Je ne m'y attendais pas, une première. Elle tient à moi. Je tiens à elle, c'est mon refuge et mon enfance. À mes yeux, elle est neutre, ni épouse ni mère. Elle n'a pas non plus été ma petite amie, heureusement, nous en aurions fini depuis beau temps. Tu imagines ? Ce serait de l'inceste, quasiment.

Et de son côté ? Je ne me posais pas la question. À quoi bon ? Facile, comme position. Peut-être, mais la vie est assez compliquée en l'état, inutile d'en rajouter.

J'y suis presque. J'allume les phares. À nous les joies du chemin. Le relief jaillit, de la tôle ondulée, par vagues. Terminus. Jeanne vient à ma rencontre, je lui tends le paquet :

— Pour moi ?

— À ton avis ?

— C'est lourd, dis donc.

— Une paille, à côté du poids de mon affection.

— Comme c'est bien dit !

Elle défait l'emballage, extrait le vase, me le tend :

— Tu n'en veux pas ?

— Applaudir les mains prises, tu peux ?

Je prends l'objet. Elle bat des mains, me fait la bise. Nous rentrons. Quelque chose siffle, de la vapeur s'échappe, du fond de la cuisine. La cocotte-minute s'en donne. Vieux-Monsieur prépare la soupe de courge. Il me salue, de la main. Jeanne pense à son vase :

— J'y mettrai des pensées, elles tiennent bien. Tu aimes la courge ?

— Je veux !

Nous passons à table. Soupe, avec poivre, un filet d'huile d'olive et une Vache qui rit, écrasée au fond de l'assiette. Un régal. Nous en reprenons. L'ancêtre parle travaux.

Il a repéré une pierre mahousse, plate, en prospectant.

— Écoute, Jean, elle pourrait remplacer le parpaing, celui qui sert de marche, devant la terrasse.

— Elle est lourde ?

— Encore assez, dans les cinquante kilos. Si tu veux, on y va demain. Et j'ai préparé des tas, on fera plusieurs voyages.

Comment donc ! Salade, fromages. Notre ami a de vastes projets, toujours ses fichus murs. Jeanne s'inquiète :

— Tu comptes nous faire la Grande Muraille ?

— J'y ai pensé. Je me demande de quel côté prolonger pour la rejoindre.

— Tu serais gentil de ne pas fatiguer Jean. J'ai besoin de lui pour la pâte de coings. J'en ai ramassé de pleines cagettes. Vous sentez cette odeur ?

À peine. J'ai perdu l'odorat quelque part du côté de Monterey, au Mexique. La route, du billard, et brusquement ce trou dans la chaussée. Deux tonneaux, un traumatisme crânien. Il paraît que j'aurais dû aussi perdre le goût. Personne n'est parfait.

L'odorat, je m'en passe. Les effluves du métro, aucun regret. En surface, même chose. La ville pue. Oublie-la.

Et pour finir, clafoutis aux pommes. Vieux-Monsieur va chercher une bouteille de vieux marc, un cadeau de Berthe. Elle l'a fait payer, mais vu la qualité, ça n'a pas de prix. Elle venait d'en retrouver une bonbonne, au fond de sa cave, elle n'en était pas peu fière :

— Pensez un peu, elle a bien trente ans, cette gnôle. Mon pauvre père bouillait, à l'époque. Ça embaumait jusqu'à Vuynes, parole.

Nous arrosons notre clafoutis. J'en prends un fond de verre. Un trésor, ce marc. Il ne brûle pas, l'alcool s'est affaibli. Son parfum vous fond dans la gorge, et Vieux-Monsieur nous parle d'une framboise d'Alsace.

Amusant de le voir fonctionner. Une chose en évoque une autre. De la framboise, il passe aux cigognes. Il en vient à une plaque émaillée, de la Compagnie des Potasses, d'époque, avec cigogne blanche sur fond bleu soutenu. Cette plaque s'affichait dans un bled, du côté de Perpignan, et il se demande si elle s'y trouve encore :

— C'est que ça vaut des fortunes, à présent.

— Alors elle n'y est plus.

Jeanne nous propose une tisane :

— Verveine ou thym ?

— Verveine.

Elle se lève, se penche, me fait la bise :

— Et encore merci.

Ah, oui, le vase. Je n'y étais plus.

— Jean, tu rêves ?

— Pas du tout.

— Je t'ai posé une question.

— L'âge du capitaine ? Je me renseigne, promis.

— Mais non, cesse un peu. À quoi pensais-tu ?

— Je me demandais si le Darfour est bloqué.

— C'est quoi, un col ?

— Non, une province soudanaise, le plein désert, avec des chameaux, des Noirs, un génocide, de l'émotion. Je verrais assez un reportage dans les sépias.

— Tu es horrible. Tu n'as pas vu assez de monstruosités depuis le temps ?

— Je n'invente rien. Je réponds à la demande, comme n'importe quel épicier.

Vieux-Monsieur met son grain de sel :

— Il ne s'agit tout de même pas du même produit, tu m'excuseras... La douleur humaine... Des limites...

Ah, les violons... L'éternel reproche, la douleur humaine, pas touche. On ne fait pas son beurre avec le sang des autres, c'est vilain. Et qui donc oblige à regarder ? À chacun sa bonne conscience. Discuter fatigue. Je décroche, je ferme les yeux. Léa. Elle pourrait être là. Ce qu'elle me manque... J'en ai la gorge sèche. Mais si j'arrête le terrain, je ne suis plus moi. Je vais tourner en rond comme un cochon malade. Tu dois partir. Le Darfour ? Chais pas. Un conflit cheap, des camps de réfugiés, des mouches, la crasse. L'odeur. Pas de quoi s'exciter. Reste quoi, le Liban ? Terminé, à part quelques bombes. Le Zimbabwe ? Ils en sont à griller les fermes des derniers colons blancs, une famine se prépare. Misère, racisme et corruption. Ça intéresse qui ? Et si j'en touchais un mot à l'ami Guste, il a peut-être une idée, sait-on jamais.

Ou alors les banlieues. Le feu couve. Exact, mais ce n'est ni people, ni glamour. Quelques carcasses de bagnoles cramées sur fond de barres, pas de quoi saliver. Patience, je trouverai.

L'ancêtre jette un œil sur *Télérama*. Rien d'alléchant. Les bons programmes sont réservés aux chaînes payantes, les pauvres sont des cons. Il propose :

— On en fait une ?

Canasta, leur dernière manie. Adopté. Il prend un papier et un feutre, il comptera les points. Jeanne proteste, elle propose un scrabble. Adopté aussi. Drôle de nom, si jamais j'ai un garçon, il n'y coupe pas. Et une fille ? Canasta.

Deux parties, trois, puis Vieux-Monsieur a sommeil. Jeanne pareil. Bonne nuit les petits. Je monte à mon tour. À peine dans ma chambre, téléphone. Saleté de portable, où diable l'ai-je fourré ? À fond de poche, dans le blouson.

— Oui ? Ah, c'est toi, Guste. Comment va la vie ?

— Lolo, tu te souviens ?

— La belle plante ? Tout à fait. Tu l'as revue ?

— Oui. Elle passait par la cheminée.

— Elle se prend pour la mère Noël ? Ce n'est plus la saison.

— Non, en vrai, elle est morte. Je suis allé au Père-Lachaise. On vient de l'incinérer.

— Morte comment ?

— Suicide. Ce sont des choses qui arrivent. Elle ne s'en sortait pas, elle en avait marre de se faire baiser, elle ne voulait pas regagner sa province. Elle a pris la tangente.

— Merde…

— Bon, ben, bonne continuation. Tu rentres bientôt ?

— C'est comme si c'était fait. Faut qu'on cause.

— À ta disposition. Préviens-moi.

Il raccroche. Pauvre Lolo… Le monde allait la coincer, elle lui a claqué la porte au nez. La mort, l'ultime liberté. Si j'avais su… Ce n'est qu'un au revoir.

De bonne heure ce matin, un appel de Berthe, son Jean-Luc a refait surface. Monsieur Raoul a plaidé sa cause, et notre farceur s'est excusé auprès de sa victime. Il n'y avait pas mort d'homme, après tout. Les gendarmes sont de braves gens. Ils passent l'éponge, voilà. Jean-Luc leur a porté un litre de jaune, pour solde de tout compte. L'affaire est réglée.

Et Mère, tu y penses ? Ma foi, très peu. Pourtant, nous vivions quasiment en symbiose, des sœurs siamoises. Elle est sortie de ma vie. Elle n'a jamais été un projet. Normal. Une pierre tombale, ça s'oublie. Mère a enterré ma jeunesse, il est trop tard pour changer. Je sais, je ne suis pas si vieille. La vie commence à soixante ans, s'il faut en croire mon vieux camarade. La vie ? Quelle vie ? Je dois quand même lui donner le bonjour. Pas à la vie, à Mère. Amen.

Tu en profites pour faire les courses ? Une autre fois, une corvée suffit. Je descends. Manon cahote. Attention ! Un chevreuil saute en travers du chemin, à rien, d'un peu il atterrissait sur le capot. Ils exagèrent.

Le ciel se couvre, au-dessus des cloches de Barles, plein nord, un plafond bas, noir. Ça sent la neige. Désert, le village. Les vacanciers ont rejoint leurs lointains clapiers. Bon débarras.

J'y suis. Le mouroir fait plaisir à voir, propre comme un cercueil neuf. Il ressemble à une école. Pour cause, tout le monde descend, c'est la Terminale. Des bancs sont alignés contre la façade. Sur le plus proche de l'entrée, deux mémés piapiatent, une tricote. Plus loin, un pépé vibre sur place. Parkinson le glas... Son regard me suit tandis que je me dirige vers la porte, un regard vide.

J'entre. J'interroge l'accueil. Mère ? La blouse blanche de service a le sourire :

— Votre maman tient salon. Vous savez où c'est ?

Je connais. Je prends un couloir. La porte au fond, grande ouverte, donne sur une pièce claire. Dans un angle, la télé, muette. Autour, deux rangées de fauteuils. Dos à l'écran, madame Mère, debout, officie, face aux fidèles, une vingtaine.

Je ne me montre pas, j'écoute. Elle tient un brin de lavande, elle explique la différence entre cette fleur et son cousin industriel, le lavandin. Pour preuve, elle sort un autre brin. Ma foi, la différence...

Elle demande :

— Vous avez bien compris ? Des questions ?

Pas de questions. Elle fait circuler ses échantillons, puis prend un troisième brin :

— Et maintenant, passons à la sarriette.

Maman ! On me le raconterait, je ne le croirais pas. Mère vient de trouver sa vocation. J'écoute encore. C'est net, sans bavures. Elle a le don. Ces plantes, son auditoire pourrait lui en remontrer. Pourtant, ils l'écoutent avec ferveur. Elle leur parlerait des Thermidoriens, ce serait pareil, personne ne moufte.

La déranger ? Je m'en voudrais de rompre le charme. Je quitte la petite classe, je laisse deux assiettes de pâte de coing à la réception. On les lui remettra. Je sors.

Je m'assieds sur un banc, à l'écart. Parkinson a disparu. Ces dames palabrent toujours, des rebelles, sans doute, la fraction anti-Marthe. Tu te vois prendre la succession, un jour ? Pas vraiment.

Je suis sciée. J'ai vécu pour rien, pour me retrouver sur ce banc, dépossédée, après toutes ces années. J'en sors ahurie comme un cheval de mine ramené au grand jour. À quoi bon, il est aveugle.

Ne t'inquiète pas, ton moral ne peut que remonter. Tu es folle, Mère est heureuse, tu es libre. La belle affaire. Libre de quoi, de m'inscrire à un club de tango ? Je m'en fiche bien. Et Jean, tu y penses ? Ne m'en parle pas. Qu'il crève lui aussi !

Il est en bonne voie s'il continue, rassure-toi. Et arrête de divaguer. Commence par rentrer. L'ambiance du coin ne te vaut rien.

Pas si vite. D'abord je m'offre une station au village, au bar habituel, chez les vivants. J'ai besoin de décompresser. À l'intérieur, la discussion va bon train. Messieurs les abonnés ont rapproché trois tables. Je les surprends en plein débat. Tiens, ils baissent le volume. Je m'installe à l'écart, on sait se tenir. Diable, quelque chose mijote. L'indépendance des Basses-Alpes ? Il serait temps. Le patron s'approche en s'essuyant les mains à un tablier douteux.

— Bien le bonjour. Pour vous, ce sera ?

— Bonjour. Un chocolat chaud. Dites-moi, vos clients… Je les dérange ?

— Vous en faites pas, ils n'en ont pas après vous. Ça va faire trois jours qu'ils discutent le coup.

— On peut savoir ?

Il se penche, baisse la voix :

— Normalement, non, mais comme ça devrait se passer dans votre coin… Que je vous explique… L'autre jour, le Jean-Luc, en chassant la bécasse, je vous parle de l'oiseau, bien entendu… Bref, il tourne, il vire, pas de bécasse, mais il tombe sur des traces de loup, derrière votre bergerie. Il les suit un moment. Il est persuadé qu'il n'y en a pas qu'un, et qu'ils gîtent par là. Il a trouvé des carcasses, tout ça.

— Ça prouve quoi ? Elles peuvent dater.

— Pas tant que ça. Puis ils ont attaqué des chevaux, vers Espinouze. Pas de doute, ils traînent dans les environs.

— Vous y croyez ?

— Un peu que j'y crois ! Donc il en parle aux autres zigotos, bien sûr. Depuis ils combinent d'organiser la battue monstre. Seulement, d'une c'est interdit, et de deux, ils veulent tous être bien placés. Alors ils tâchent de se mettre d'accord. Je vous ai tout dit.

— L'interdiction ne les gêne pas ?

— Officiellement, il s'agira d'une battue au sanglier. Si vous entendez du barouf par chez vous, vous effrayez pas.

— Merci du renseignement.

— Je ne vous ai rien dit, vous êtes d'accord ? Je vous porte votre chocolat. Rien d'autre ?

— Un verre d'eau, s'il vous plaît.

— Ça marche.

Une battue au loup ! Vois-les, ils en bavent ! Bon sang, ce besoin de tuer sans nécessité, ça n'en finira jamais ! Encore, les bergers, admettons, ils se défendent. Mais eux ! Le loup n'interfère pas avec leur pastis. Fille, l'homme est un loup pour le loup.

Et si je semais du poivre ? Il te faudrait un aéronef à voilure tournante, comme dit Vieux-Monsieur, un hélico. Ne t'en fais pas, tes loups les entendront venir, avec leurs gros sabots et leurs chiens. Ils prendront le large. Ah, voilà mon chocolat, et une assiette de navettes. Le patron m'explique :

— Voilà, je vous vois pas souvent, mais vous m'êtes sympathique. Je peux pas vous donner des cacahuètes avec du sucré, pas vrai ? Alors vous allez me goûter ces navettes, ma femme vient juste de les faire.

— C'est trop gentil, merci.

Tu vois, il ne faut pas jeter l'humanité en vrac, ma jolie. J'en trempe une. Excellente, une odeur de canelle... Léa sentait la femme chère. Je retrouve son odeur rien qu'à y penser. Elle représente tout ce que je déteste, ne parlons même pas de Jean. Cette race de parasites plus suffisants que nécessaires... Je la hais.

Si je pouvais l'attirer par ici... Le prétexte ? Elle pourrait passer faire des photos pour son album. Jeune déesse sur fond rural. Venant de toi, l'invitation passerait mal. Puis même, supposons qu'elle vienne, la suite ? Facile, une promenade qui tourne mal, une chute dans un ravin, ça se produit tous les étés. Parce que tu penses que les gens disparaissent si facilement ?

Tout dépend. Quelqu'un du coin, non. Un étranger, autre affaire, ça va, ça vient, qui s'en soucie ? Léa, tu la retires de la circulation dans un coin paumé, la sauvagine s'en charge.

Tu oublies les chasseurs, leurs chiens fouinent partout. Un jour, ils mettront la truffe sur des restes, sans rien pour les identifier. Ce ne sera pas une première. Les gendarmes passeront. Tu leur offriras à boire. Le brigadier te dira non, pas en service. Ou alors un vite fait. Il te questionnera, pour la forme. Ne sachant rien, tu ne diras rien.

Ce genre de trouvaille arrive au printemps, à la fonte des neiges. Tu te souviens, voici deux ans ? Dans cette camionette, un bonhomme affalé. Il grouillait de vers, la seringue encore sur la banquette, à côté. Il s'était garé à l'écart, dans un sentier forestier. Et ces trois squelettes, près d'une ancienne cabane de charbonniers. D'après la monnaie trouvée dans leurs poches, l'affaire remonterait à la Libération. Pendant la guerre, on a beaucoup fait de charbon de bois, il en fallait pour les gazogènes.

Donc, rien de rare. Léa ferait un fait-divers comme un autre. Laisse tomber, tu ne feras rien.

Reste Jean... Aussi, c'est de ta faute, tu n'as rien entrepris quand tout était peut-être possible. Tu n'as pas bougé un cil. Si tu avais été plus coquette... Moi ? Tu plaisantes ! Un chat n'aboie pas. Sauvage je suis, sauvage je demeure, et encore une fois, je ne demande rien pour moi. Je veux qu'il soit heureux.

Alors il faut tenter quelque chose, mais quoi ? Et si j'écrivais une lettre à l'autre vampire ? Pourquoi pas ? Je passe au comptoir, demander du papier, un stylo-bille. Le patron cherche, trouve :

— Il y a de la pub sur les feuilles, ça vous gêne pas ?

— Ça ira.

Nature, il demande :

— C'est pour votre amoureux ?

— Pas vraiment.

— Pour la belle-mère ?

— Non, pour sa fiancée.

Il en reste perplexe, puis il sourit :

— Ah, je vois, un bon coup, on peut se mettre à plusieurs dessus, du moment qu'on se comprend, pas vrai ?

Sainte Simplicité !

— Vous y êtes. Extra, vos navettes, vous féliciterez votre femme.

— Je pense bien, ça lui fera plaisir. Et tant que je vous tiens...

Il continue à blaguer, le métier qui veut ça. D'ordinaire, j'aurais coupé court. Là, non. Je donne même la

155

réplique, je rends le papier. Écrire, quelle idée ! Léa viendra peut-être. J'essaierai ou pas. Elle y passera ou elle s'en sortira, mais c'est réglé. D'un biais ou de l'autre, Jean va s'en tirer, je le sens. Je le sais. Ça va venir. C'est sûr, comme quand le ciel blanchit derrière la Barre des Dourbes. On sait que le soleil va poindre. C'est l'aurore, fille. Ton jour viendra.

Eh bien, cette expédition sur le front des Alpes du Sud, tu en penses quoi ? Le plus grand bien. Mon programme de restanques va bon train. J'ai dû surélever celle en bordure du chemin, au milieu, elle n'avait pas le niveau requis. Un travail de forçat, tu te trouves devant ton tas de pierres, il faut avoir l'œil pour qu'elles s'adaptent. C'est comme un puzzle. Rien à voir avec les parpaings, pas une de pareille. Quand elles joignent mal, je les cale à coups de marteau. Une fois terminé, je sème du gravier, au sommet, histoire de boucher les trous, puis je tapisse de terre. Et enfin un coup de brosse. Terminé.

Mes murets suivent le contour de la butte, comme des lignes de niveau sur les cartes d'état-major. L'ensemble a de la gueule. On jurerait qu'ils sont là depuis toujours. Avant, je ne te dis pas le foutoir, un fouillis de lianes et de ronces proliférait sur des gravats, des morceaux de tuile et de béton. L'horreur. J'ai nettoyé à la pioche. Jeanne ne peut planter à l'aise à présent. C'est bon de se sentir utile, mon gars.

Tu l'auras, ta médaille. À part ça, Jean nous a fait l'honneur d'une visite, avec Léa. Ils étaient là sans y être. Il a baladé avec sa belle, nous les avons peu vus. On peut tout de même causer, si on y tient, pas vrai ? Pas mèche, la belle ne cherchait pas le contact, et un soir, plus de Léa, elle venait de filer à Paris. Je n'ai pas demandé de détails. Du coup, j'ai pu profiter de Jean. Il m'a donné la main, ce n'était pas de refus. Il semblait soulagé, par moments. À d'autres, je le sentais tendu. Vivre le cul entre deux chaises, faut aimer. Si j'avais insisté, il se serait peut-être confié, qui sait ? J'ai préféré ne pas. On ne peut rien pour les autres. À eux de faire leurs pitreries. Surtout, surtout, ne pas interférer, arrive ce qui arrive. Après la bagarre, on peut ramasser les morceaux, et basta.

Jeanne, dans l'histoire ? Oh, elle, c'est Pénélope dans les collines, le tricot en moins. Son Jean, elle l'attend sans rien espérer, ça doit suffire à son bonheur. Il représente à la fois le frère, le fiancé, le mari et le fils qu'elle n'a jamais eus et qu'elle n'aura jamais, une union mystique. Virtuelle, si tu préfères. Elle fait penser à ces religieuses qui épousent le Christ.

Tiens, je n'y avais jamais pensé... Mais elle, son Jésus elle l'a sur cette terre, elle peut le nourrir, lui laver son linge. Comme Dieu, Jean est partout et nulle part. Elle a de la chance dans son malheur. Ce type d'union symbolique peut durer ad vitam, pas d'usure du couple.

Je suis resté deux bonnes semaines dans la bergerie. Nous avons eu beau temps, à part un orage. Outre mes murs, j'ai nettoyé le terrain, ramassé du bois, creusé des trous pour planter, le vrai castor. Quand je les ai quittés, Jean était toujours à demeure. C'est rare, signe qu'il va sans doute repartir pour une virée au long cours, cette fois. Où ? Papouasie, Corée du Nord ? Va-t-en savoir.

À Aix, changement de décor, le touriste a fui, l'étudiant se planque, chacun rejoint sa coquille. Le froid s'attarde, tout semble rétrécir. Les terrasses des bars s'enveloppent de plastique. Au « Happy days », les grille-pains sont en place, des rampes électriques fixées en hauteur pour réchauffer le client. J'apprécie. On grille, en effet, un été ponctuel. Dehors, dans le marché, les marchands pèlent sur pied. On n'en a que plus chaud à les voir. Je lis. Des projets ? Je n'en ai qu'un, attendre le printemps. Les jours embelliront, la vieille année rejoindra les vieilles lunes. Elle comptera pour du beurre. Pour moi, l'addition s'alourdira. C'est l'inconvénient d'exister dans la durée, elle ne pardonne pas. Le compteur tourne. Faudrait pouvoir bloquer le temps. Ah, Faustus...

J'envisage mal l'avenir. Vu ce qu'il t'en reste, inutile de te casser la tête. Je me replonge dans le passé. La vie, c'est comme un film, sans davantage d'épaisseur. Pourtant tu tenais la vedette.

Oui, je lis. À la longue, les romans me révulsent, leur manque de nécessité, leur arbitraire. Vraiment ? Tu viens de définir la vie, l'ami. Soit, mais au moins, elle peut te surprendre et elle ne s'en prive pas. Dans les romans, c'est rare. Ils sont abonnés au téléphone.

Je préfère les bios. Là aussi, attention. Dès qu'un auteur n'a plus rien à dire, hop, il te sort une nouvelle mouture des aventures du Corse aux cheveux plats. Il compile, lui ou ses nègres peu importe, et les gens achètent, ils sont sympas. Ils avalent n'importe quoi, tant mieux pour les joyeux ravaudeurs.

Sinon, j'atteins la sérénité, enfin je crois. Je cesse de m'agiter. Le monde se refera sans moi, il en est capable. Les glaces peuvent fondre aux pôles, les eaux monter à Venise, je leur tire ma révérence.

Pour l'heure, je suis sous mon grille-pain. J'ai bu mon café, pas mauvais. En face, le marchand d'olives et de tapenade casse des cagettes pour alimenter son brasero. De petits nuages précèdent les visages des passants, comme les bulles dans les BD. Des bulles muettes. Quelques jeunes circulent crâne rasé... Sale temps pour les chapeliers. J'ai même amené un livre que je n'ouvre pas.

Ce que j'ai pu lire... Un fleuve de mots, une Amazone, et tant de vies qui n'étaient pas la mienne. Pourtant, certaines m'ont touché. Je me suis retrouvé dans Marie Bashkirtseff. J'étais cette jeune Russe morte à vingt ans. Et si tu écrivais, pour faire comme tout le monde ? Tu es malade, je n'ai rien à dire. Comme les autres. Sans façons, franchement, on trouve déjà trop de livres, ne va pas t'en mêler.

À quoi bon la fiction ? Les vies en vrai suffisent. L'autre matin, je descends le Mirabeau. Arrivé à hauteur du Mondial, tout en bas, près de la Rotonde, quelqu'un m'appelle, de la terrasse. Qui vois-je ? La Bête !

En des temps anciens, nous fréquentâmes la Fac ensemble. On l'appelait ainsi vu sa carrure et ses opinions également musclées. Il militait au Parti. Virages et purges, il avait tout encaissé, pour finir député-maire d'une ville rouge dans une zone glauque, brave Bête.

Il m'invite. Je prends place. Nous causons. Pas gai, l'ancien tribun. Foudroyé par la retraite, la sienne, et la débandade de sa secte naguère si puissante. Il a envie d'en parler. J'écoute, mon côté ethnologue. Souvent, il s'était demandé ce qu'il deviendrait sans la toge officielle. je pose donc la question attendue :

— Tu sais, à présent ?

— Oui. Les amis, envolés. Je me retrouve tout nu.

Cette blague ! Il pouvait s'y attendre. Les puces préfèrent les chiens vivants. Et encore lui, s'en tire. Un de ses anciens collègues, dans le même cas de figure, vient de se suicider, il dit. On trouve toujours des gens pressés. Son parti se contente d'agoniser.

Je l'écoute. Il est amer. Floué ? Comment donc, et pour cause. Ils étaient les meilleurs, des purs, des durs, des hommes d'acier. Ils marchaient dans le sens de l'Histoire. Ils ne font même plus rire, eux qui ont fait trembler le monde, et il a la naïveté de trouver la pilule amère... D'ici à ce qu'il rejoigne l'Islam ou la Scientologie... Il ne serait pas le premier. La faillite sur terre vous projette dans l'irrationnel. Je dis :

— Relax, Max. Lis Gibbon.

— Késako ? Un singe ?

— Un descendant, disons. Un historien : *Grandeur et décadence de l'empire romain.*

— Pour quoi faire je le lirais ?

— Pour relativiser, camarade. Il faut, surtout entre les repas. Tu m'excuses, on m'attend.

Faux, mais à quoi servirait de m'éterniser ? Ce babouin n'est pas près de déserter sa cage. L'Histoire l'a laissé en rade. L'immense vague qui les portait s'est retirée. Il reste à peine une flaque tristounette. Les méduses s'échouent, et je regrette de ne pas être mort à Dien-Bien-Phu. L'épopée ne repasse pas les plats. Certes, à l'époque, ton monde se fissurait. Il tenait encore. Épargne-moi les détails, pitié ! Laisse les morts avec les morts. Que la terre leur soit légère.

Le garçon dispose des nappes en papier sur les tables disponibles. Bientôt midi, il dresse le couvert. Dehors, le menu s'affiche sur une pancarte amovible. Aujourd'hui, blanquette de veau, salade verte. Ça te tente ?

Du tout, pas faim, tu me gaves. Puis les gens, je les ai assez vus, je les trouve mous, flous. Avant, nous étions maigres comme des jeunes loups. Voici venu le temps des obèses. Un mot magnifique, obèse, il vous remplit la bouche à l'aise.

Ne sois donc pas négatif. C'est quoi le message ? Avant, on en bavait, donc c'était mieux ? Un peu ! Avant, fallait payer comptant. Tu voulais voir l'Indo, mettons, tu t'engageais. Aller simple, souvent. À présent, tu trouves le Viêt-Nam au programme de toutes les agences, et à prix cassé en basse saison. Avant, tu te faisais casser la gueule pour voir du pays. D'accord. Avant, c'est fini. Tu me lâches. De quoi te plains-tu ? Tu voulais la paix ? Tu l'as, Pétula. Au fait, elle devient quoi ? Elle doit sucrer les fraises dans son douar, comme les autres, ta chanteuse. Son tube, c'était quoi, déjà ? « Bambino » ? Non, ça c'était la mère Lasso. Attends... J'y suis : « L'étrangère au paradis ». J'ai plus de souvenirs que si j'avais mille ans. Garde-les. Je paie mon café, je laisse un pourboire. Pas obligé, mais j'ai été garçon de restaurant, à une époque. Je sors. Tudieu madame, le froid pince. Un marchand de marrons fait griller ses châtaignes. Ça sont bon, et la marchande d'œufs bleuit sous son bonnet. Elle bat la semelle. Pauvre semelle...

Un tour de librairie ? Non, je suis pourvu. J'aimerais savoir ce que mijote Jean. Il se trouve peut-être au chaud dans une zone chaude, à l'heure qu'il est, qui sait.

Ah, n'oublie pas le journal. Je prends *La Provence*, pour les nouvelles locales. Pour Jean, aussi. J'ai toujours peur de voir sa mort en trois lignes, au détour d'une page. Et je prends aussi *L'Auto-Journal*. En ce moment, je l'épluche religieusement. Je flashe pour un Cherokee, une splendeur. Il ressemble encore à quelque chose. Sinon, les voitures ont toutes l'air de suppositoires. Sauf les 4 × 4. Ils pullulent, toujours plus beaux, plus gros, émaillés. Parole, il en pleut, c'est de la folie. Sitôt sortie, la dernière merveille se retrouve obsolète, j'exagère à peine.

Tu sais quoi ? Tu n'es pas obligé de te borner à un seul. Tu peux prendre le Cherokee pour la semaine, mettons, plus un modèle luxe réservé aux grandes occasions. On en trouve à 70 000 euros sans problème, au diable l'avarice. Pas bête ! Je vais passer à la banque leur demander de me virer 100 000 euros sur mon compte courant. Ça devrait suffire. Je vois d'ici la tête de Jeanne !

Je passe voir mes vieux. Dis donc, ce n'est pas la joie. *Les portes du Ciel* vont devoir fermer sous peu, à moins que... Je trouve papa effondré. Maman fait face, elle a plusieurs vies, comme les chats. Elle tient.

Simple, le problème. Lok, mon remplaçant, veut partir monter sa propre affaire. Il compte s'associer avec des Chinois dans une combine d'importation. Les Fils du Ciel lui ont promis des merveilles, ça ne mange pas de pain. Du coup, il vient de donner son préavis, et dans un mois, il dégage. Seuls, mes vieux ne peuvent plus assurer.

Trouver un remplaçant et le former pour que lui aussi s'envole ? Papa n'en a plus le courage. Maman, si, mais elle serait débordée. Donc, ou je m'y remets, ou ils vont devoir prendre leur retraite. Avec quoi ? Puis où aller ? Ils logent au-dessus du restaurant. Ils ne sont pas propriétaires. S'ils ferment, ils devront partir.

Impossible de les laisser tomber. Ils m'ont coincé toute ma vie, ce serait dommage que la plaisanterie s'arrête. En bon fils que je suis, ou je leur trouve un endroit décent pour se poser, ou je me farcis les nems. Exact. Je n'ai pas d'argent. La cuisine viêt, j'en ai plus que soupé. Tu vois une solution, à part gagner au Loto ? Emprunter ? À qui ? Combien ? Et d'abord, que veulent papa-maman ?

Nous en débattons dans la cuisine. C'est en début d'après-midi, le moment d'accalmie. La pièce embaume le nuoc-mam. Son odeur imprègne les murs et ma mémoire. Procédons en douceur. Je demande :

— Voilà, vous arrêterez bien un jour, pas vrai ? Supposons que ce soit pour bientôt, où voulez-vous aller ?

Papa me fixe, ahuri. La question ne filtre pas. Comme les vieux soldats, il compte mourir à son créneau. Il proteste en viêt, la langue de l'émotion. Il bredouille je ne sais quoi. Maman le fait taire. Elle déroule son idée, posément. Retourner au pays, non. Ils sont partis depuis trop longtemps. Mes grands-parents avaient fui les évêchés du Nord pour se réfugier au Sud, après la débâcle française. Ils pressentaient que ce n'était qu'un répit, la vague rouge finirait par l'emporter, mieux valait prendre les devants. Ils ont donc rejoint la métropole au milieu des années soixante avec quatre piastres, toutes leurs économies. Ils ont ouvert leur gargotte. La vie a continué. Les nouveaux enfants frais pondus sont restés viêts sans jamais quitter la France. Et quand je dis la France… Nos ascendants n'ont pas souvent croisé au large de la porte d'Italie.

Vivre à Paris restait possible alors, pour des gens de condition modeste, mais revenons à maman. Elle constate :

— Si lestaulant fini, c'est pas moyen lester.

J'approuve. Elle est bien, maman, nette comme son chignon. Voyons la suite. Elle m'interroge :

— C'est moyen aller au sud ? Toi, tu connais. On peut voil cette ville, comment déjà ?

— Aix.

— Voilà. Glande petite ville, tu dis, jolie, beaucoup plein de lestaulants, oui ?

— C'est ça même.

Aix, pourquoi pas ? Au moins, elle souhaite quelque chose. Papa dresse l'oreille. Il s'intéresse, du coup. Il demande si Aix se trouve près de Fréjus. Là, il y a la pagode, avec un bouddha monumental, souvenir de nos troupes coloniales. Il en a entendu parler, il veut voir. Parfait. Je vais donc contacter Vieux-Monsieur, lui nous dépannera peut-être, c'est le bon zig. Tu vois, on peut toujours s'arranger. Maman décide :

— Tu restes, je fais chia-hos.

Prononcer tya-yos. Ces rouleaux frits sont le triomphe de maman. J'accepte. Elle s'active. Du temps, je partage une bière chinoise avec papa. Les événements le dépassent. Il a toujours vécu dans l'ombre de sa femme. Sorti de son travail, il est perdu. Drôle de vie... Je sais, il traverserait volontiers deux ou trois éternités à l'aise, pourvu qu'on lui laisse ses hachoirs et de quoi hacher. Le bonheur dans la répétition. L'homme est né serf. Lisez « Rouge », pissez bleu.

C'est prêt. Une feuille de laitue, un brin de menthe, j'emmaillotte mon rouleau, je le trempe dans une coupelle de sauce. Délicieux. Tu as remarqué, les pellicules-photo ont le même format. Elles, on les trempe dans le sang et la sueur. Je vire churchillien sur le tard, on dirait :

Maman demande :

— Ton ami Jean, lui aller ? La santé, bien, oui ?

Amusant, nous sommes sur la même longueur d'ondes. Mon ami Jean, lui paltil en bibeline. Maman a le béguin pour ce beau désastre. Faut dire, ce gentleman lui a tiré le portrait. Elle s'était mise en habit traditionnel pour l'occasion. Papa était jaloux. Ce chef-d'œuvre, je parle de l'agrandissement, trône en bonne place dans leur chambre.

Je la rassure, Jean va on ne peut mieux. C'est qu'elle insiste.

— Petite amie, oui ? Lui se malier, commencer famille ?

— Pas encore, il travaille.

166

Elle soupire :

— Tlop tlavailler, c'est pas bon.

Elle peut parler, ils n'ont connu que ça. Elle s'inquiète : Je veux du poulet aux mille parfums ? Une autre fois. J'avale une dose de choum avec papa, de l'alcool de riz. Raide, ce tord-boyaux. Papa en raffole. Je rassure maman. Aix, je m'en occupe. C'est comme si c'était fait.

Action. J'alerte Vieux-Monsieur. Héberger mes parents un moment ? Volontiers, quand je veux. Il compte rester à Vuynes un bon moment, s'occuper du moral de sa copine Jeanne. Les clefs seront chez le libraire, place des Tanneurs.

— Tu arroseras mes plantes, Guste.

Ce sera fait. Je le remercie :

— Tu me dépannes. Tu es le chic type, au fond.

— Tu en doutais ? Ça fait toujours plaisir de rendre service aux amis. Dis-moi, ton père a fait l'Indo ?

Ça y est, sa manie le reprend :

— Non, mais grand-père était dans les tirailleurs indochinois. Il a eu la médaille militaire.

— C'est bien, ça. Tu me le présenteras.

Difficile, papi a rejoint nos bien-aimés ancêtres. Ne contrarions pas notre bienfaiteur.

— D'accord, quand tu voudras. Vous avez sûrement beaucoup de choses en commun.

La suite, facile. Je loue une voiture. Nous descendons, encore une épopée. Papa n'en revient pas. Le Morvan lui rappelle la région de Dalat, les hauts-plateaux. Sauf que les buffles français ont une drôle de dégaine, trop blancs et pas assez de cornes. Maman se tait. Elle enregistre, elle essaie de comprendre. Elle constate :

— C'est beaucoup tlès calme.

— Comment ça ?

— À Saïgon, à peine tu sols, tu entends le canon le joul, la nuit, boum ! Jamais ça s'allête, jamais.

C'était le bon temps, et papa s'interroge :

— On descend, on descend, et toujoul pas lizièles ?

— Tu en trouveras en Camargue.

Ça le rassure. Un pays sans riz, les dieux s'en détournent.

Aix. Nous arrivons. Je gare comme je peux. Pas trop loin quand même. Je déballe le fourbi. Maman a embarqué le plus clair de son arsenal culinaire. D'entrée, elle prend les choses en mains. Je l'escorte au Monoprix du Cours Mirabeau. Elle fait le plein. Du temps, papa s'installe devant le magnétoscope. Il visionne un lot de K7 sur l'Indo, les guerres, tout le bataclan.

Les jours suivants, maman entreprend la tournée des restals. Je l'escorte. Vaste programme. Aix est une ville-mangeoire. Nous évitons les fast-foods. Nous avons le choix : Libanais, Grecs, Tandouris, Couss-couss. Pas les pizzas, pas question :

— Pizza, ligolade. Eux c'est pas cuisine, c'est du vol.

Comment donc !

Elle sait y faire, elle s'intéresse à fond, les confrères apprécient, la reçoivent gentiment. Elle compare, calcule. Des univers nouveaux se révèlent. Je la vois s'interroger, prête pour un nouveau départ. Elle m'a toujours étonné. Elle m'étonne encore.

L'inimaginable vient de se produire, la rupture de la chaîne de travail. Papa se liquéfie, drogué aux images, effondré dans son fauteuil. Maman rajeunit, la mécanique remontée. Moi, dans l'histoire ? J'allais oublier pourquoi j'étais là.

Voyons, je me dois d'assurer leur avenir, et du même coup, dégager le mien. Correct. Encore faut-il qu'ils se décident. Ça vient.

Place des Cardeurs, derrière l'Hôtel de Ville, maman déniche son affaire. Cette place descend en pente douce depuis le beffroi, bordée de restaurants. Ceux du haut s'étalent au soleil, ils refusent du monde. Ceux du bas, vu l'ombre, autre chanson. Ce serait plutôt du touch and go. Les clients ne s'attardent pas. Un fast-food ferait l'affaire. Pourquoi pas un fast-food viêt ? C'est l'idée d'un compatriote. Ancien steward à bord du *France*, il vient de racheter un martiniquais en faillite. Il repart de zéro. Maman vient de le débusquer sur son pas de porte, en train de brûler des baguettes d'encens pour chasser les démons. Ils prennent langue. Elle inspecte les locaux, jauge la situation. La place est passante, c'est jouable.

Le bonhomme ne demande pas mieux. Il sera le corps, elle l'âme, et papa épluchera les brocolis. La voie une fois tracée, les détails suivent. L'ancien de la marine tient à ce que mes vieux investissent dans l'affaire, normal. Il y va franco. Vingt mille euros pour les trois premiers mois, Popa-môman peuvent les casquer. Puis cent mille à suivre, moyennant quoi ils partageront moitié-moitié. Mon aide sera la bienvenue, et je n'ai pas le premier fifrelin.

Je dis oui. Que répondre d'autre ? Il ne faut pas désespérer Billancourt. J'adore les paris stupides, celui-là est de taille. Je me colle donc au pied du mur, l'endroit idéal pour se faire flinguer. « Soldats, visez au cœur ! », comme aurait dit Vieux-Monsieur. Se faire flinguer, facile. Dégoter cette cagnote, faut voir.

Noble fils, l'argent court les rues. Il court vite. Comment le coincer ? L'offre et la demande. J'ai mon idée.

Je laisse mes vieux débattre à l'aise, je loue une voiture, je file à la bergerie. Je tombe sur un nouveau chantier. Cette fois, il s'agit de la source, celle qui alimente chichement la maison. Vieux-Monsieur veut la dégager, nettoyer le bassin, revoir les canalisations qui ne demandent qu'à se boucher, bref, augmenter le débit. Madame Mère a planté à tour de bras. En cas de sécheresse, sa fille devra jouer les Jeanne de Florette.

Je m'y colle, je gâche du ciment, je joue les manœuvres. Vieux-Monsieur y va de bon cœur, comme à la Légion, toujours elle. Question bâtir, le légionnaire en remontre au castor, il dit. D'accord, mais sa Légion, parlons-en. Je lui rappelle son Dien-Bien-Phu. Les points d'appui en flèche, Isabelle et Trottinette, n'ont pas tenu le choc, Légion ou pas. Les Viêts se les sont farcis la première nuit. Quelques obus, une vague d'assaut, et bonsoir. Vieux-Monsieur se vexe. La Légion exécute. Elle est là pour se faire tuer, pas pour pinailler. Tuer sur place, comme à Camerone, nom de Dieu ! Alors là, j'approuve des deux mains. J'entame la fameuse formule : « La discipline faisant la force principale des armées… » Il conclut. La tirade finit en beauté par : « murmures ». Avec des incantations de ce calibre, pas étonnant s'ils ont pris la pâtée. Et pas qu'une. Qu'importe, reste la gloire. Elle se déguste de préférence au champ d'honneur.

Côté Jeanne, rien de nouveau. Elle reste en mal de son Jean. Je sympathise, entre deux brouettes. Jean, ce nouvel Ulysse, entraîné vers les écueils parisiens par l'autre sirène. Ma foi, j'ignore où ils en sont.

L'amour, quelle blague ! Il s'agit d'une affaire entre lui et lui. Chacun reste libre des moyens de se détruire, la corde et les Gauloises sans filtre sont en vente libre. Lui préfère sa Léa, parfait.

Nous parlons de ça et du reste pendant la pause. Nous pique-niquons à côté du chantier. Tout à fait une séquence de *La Fille du puisatier*, cette pagnolade kitsch. Je parle de notre groupe en général, pas du jeu des acteurs.

Vieux-Monsieur ne vaut pas Raimu. Par contre, il marche à fond dans le mélo, désolé devant le désespoir chronique de sa Jeanne. Elle n'a de nouveau plus de nouvelles de son chéri, elle s'alarme. Il consentirait à tout pour arrêter le massacre.

C'est beau, tu vois, l'amour existe encore. On peut en discuter. Il s'agit plutôt de ce besoin de jouer un rôle, peu importe lequel. Les gens s'ennuient. Ils s'imaginent aimer, la chose les occupe. Un homme, une femme, un babouin ou un bébé-phoque, c'est tout bon, miss Bardot ne me contredira pas. Si Jean trouve le bonheur dans son malheur, ça le regarde, mais Jeanne accuse le coup salement. On peut encore mourir d'amour. Son état me touche, je ne suis pas si blindé. Nous venons de liquider le rosé avec le jambon cru, je pars faire le plein.

Quand je reviens, Jeanne pleure, visage figé. Vieux-Monsieur, cloué, tient un morceau de pain tartiné de caviar d'aubergine à mi-chemin de sa bouche. Pompéi, mon gars.

Erreur, Herculanum. À Pompéi, on pouvait bouger. À Herculanum, la nuée ardente a séché son monde instantanément. Sur place. Le chancre du malheur ronge notre pauvre Jeanne, et son Vieux-Monsieur avec. Ils dramatisent, leur charlot n'est pas perdu.

Tu comprends ce gros chagrin ? Je crois. Il s'agit d'eux. Jean représente leur part de rêve et d'aventure. Leur jeunesse. Pour Jeanne, il s'agit de sa ligne d'horizon. Si Jean disparaît de sa vie, elle n'attend plus rien. Et si elle s'effondre, Vieux-Monsieur s'écroule. Les dominos.

Jean me gave. Qu'il se décide une bonne fois, et qu'on en finisse. De mon côté, j'ai du riz gluant sur la planche et mes vieux santons sur les épaules. À chacun sa croix.

Quand même, quand même, il me faut de quoi, et vite. Restal à part, j'envisage de monter un magasin de matériel photo avec un copain. Il travaille dans un grand magasin. Le matos, ça se détourne, facile. Seulement, il faut une mise de fonds pour le local, gros problème. Ça plus mes parents, le tout représente le joli paquet. L'argent se trouve à la source, mon gars, et la source, j'en vois une, à deux pas. Tu me suis ? Reste à la persuader en douceur.

J'ai mis les pouces, comme ça... J'aurais pu refuser, j'en avais envie, mais autant voir les choses en face. D'abord, parlons métier. Nos bonnes vieilles guerres, l'amateur ne suit plus, on le comprend. Des cadavres, il en a consommé sa part. Ils sont plus ou moins interchangeables, quel que soit le conflit. Un peu comme les joueurs dans les matchs de foot. C'est d'ailleurs le foot qui nous a cassé la baraque.

Le public fatigue, d'une. De deux, j'ai pas mal tiré sur la ficelle. Jusqu'ici, rien à redire, je n'ai écopé que d'une balle. Elle entre, elle sort, pas de casse. Celle qui t'attend, si tu insistes, se trouve peut-être dans son chargeur. Pas grave, à condition de la bloquer entre les deux yeux, mettons, net et sans bavures. La petite voiture ne me tente pas. Sans parler des mines anti-perso. Tu te retrouves les jambes effilochées. Tu oublies les obus, les hélicos qui te tombent sur le poil... On trouve tout à la Samaritaine.

*So what ?* Les risques du métier, j'ai toujours fait avec. Mieux, je les apprécie, rien ne remplace une décharge d'adrénaline. L'argent ? Je m'en sortirai. Ce qui coince, c'est Léa, cette présence en creux, cette insatisfaction permanente. Je n'avais jamais eu besoin de personne, jamais. Fini, elle m'envahit. Je pense à elle, faudrait pas. Il me vient des absences. Mauvais, ça.

173

Dans le métro, passe encore. Mettons, tu prends la direction Porte d'Orléans, au lieu de Clignancourt, tu en es quitte pour un ticket. Sur le terrain, c'est plus cher. Autre chose, la guerre reste jeune. Un conflit en cache un autre. Mais toi ? D'accord, je tiens encore la forme, mais j'y crois moins. À la longue, l'envie diminue. Je ne bondis plus comme un cinglé à la première rafale. Si j'en suis au café, je prends le temps de finir ma tasse. Tu me suis ?

Donc, tu arrêtes ? *War is over* ? Il vaut mieux. Je me retrouve coupé en deux, ça fait beaucoup. Léa me propose une solution, pourquoi ne pas essayer ? Tu la voyais comme un obstacle. Et si c'était une porte ? Elle peut t'ouvrir un autre monde. Tente ta chance, fais le voyage. Si ça ne marche pas, tu reprends tes billes et tes boots. Adieu belle. Faut voir.

Le Darfour, n'en parlons plus. J'abandonne. Tu ne perds rien, un largué, dix en liste d'attente. Le monde regorge de coins pourris où laisser sa peau.

Cette fois, tu vas devoir plonger en terrain neuf. Sur le tien, tu en as vu, pas mal. Tu étais le vieux cador, les ficelles, les booby traps, tu connaissais par cœur. Il s'en est passé, c'est vrai. Tu revois les copains perdus, ces deux Hollandais massacrés par les tueurs d'ARENA, au Salvador. La veille, on leur avait proposé un rendez-vous avec la guérilla. Un piège. Au matin, ne les voyant pas revenir, nous étions partis à leur recherche. Les camarades américains menaient la chasse, avec leurs gros 4 × 4. Pas facile. Nous avons tourné un moment. Puis dans un bled, des paysans avaient parlé. Ils avaient entendu tirer, des fusils Galil, cette nuit. Ils nous avaient indiqué la direction, et nous avons fini par retrouver des fringues, dans un fossé. Noires de sang. Les leurs. On aurait juré de vieilles nippes, le sang sèche vite. Puis leurs corps, un peu plus loin, à peine recouverts de terre. La saloperie.

À la morgue, la place manquait. On les avait fourrés tête-bêche dans un casier. Ce n'étaient pas les seuls. Pour d'autres, la nouvelle surgissait en quelques lignes, dans la presse. Ou alors quelques mots, à la radio : « Nous apprenons la mort... » La mort ne s'apprend pas. Elle se vit.

Ou alors le hasard. Tu croises un collègue, dans un aéroport, entre deux avions. On parle. Tu demandes :
— Et Dugland, des nouvelles ?
— Dugland ? Tu savais pas ?
On ne peut tout savoir. Dugland venait de se payer un accident stupide. Cette blague. Si tu en croises un futé, n'hésite pas, mets-le-moi de côté.

Arrête, beau masque, on a compris. Je vais changer mon canon d'épaule. À moi la mode. Facile, Léa connaît les filières. C'est parti. Deux coups de fil, avec mon pedigree, l'affaire est dans le sac et moi dans le lac. Nage et boucle-la.

Ce sera donc la mode. Tout ce que j'en connais, je le dois à la télé, ces défilés de mannequins anorexiques, dans des fringues à faire hurler d'angoisse les chacals. Pauvres filles... Question ligne, elles l'ont, il manque juste les épingles à linge. Et l'allure, cette démarche déhanchée, ces pieds propulsés l'un dans le sillage de l'autre, cette dégaine anti-naturelle... Comment ose-t-on ? Garde tes questions, tontaine tonton. Les grandes douleurs sont muettes.

Je commence demain par le défilé de Louis-Auguste Labannière, une des grandes boîtes. Après, ce sera la collection de l'immense Manvussa, Gérard pour les dames. Du chic à revendre, du flair, il paraît. J'ai lu son press-book. En deux coups de cuiller à fard, il t'habille, si l'on peut dire, un de ces portemanteaux ambulants. L'opération tient à la fois de la peinture et de la sculpture en mouvement, les mots manquent.

J'admets. Sur les filles, ces frusques innommables en jettent encore. Sur elles seulement. Nous verrons. Je jouerai des filtres et des angles. Je m'arrangerai.

Voilà, c'est fait. Le tout, c'est de s'immerger. Il n'est pas nécessaire d'y croire. Une fois le défilé bouclé, j'ai sympathisé avec les gamines, de braves gosses dans l'ensemble. Elles ont causé métier. Elles ne tiendront pas la rampe longtemps, elles le savent. Les illusions restent au vestiaire. Quelques saisons, et bonsoir. Les fourmis amassent leur pelote. Les têtes folles laissent courir. Toutes partagent la même hantise, la faim. Cela se voit dans leur regard, mon royaume pour un cassoulet. Pour un peu, je me serais cru dans Sarajevo assiégée.

J'ai plongé. Léa, dans l'histoire ? Ah oui, Léa. Rien de changé, mais la sentir proche me calme. Nous ne vivons pas ensemble, pas question. Il vaut mieux. D'autant que ce n'est pas si facile de trouver, à Paris. Elle garde son studio du Marais. De mon côté, j'ai quitté vieille Cybul et Porno-Land, Léa préfère, elle n'aimait pas me rendre visite dans le secteur. Un copain m'héberge, près de Denfert, dans un pavillon, au fond d'une impasse. Agréable, l'endroit, avec son jardinet de poche, son cerisier et ses deux kiwis. Et trois tourterelles ? Non, mais des ramiers viennent plumer les bigarreaux à la saison.

Côté Léa, rien n'a vraiment changé. Elle reste un horizon, à distance, mangée par ses projets, ses urgences, toute une agitation factice. Beaucoup d'ânesses, peu de carottes. Les mirages se lèvent pour mieux retomber. Elle n'est pas la seule. Elles en ont, du courage, toutes ces apprenties. S'il suffisait d'en vouloir, Paris serait une Voie Lactée. Elles patientent, tenues en courte laisse par des promesses sans cesse renouvelées parce que jamais tenues.

Elles décrochent bon an mal an deux répliques ou une silhouette dans un téléfilm, une pub. Il leur faut maintenir la façade, en imposer, sourire. Cheese... Tenir. Tu me diras, c'est pareil partout, non ? Dans tes eaux, par exemple, les places sont chères. Une différence, l'ami, tu prends un cliché, il reste pour l'éternité, comme les archives du défunt KGB. À l'occasion, on le ressortira. La pellicule dure autant que le granit. Les régimes passent, l'image reste.

La mode ? Les filles sont des reflets. Le flux les apporte, le reflux les évacue. Ni sujets ni objets tout juste des cintres.

Et donc ça roule. À présent, mes photos peuplent la presse féminine, en galère ! Peu me chaut, et tu sais quoi ? Je retrouve sur ce nouveau terrain la tension vécue en opération. À sauter d'un défilé à l'autre, à anticiper. Je joue le jeu. Une petite guerre se pratique sur un autre terrain.

Voilà, mon lapin, il suffit de se remettre en question. Rien n'est acquis. La profession m'attendait au tournant. Je sais ce qu'on racontait dans les coulisses. Je le devinais : Jean ? Il est bon pour jouer au petit soldat. Sorti de là... Au premier loupé, les chers collègues ne me rateraient pas. Tout se pardonne, payez-vous un cancer, un veuvage, un cocuage, un redressement fiscal, c'est tout bon, on vous plaint. Seul le succès reste inexpiable. Normal. Ta part de gâteau, tu crois l'avoir gagnée, tu l'as payée comptant. Que tu crois... Le collègue mal placé, lui, sait que tu la lui as volée. Ainsi vont les choses.

Je l'accepte. L'ensemble reste globalement positif, comme disait l'autre enclume. Je gardais quand même l'essentiel, une part d'insécurité. Après tout, je pouvais me planter, mais revenons à Léa.

Nous nous tangentons comme devant. Par moments, je la sens plus proche, elle me sait gré d'avoir mis les pouces. Pour ce que ça change... La douce maintient la distance, carrière oblige. Pas d'entraves, pas avant le succès final. Nous sommes passés de Guy des Cars à Danielle Steele. Je m'y fais. La vie est un bandit manchot. Tu mets ta pièce, tu abaisses la manette, tout tourne, et encore raté. Les trois cerises en ligne, ce sera pour une autre fois, mon gros. J'admets, le jackpot se fait attendre. Tu sais quoi ? Elle t'a eu. La charmante poursuit sa carrière, et toi tu patientes, comme un gentil chihuahua sur son paillasson. Elle m'a eu ? Parfait, au moins je ne reste pas pour compte. Todo bem, todo bon.

Pas tant que ça. Je traverse une baisse de régime, en ce moment. Le climat y est pour quelque chose, ce ciel de Paris étendu sur ta vie comme un édredon sale. Puis les retours, le soir. Le copain est bien gentil, mais pas question de pleurer au creux de son épaule. Nous ne mangeons pas de ce pain. Je me retrouve seul.

J'apprécierais un rien de présence. Pas le repos du guerrier, non, juste un sourire, un rien de chaleur. Si jamais j'appelle, je tombe sur le répondeur, la plupart du temps. Saleté. Quand je serai dictateur, mon premier oukaze sera pour interdire ce non-sens.

Donc, je rentre, je traîne. Je me demande ce que je fabrique. J'ai encore mitraillé des fringues pas possibles. Je troquerais volontiers mon Canon pour une kalache, c'est dire. Et Sammy Zapar ? Rien. Avant, avec mon appareil, je témoignais, je dénonçais hardi petit. Du moins j'avais intérêt à le croire. Je tenais le beau rôle. Se défoncer en valait la peine. À présent, je fixe du vent. Mes marionnettes ambulantes passent et repassent sur leur théâtre d'ombres. Sitôt vues, sitôt oubliées. Quel intérêt ? Quelle nécessité ? Aucune, du moins pour moi.

J'en ai déjà soupé. D'autant que Léa m'en propose une bien bonne, je te le donne en mille. Une exposition

canine. Ouah... Tu te vois nez à truffe avec les clébards ?
Allez, Fido, remue la queue et fais le beau... J'ai eu du mal
à cacher mon enthousiasme. C'est Léa le susucre ?
Nous en sommes loin. Ma tendre amie vient
d'encaisser un coup vache. C'était fait, elle croyait tenir
enfin le bon bout dans un film à sketches, un vrai grand
petit second rôle, juré promis. Et chlak, enterré le projet. Je
la rejoins donc dans son studio.
Elle me raconte. Elle est pâle, avec un début de
gueule de bois. Je compatis, j'ébauche un geste de ten-
dresse, ma main sur son épaule. Elle la rabat sèchement
d'une tape. Je la sens fermée, dure. Je ne peux rien. Je
décroche.
À quoi bon insister ? J'abdique. Avant, j'aurais... On
s'en fout. Récapitulons. Tu pourris sur pied depuis trois
mois, si je sais compter. Trois mois, et pas d'issue. Dans
six mois, ce sera pareil. Toujours aussi volontariste, coco ?
Style, puisqu'on a commencé, on continue ? Et quand
madame sera décidée, elle fera signe ?
Les toutous, au fait ? J'allais les oublier. Je rappelle
Léa. J'essaie d'être drôle, je dis : À nous les chiens qui
fument... Elle le prend mal :
— Ça suffit comme ça. Tu es stupide.
Je reconnais. Elle daigne me donner les coordonnées
pour les bestioles. Je la remercie. On se rappelle, tout ça.
Bisous. *So long*, Léa.
Le déclic joue. Adieu vieille mode, que le diable
t'emporte. Défilez sans moi, les petits, papa repart. Tu as
une idée ? Que oui, un projet planqué dans un trou de
mémoire depuis kala-kala. Le Tibet. On y va. Visa. Billet.
C'est dans la poche. Roissy après-demain, direction
Lhassa.
Dieu bon, je me sens léger, dix tonnes en moins. Tu
préviens le doux objet de tes vœux ? Plus tard. Je vais

tâcher de joindre Guste, histoire de lui dire où me joindre, si jamais j'ai besoin de matos. Et si tu essayais d'en savoir un peu plus sur ta destination ? Un Centre culturel chinois ? Beuh... Un centrale d'exilés, ce serait pas mal. Savoir si ça existe... Le point de vue du chasseur et celui du lapin, donc. Laisse tomber, tu verras sur place. En piste, Max, *on the road again.*

Ce matin, je commence par aller vider les cendres du Godin. En revenant, j'entends japper. Un chien ? Non, Édouard. Il déboule sur le chemin à toute allure en donnant de la voix, trois éclats brefs. Il me jette un coup d'œil au passage. Arrivé au virage, il pique dans les genêts, disparaît dans un creux, ressort sur l'autre versant et fonce vers la Vieille Ferme. Les lapins abondent dans ce secteur, ils nichent dans la grange. Ou alors une jeune renarde ? En tous cas, il est cinglé. On ne s'affiche pas de la sorte quand on est un nuisible homologué, vecteur de la rage, entre autres. Il m'inquiète, et regarde un peu ton plant de sauge, une touffe magnifique qui s'étale à plaisir. Elle est tondue à moitié. Un chevreuil, sans doute.

Ah, ça sonne. Je presse le pas, je décroche :

— Allô, oui ?

— Mademoiselle, ici la directrice du Centre Les lavandes. Nous avons une triste nouvelle à vous annoncer. Votre maman...

J'ai compris. Je reste stupide. J'ai failli dire : « De quel droit ? » Je demande :

— Quand ?

— Dans la nuit, je ne saurais vous indiquer l'heure précise. L'infirmière de service vient de découvrir son décès. Nous ne nous y attendions pas, elle paraissait en

pleine forme. Il s'agit d'une crise cardiaque, vraisem-
blablement.

...blement. C'est idiot, elle aurait pu mourir ici, au
milieu de ses plantes chéries. La suite ? Le mouroir
s'occupe de tout, la dame dit. Sûr, ils ont l'habitude. Je
peux passer voir Mère, et il y a aussi des formalités, ses
papiers, ses affaires à récupérer.

— D'habitude, nous faisons dire une messe à l'intention des disparus, dans notre chapelle. Y voyez-vous un
inconvénient ?

— Aucun.

— Votre mère avait exprimé le souhait d'être inci-
nérée. Êtes-vous d'accord ?

Je le suis. Mourez, nous nous chargeons des restes. Je
pourrai récupérer l'urne funéraire. Nous avons un caveau,
à Vuynes, mais Mère ne tient pas... Ne tenait pas à s'y
ennuyer. L'éternité, c'est long. Ses cendres rejoindront ses
fleurs. Elle me l'a demandé, peu avant de rejoindre Les
lavandes. Elle a dit :

— Comme ça, je vivrai encore un peu, pas vrai ?

C'est vrai. Pas d'enterrement donc. Moi aussi je préfère. Ici, on s'en pourlèche. Ce sont des occasions de se
réunir, comme la Foire aux agnelles ou la Fête du pain. On
enfourne le cercueil dans l'église. Le curé entonne les
louanges du défunt, en long et en large, bon père, bon
époux, bon comme la romaine... Le disparu fut un modèle.
Il laisse des regrets, un exemple et ses pantoufles. Ses
amis, unis dans cette douloureuse épreuve, se souviendront
longtemps de... Etc. Mettre au féminin si besoin.

Dehors les collègues ont déjà tourné la page, et
comment ! Ils se retrouvent, ils causent. Certains ne
s'étaient pas revus depuis les dernières funérailles, justement. Ils échangent nouvelles et ragots. Ils se posent la
question à l'ordre du jour. À qui le tour ? Les pronostics

vont bon train. C'est qui le plus vieux ? Remarquez, l'âge, faut pas s'y fier. Prenez le fils du Barnabé des Robines. Il venait de fêter ses vingt ans. Avec sa moto, il n'a pas fait long feu. Vingt ans tout juste, alors ? On avait prévenu son pauvre père, pourtant, mais à quoi bon ? Ils sont là, heureux. L'autre merveille repose entre ses quatre planches, et eux s'en tirent encore un coup, hé hé... C'est triste, mais ça fait plaisir, n'allez pas dire le contraire. Ils sont parés pour d'autres enterrements, tant qu'il vous plaira. Du moment que ce sont les autres qui y passent.

Mère ne sera jamais plus là. Elle est là, pourtant. Je crois la voir, penchée sur ses rosiers, en train de désherber. Je crois l'entendre taper ses souliers, pour décoller la terre, avant de rentrer. Elle demeure présente. Je bute contre elle, je n'en ai pas fini. Elle est là et bien là. Moi aussi. La différence n'est pas si grande.

Et si tu changeais d'air ? Aller à Aix chez Vieux-Monsieur, mettons ? Pour faire quoi ? Et qui parle de faire ? Pour te secouer, arrête avec tes questions. Fais-moi plaisir. Pour moi ce mot n'a aucun sens. Le plaisir me fait de l'ombre. Le désespoir et le bonheur de ne plaire à personne, tu préfères ? Exactement. Ma solitude n'a pas de prix. Mettons, je me trouve dans une pièce, seule, je supporte. Si nous sommes deux, quelqu'un est de trop, devine qui. Je ne parle ni de Jean, ni de mon vieil ami, bien sûr.

Les gens ne m'intéressent pas. Ils n'ont rien à m'apporter, rien à m'apprendre. Une vache n'a besoin de personne pour ruminer, tu veux dire ? Je veux. Les autres me dispersent. Seule, je me rassemble. Le monde me pompe.

La suite, tu l'envisages comment ? Cette question... La disparition de Mère ne change rien à rien, inutile d'entrer dans les détails.

Excuse-moi, mais si tu t'évadais vraiment, pour une fois ? Consulter une agence de voyages n'engage à rien. Ah oui, Venise... Jean m'en a parlé, il a évoqué cette marée haute des troisièmes âges en goguette, la place Saint-Marc noyée sous leurs troupeaux sans cesse renouvelés. Venise, plutôt mourir.

N'en parlons plus, mais Aix ? Avec Vieux-Monsieur, la pilule peut passer. Des platanes, de vieux hôtels, et à deux pas le Tholonet, le Lubéron, Sainte-Victoire... Le soir, un verre à la terrasse d'un café, en regardant passer temps et passants. Ton ami se plongerait dans sa nostalgie. Il évoquerait Saïgon, Sidi-Bel-Abbès, ses obsessions.

Une terrasse, un verre ? Je les ai sur place, et quant à Vieux-Monsieur, je n'en suis pas privée. J'ai tout, ici, des mésanges, du rosé fruité, quelques nuages à l'horizon, dorés par le soleil couchant. Au loin, sur le Cheval Blanc, la dernière neige achève de fondre. Une ligne plus claire souligne encore la crête. Dieu que je suis donc bien ! Et tu veux me faire bouger ? Pas question.

La fraîcheur s'abat avec le soir. Dans un moment, je prendrai ma polaire. L'hiver s'achève, il montre encore les dents. Le matin, on trouve une pellicule de glace dans l'assiette des mésanges. Un avion laisse une traînée mauve, plein ciel. Une autre la croise. Un X majuscule surgit, se dissipe, et...

Téléphone. Je prends. Quand on pense au loup...

— Jeanne, c'est moi, ton maçon de choc. Je viens d'apprendre la nouvelle. Tu es bien ?

— Ne t'en fais pas. Tu l'as su comment, ce n'était pas encore dans le journal ?

— Le patron du bar m'a appelé, il sait que nous sommes amis.

— Parce qu'il a ton numéro ?

— Tu commences une carrière aux RG ou quoi ?
Oui, il a mon numéro, et je lui ai demandé de me prévenir
en cas de...

— Ne t'emballe pas, j'ai compris.

— Si tu passais me voir ? Tu resterais quelques jours.
On causerait. J'en ai une bien bonne à te raconter.

— Merci. J'y penserai.

— Tu préfères que je monte ?

— Pourquoi ? Il est arrivé quelque chose ?

Silence. Je l'ai vexé. Il dit :

— Si tu le prends comme ça...

Je suis garce, il n'y a pas plus gentil, il s'inquiète pour
moi. C'est bien ce que je lui reproche. Les sœurs de charité, du balai. Je rattrape le coup :

— Je plaisantais. Je descends, mais à une condition.

— Tout ce que tu voudras.

— Tu me laisses faire ma tarte des familles. Achète
des golden, et tâche voir de trouver des œufs frais. Tu as
un four ?

— Un four, un micro-ondes, tu le sais très bien.

— Et des nouvelles de Jean, tu en as ?

— Oui, par son ami Guste. Il vient de passer, figure-
toi. Il essaie de régler une histoire de restaurant, pour sa
mère, je ne t'ai pas dit ? Il a débarqué avec ses parents pendant que j'étais chez toi.

— Et Jean ?

— J'y viens. D'après Guste, aux dernières nou-
velles, il partirait pour le Tibet cette fois. Il y est peut-être,
à l'heure qu'il est.

— Ils en sont où, là-bas ? Je n'ai pas suivi.

— Les camarades chinois finissent de digérer le pays
fraternellement, à mille contre un.

— Je vois. Encore une belle abomination.

— Passe, nous en discuterons. Préviens-moi du jour, que je puisse tuer le veau gras.

— Pauvre bête ! Laisse-la en paix. J'ai deux trois détails à régler du côté de ma mère, et je te rappelle.

— J'y compte. Porte-toi bien.

— Il faudrait que je me dédouble pour ça. Tu me prends pour une schizo ?

— Attends... Ah oui, c'est presque drôle, bravo.

Il rit. Il raccroche, et va pour Aix. Une jolie ville, un bon compagnon, de belles échappées, pourquoi refuser ? Puis mon vieil ami se sentira utile, autant le lui accorder.

Enfin une bonne nouvelle, Jean repart ! Je suis heureuse. Il va se désengluer de l'autre vampire. Le Tibet ? Ma foi, je connais vaguement, par Tintin interposé. L'important c'est qu'il s'échappe. Enfin, enfin, il se retrouve, le cauchemar est fini, espérons. Je ne vivais plus. Je me sentais mal de le savoir enterré dans ce Paris qu'il n'aime pas. Le pire n'est pas toujours sûr, tu vois.

Du coup, elle va le jeter, j'espère, si ce n'est déjà fait. La mort de Mère me porte bonheur, on dirait. D'accord pour un tour à Aix, mais pas davantage.

Aix, je m'en moque. Vieux-Monsieur, je le vénère. Quelle importance ? Je pense à Jean, il s'est toujours plu ici, chez moi. Il va revenir. Il pourra s'installer à sa guise, et même monter un labo, s'il veut. Avec leur Internet, il peut se débrouiller n'importe où.

Il voudrait, tu crois ? Propose-le-lui. D'abord, attends qu'il revienne, c'est l'affaire d'un mois, grosso modo. Et ne rêve pas trop, la peau est encore sur l'ours.

Il commence à faire frisquet, j'ai la chair de poule. Je me prépare un grog ; j'avale deux aspirines. Cette installation, quelle bonne idée ! Il acceptera, il faut. Avec Mère dans les pattes, la chose était hors de question. Il viendra, nous serons bien. La vie pourra commencer.

Doucement, encore une fois. Ne t'exalte pas. Laisse venir. Et si tu prenais un bol de soupe ? Pas faim. J'ai juste envie d'arroser mon projet, je peux ? Je me verse une bonne rasade du vieux whisky de Jean. À nous ! Et tu devrais te renseigner, question photos, voir si tu peux te rendre utile. Alors là, tu rêves, n'en demande pas trop.

Mère, c'est fait. Déjà huit jours depuis sa mort. En vrai, je dirais cent ans, une éternité, c'est fou. Elle est aussi morte qu'une pierre. Morte, elle l'était de son vivant. Les cendres, tu y penses ? Ah, c'est vrai. Je les ai posées sur le piano, à côté de l'arbre de vie. La nuit est claire, on y va. Du métal pauvre, cette urne. Du canope bas de gamme. Je l'avais coiffée d'un bonnet rouge et noir. Je l'ouvre. Rien de rare, un peu de cendres avec quelques fragments d'os. Nous sortons. Je le secoue, doucement. J'ai pris une cuiller à soupe, c'est parti. Une pincée pour les asters, une pour les roses trémières, une pour les forsythias, les autres pour les géraniums et le reste au vent.

Et l'urne, à la poubelle ? Quand même pas. Je prends une pioche. Tu vois un endroit ? Pas trop près, tout de même. Regarde, à flanc de talus, après les murets. Trois coups de pioche, c'est bon. Tu ne mets rien, dedans ? Suppose que dans mille ans, un archéologue... Tu as raison, voyons voir. Je rentre. Il me reste quelques francs, dans une soucoupe. Et puis ? Une capsule de bière. Cette petite bouteille de soja, presque vide. Une Vache qui rit, dans son papier d'aluminium. Regarde sur le piano, dans le bol chinois. Ah oui, un grelot. Et ce vieux gland, venu de la Villa Borghèse, un souvenir de Jean. Il voulait que je le plante. Eh bien, il reposera près de ses cousins. Et cette carte postale, encore un souvenir, le Notre Père en tagalog. Elle débarque des Philippines :

« Am namin… »

Je la lis à haute voix. C'est agréable. Vieux-Monsieur prétend que quand il était prisonner du Viêt-Minh, en Haute-Région, on les forçait à chanter *L'Internationale*, en viêt, avec l'accent tonique. Le vrai casse-tête chinois. Sûr qu'il aurait préféré *Le petit vin blanc*.

Je continue. Une bille, et cette clef, j'ignore à quoi elle sert, elle n'ouvre aucune porte. La clef des songes. C'est tout ? Et si tu mettais ta photo ? Ça va pas !

Le compte est bon. Je ferme. Je cale mon vase entre deux racines. Quelques pelletées. Je tasse, du pied. Je dépose un galet, un lourd, sur l'emplacement. Paré pour la traversée. Ton archéologue pourra planter le gland.

Je suis lève-tôt. Je sors, de bon matin. Place de l'Hôtel-de-Ville, le soleil éclaire en lumière rasante le haut du beffroi. Il effleure la boule de pierre, ornée d'un lierre en bronze, en haut de cette colonne romaine, plantée dans une vasque, au centre de la place.

En ce moment, je m'intéresse à l'abbé Sieyès. Tu fais bien. « La confiance doit venir d'en bas, et l'autorité d'en haut. » Le grand homme écrivait cette sentence dans le *Moniteur* du 20 Frimaire 1799, après le 18 Brumaire, donc. On ne saurait mieux dire. Ce connaisseur savait peigner la girafe dans le sens du poil, elle préfère. Le lierre, le soleil, le bronze, la colonne, que voilà donc un solide bouquet de symboles ! Quant à la vasque, à la base, sa margelle vient d'être entamée. Il manque un morceau conséquent, il a fallu y aller de bon cœur, à la masse. Encore un symbole ?

Un garçon de café prépare sa terrasse. Sur la façade de l'Hôtel de la Poste, le pied de la Durance pend toujours du fronton. Un chien traverse en diagonale. Un habitué, je reconnais son foulard rouge. Un hippie, sac au dos, le suit de loin. Tourisme pas mort. Les sections d'assaut des pépiantes nippones se préparent, dans les hôtels proches, et la municipalité tente de refouler la dernière fournée de néo-routards. Elle les expulse plus bas, à un jet de tomates, place du marché, eux, leurs clébards et leurs canettes. Le printemps les amène, l'hiver les chassera. Des migrateurs, et le soleil m'éblouit. Je ferme les yeux sur une pénombre rose.

Cette ville, j'adore. Mes vieux os y sont bien. Une ombre au tableau, le manque d'exercice. Faire du sport en salle ? Me retrouver à transpirer, moi croulant, face à de jeunes athlètes body-buildés, dans une pièce ceinturée de miroirs ? Quelle idée ! Jouer des haltères en chambre non plus. La marche ? Je connais trop les environs, ils sont envahis. Alors, scier un platane, Cours Mirabeau ? Gros boulot ma foi. J'y penserai.

Assez flâné, je rentre, j'appelle Jeanne. Cinq, six sonneries. Elle décroche, essoufflée. Elle s'excuse :

— J'étais dans le jardin, d'un peu je ne t'entendais pas.

Je la salue. Je demande :

— Tu as des nouvelles ?

— Rien. Il a dû partir.

— J'y pense, Jeanne, tu pouvais lui proposer de l'accompagner. Tu es libre.

— Il n'en a jamais été question, je l'encombrerais.

— Le moral, ça va ?

— Il fait beau, donc il est bon, ne t'inquiète pas.

— Dis-moi, si je remonte, tu me reçois ?

— Quelle question ! Quand tu veux, tu es chez toi, tu le sais.

— Je te porte quoi ?

— Porte-moi chance, et le journal. Et aussi des polars lisibles, si tu en trouves. Ah, des allumettes, mon gaz ne s'allume plus.

— Ce sera fait. Disons treize heures, à l'endroit habituel.

— J'y serai.

Des allumettes, et quoi d'autre ? L'alcool, elle en a.
Un gâteau ? Elle n'est pas sucre. Un cadeau ? Elle s'en
fout. À propos, pour le 4 × 4, j'hésite toujours. D'une, le
Mercedes de luxe n'est pas disponible avant six mois. Ils
se foutent du monde. Quant à l'autre, un japonais, *L'Auto-
journal* ne le couvre pas de fleurs. Ce serait un tigre de
carton. Je pense à un troisième, mais je ne sais pas ce qu'il
vaut. Ça peut encore attendre.

La sagesse dégouline de ta bouche, noble vieillard.
Vois quand même ta banque. Ah, c'est vrai. En revenant
de Vuynes, promis.

Je passe place du Marché, acheter des bricoles. Des
camionnettes garées en tous sens bloquent le passage. Ça
déballe, ça s'interpelle. Du bruit, de la couleur, des odeurs.
Vois un peu ces dattes. Charnues, bronzées, on en mangerait. J'en prends une livre. Une portion de courge ? Pas la
peine, on en trouve à foison chez Berthe. Du raisin plutôt,
admire ces grappes, on les croirait sorties d'un vieux film
de propagande soviétique. Il n'y a plus de saisons.
J'achète. Parfait, on y va.

Que c'est donc lugubre, ces garages souterrains. La
muzak non-stop n'arrange rien. Je quitte la ville par la
route des Alpes. Je rejoins l'autoroute. Avec elle, on est en
pleine pub mensongère. (*Achtung*, pléonasme !) Ces pubs
qui vantent les nouvelles voitures. Par moments personne
ni devant ni dans le rétro. Les poids lourds ont déjà gagné
Rungis.

Ta voie royale traverse une portion de Vaucluse.
Ensuite, ce pan de tour en ruines, au sommet d'une colline
plantée d'oliviers, signale Manosque. Un peu plus loin sur
tribord, Oraison apparaît, « Une ville à la campagne », s'il
faut en croire un panonceau, à l'entrée. Allais donc.

Entre Les Mées et Malijai, les vergers ont souffert.
Les rangées de pommiers disparaissent. Une histoire de

quotas, probable. Les rescapés portent le deuil sous d'épais voiles noirs, contre les prédateurs aériens. Les Thumins, Mirabeau. Des moutons gris, tête basse, s'entassent dans un pré. Une vie de larve à racler la moquette, mouton. Et Vuynes, terminus.

Je gare Twingo, je descends, je m'étire un bon coup, je gagne la terrasse. J'aurais dû m'établir patron de café, quoi de mieux ? On paie pour venir te voir. Tu trônes au centre de ton univers, tu es le roi, tout passe par toi, commissions et racontars. Tu conseilles la veuve, tu consoles le cocu, tu joues à la contrée avec la clientèle. Tu commentes les nouvelles, au besoin tu les inventes. Facile, coco, tous pourris, et pour vous ce sera ? Et tu fleures bon le pastaga, à force.

Jeanne est déjà là. Tudieu, j'ai oublié le canard ! La bise, puis nous passons prendre *La Provence* au tabac. Titre énorme : « L'OM A GAGNÉ ! »

Les miracles arrivent. Le reste, qui s'en soucie ? Pas moi dit la petite poule rousse. La terre tourne autour de l'astre rond, lou ballon. Les nouveaux prêtres officient à coups de pied. Jésus compte les buts.

Sinon, les nouvelles ? Jeanne n'est pas ravie. Officiellement, la chasse est fermée, mais avec prolongation pour la bécasse. Total, les tontons flingueurs arpentent comme jamais le paysage et envahissent le territoire de son renard. Le soir, il ne passe plus. Soit il se terre, soit il a fui. Ou alors, ils l'ont eu, et Jeanne s'inquiète.

L'absence de madame Mère, elle s'y fait ? Bien obligée. Elle n'est pas la seule. Plus le temps passe, plus les gens ont la manie de disparaître, comme si ça les avançait. Les gens font n'importe quoi.

Je transvase mes courses dans son engin, nous y allons. Du nouveau, on aperçoit son refuge, de loin. Je m'en étonne. Elle m'explique, elle fait couper une partie de ses bois, tout un pan de colline, frais d'enterrement obligent. Elle ne dispose pas d'autres ressources. Ah, c'est vrai, elle me l'avait dit.

Paysage après la bataille, donc. Même ce grand beau chêne, cette splendeur, celui avant cette grimpette, avant d'arriver, y est passé. Ne nous affolons pas, dans quatre ou cinq générations, il n'y paraîtra plus. Un peu de patience, mon gars.

Nous approchons. L'érable du Canada, celui d'un beau rouge, a fini de se déplumer, tardivement. Les saisons s'emmêlent les pinceaux. Son cousin indigène, même chose. Un tapis de feuilles recouvre en partie mes restanques.

Nous y sommes. Jeanne s'inquiète :

— Un repas froid, ça t'ira ?

— Et comment ! Ton affection me tient chaud, ma grande.

— Farceur !

Le paradis, fils. Viande froide et rosé frais face à mes chères collines. Si je m'installais ici, qu'en dis-tu ? Ne rêve pas. Quinze jours, pas plus, ensuite ce serait le clash. Elle et son côté vieux garçon, toi et tes manies de vieille fille. Cohabitation, piège à cons. Pour se désirer, il faut se manquer, je ne sors pas de là.

Jeanne a préparé sa tarte fétiche en mon honneur, pâte dorée, pommes caramélisées. Elle me sert. Je balafre ma portion, j'arrose les encoches de gnôle, j'entonne *Guantanamera*. Elle hausse les épaules, elle sourit :

— Tu ne changes pas.

— Il faudrait ?

— Reste comme tu es, surtout.

— Ah, si seulement j'étais un pommier...

— Oui ? Où veux-tu en venir ?

— Tu frotterais ton flanc crémeux contre mon écorce rugueuse.

— Ne te gêne pas, traite-moi de vache !

— Inutile, tu t'en charges.

— Personne ne t'a encore arrangé le portrait ?

— Non, et je le déplore. J'adore les émotions fortes. Surtout, j'aurais aimé pratiquer la prison, vois-tu. Ça manque à mon tableau de chasse. Il fut un temps où j'y avais droit, et je suis passé à côté, je le regrette.

— Tu es malade.

Comme il lui plaira. Café. Courts, les jours, le soleil pique déjà du nez dans notre dos. C'est une bergerie d'été, ici, les pâtres ont choisi un coin à l'ombre, pour le bien-être de leurs brebis. Tant pis pour nous. Je me secoue :

— Tu veux que…

— Commence par te reposer, nous verrons demain.

— Et toi ?

— T'occupe. En cas de besoin, je t'appelle.

Elle prend ses gants, un sécateur. Elle va tondre, élaguer, couper, son côté castrateur, hérité de Marthe. J'obéis, je ne bronche pas. Mon regard dérive. Ah, le journal. Je prends *La Provence*. Vite lu. Ils pourraient se contenter de changer la date, ce serait du pareil au même.

L'ombre a mangé les bois, en face. Les cimes des chênes se détachent sur des lanières de lumière. En toile de fond, la Barre des Dourbes disparaît dans les bleu ardoise. Et Jean ? Le décalage joue en quel sens ? Le soleil apparaît à l'est, le jour doit se lever sur Lhassa.

Assez lézardé. Une corvée de pierres ? Doucement, tu en ferais quoi ? Réfléchis… Tu vois la cuve en plastique, en haut de l'escalier ? Celle qui récolte l'eau du toit ? Tu pourrais dresser un mur autour, pour la mettre à l'ombre. Vendu. Demain, je m'y colle. Les clapas ne manquent pas, ces monticules de pierres écrémées dans les champs, après les labours. Tu as beau les exploiter, il en reste des tonnes. Je rentre.

Jeanne a allumé le Godin, la chaleur rayonne. Nous finissons presque par former un vieux couple platonique, elle et moi. Le rêve, ni gym conjugale fastidieuse, ni comptes à rendre, amigo. Elle ne supporterait pas et moi non plus.

C'est l'heure où les lions vont boire. Place à l'apéro, tapenade et rosé. Ensuite, soupe de courge, ma foi, on ne s'en lasse pas. Fromage, clafoutis, la vie saine de chez Ploukie. Ensuite nous essayons la télé. Nous zappons. Vite vu, programmes nuls tous zazimutes. La vulgarité l'emporte sur la bêtise, nous sommes gâtés. À pleurer, à part Arte. Pas grave.

Nous renonçons, nous parlons un moment. Nous évoquons encore le départ de sa mère. Elle remarque :

— Je ne devrais pas le dire, mais pour ce que ça change... Tu vois, elle occupait l'espace, à part ça...

Les oraisons funèbres ne sont plus ce qu'elles étaient. Je n'épilogue pas. Ma camarade disparaît, dodo. Je m'attarde, dos au Godin. Un Ricard, sinon rien. Je prends Revel : *Journal de l'an 2000*. Il y va de bon cœur, en possession de tous ses défauts. Il râle comme jamais, rien n'est épargné. Pas drôle d'être le meilleur.

Et toi, Charlot ? Oh, moi... J'en suis à l'heure où l'on revoit sa vie, faute de la revivre. Reste une impression d'à quoi bon. Tout glisse. La terre fonce dans le vide et toi dans la semoule. Demain sur nos tombeaux, les blés seront plus beaux. Qu'on se le dise.

D'accord. Une dernière bûche dans le feu, et on y va. Je gagne ma chambre. Jean a ramené un tableau de Cuba. Deux planches calées par de gros livres soutiennent une machine à écrire antique, avec une feuille engagée. À gauche, une bougie allumée brûle. Au centre, une autre feuille, manuscrite, flotte. Posé sur elle, un verre à pied, à demi plein de vin rouge. Fond jaune sombre. Pas mal.

Dodo, l'artiste. Le bruit court que tu ronfles. Une chance, je ne m'entends pas.

Le silence me réveille. Le jour est jeune, bientôt le soleil. Je m'habille, je sors à temps pour assister à son lever. La Barre des Dourbes se frange d'argent. Une strie de lumière barrre le pic de Coard. Le voilà... Une boule de phosphore jaillit au ralenti. Le soleil... Il progresse, matin après matin. Il glisse sur la crête rocheuse comme sur une tringle.

Nous en étions où ? La cuve à eau. Commence par boire ton Nes, les pierres ne vont pas s'envoler. Bizarre, tout va pour le mieux, pourtant je me sens mal à l'aise. Ma pauvre Jeanne se noie au ralenti. Pour le moment, elle s'imagine que Jean est purgé. Elle rêve, sitôt rentré, il replongera, c'est couru d'avance. Et que faire ? Il doit y avoir une solution, bon sang ! Si seulement je pouvais quelque chose. Le $4 \times 4$ ? Essaie toujours. Ton nirvâna n'est pas pour demain, mon petit.

J'aime Paimpol et sa falaise, admettons. Quant à Paris, quiconque a vu, sur un trottoir, par un matin glacial, sous un ciel glauque, fumer une déjection canine frais pondue me comprendra. Cette ville est faite pour les chiens, c'est connu, et pour les véhicules à traction automobile. La preuve, la voie sur berge.

Roissy et ses tubes, j'aime aussi. On a l'impression d'être une infime particule dans un bol alimentaire. Pour l'heure, j'y suis. Je queute sagement dans une des files pour l'enregistrement. Pas mal de monde. Nous progressons. Des Asiatiques, en majorité. Le Chinois de Hong-Kong se reconnaît, plus grand, plus mince, plus pâle, mieux sapé, comparé à son rustique cousin de la Chine pop. Le volume de leurs bagages me tue, valises, malles, des montagnes. Normal, les avions grossissent, le reste suit.

À mon tour. Billet, passeport, l'étiquette sur mon sac. Le tapis roulant l'entraîne. Ensuite, le portique. Zoum, il sonne. La boucle de ma ceinture, j'aurais dû y penser, à chaque coup c'est gagné. Je rétrograde, je la montre. Je peux la garder ? Non. Je la défais, un geste biblique. Et si j'avais quelques éclats d'obus, le billard ?

## La Sauvagine

« L'âne, le roi et moi
Nous sommes morts tous trois
Au mois de mai... »

Un jour mon tour viendra, mon avion s'écrasera, j'espère. C'est comme si j'y étais, j'entends l'hôtesse faire son annonce : « Nous allons percuter dans quelques instants. Messieurs les passagers sont priés d'allumer leur dernière cigarette. » Ensuite, elle et ses collègues procéderont à la distribution du petit verre de rhum, tradition oblige. Ensuite, l'épaule d'une colline qui défile, et l'éblouissement final.

Oui ? Oui. Je passe. Je m'installe en salle d'attente, près d'une baie vitrée. J'aperçois notre aéronef, au premier plan, un mastodonte. Il n'avait aucune raison d'exister, naguère. L'avenir était à la voile. Les alizés vous menaient à bon port. Ensuite, quitte à voler, qui diable penserait à faire décoller une enclume ? Place donc aux plus légers que l'air, les zeppelins. Logique. De même, l'avenir revenait de droit au socialisme et à son économie planifiée, la seule raisonnable. Marx ou crève. L'avenir marcherait dans le sens de l'Histoire.

L'avenir l'a eu dans le dos. Yeux fermés, je récupère. J'ai mal dormi, l'angoisse... Rien à voir avec Léa. Le vol, j'en redemande. Ce départ passe mal, je ne sais pourquoi. Disons que tu ne veux pas savoir.

Allons, bonhomme, du cran. Tu m'amuses, je ne m'en sors pas. Pour un peu, je ferais demi-tour. Cette impression d'arrachement, Léa me manque j'en pleurerais. Faudrait savoir ce que tu veux. Rentrer ? C'est idiot, tout serait à recommencer. Je ne me reconnais plus.

Je rouvre les yeux. Un gosse se tient devant moi, bien en face, debout. Cinq ans ? Mignon, yeux bridés, coupe au bol. Il me fixe, bouche ouverte, ou plutôt il fixe ma barbe, l'air perplexe. Je l'intrigue. Il a dû voir jouer *Gorilles dans la brume*. Je palpe dans ma poche, il me reste un Stoptoux. Je le lui tends :

— Petit Chinois, c'est aujourd'hui ta fête.

Il le prend. Il dit :

— Holly gâteau.

Ah, un Jap. Il s'incline, s'en va. Bien élevé, cette graine de samouraï. Pas étonnant qu'ils aient gagné la guerre. Encore un enfant que je n'aurai pas. Ça te manque ? Je n'en sais trop rien. Pierre qui boule n'amasse pas pousse.

On aurait dû embarquer depuis un moment. Et alors ? Voyons quand même. Porte B, la nôtre, près de la banque et du micro, les moukères de service ne se sont pas encore pointées. On lit ? Pas envie. J'aurai tout mon temps pendant le vol. Puis les livres, en ce moment la pâte molle des mots... J'ai besoin de ma dose d'adrénaline, ça oui. Ça sonne. Portable. Je tâtonne. Poche pectorale, papa. Je l'ai, j'écoute :

— Jean ?

— Soi-même. Je vous salue Léa.

— Tu tombes bien. J'attendais, pour être sûre.

Silence. Je crois comprendre. La douche, glacée. Manquait que ça. J'avale ma salive. Je demande :

— Et ?

— Je suis fixée. Tu es où ?

— Roissy.

— Bon voyage.

Elle raccroche. Alors ? Les dés viennent de rouler, c'est gagné, mon gars, double six. Tu déchires ton coupon d'embarquement ? Surtout pas. J'y suis, je continue. Elle l'a voulu. Je ne marche pas. Les hôtesses arrivent. Je me dresse. C'est l'appel, le bon :

— Les passagers à destination de Hong-Kong...

En voiture Simone. N'oublie pas ta sacoche. Le chantage ? Comment donc ! Un enfant se décide à deux. Je passe, je m'installe. Ça traîne, puis c'est parti. Une escale, cinq ou six repas et deux films nuls plus tard, l'aéronef descend. L'approche. Quelques îlots frangés d'écume, une immense tache excrémentielle sur la mer, nous y sommes. Hong-Kong et son terrain de la dernière chance. L'appareil se pose au ras des clapiers. En début de piste, une carcasse traîne encore, un zinc chinois. Ce n'est pas le premier, ce ne sera pas le dernier, l'aviation commerciale céleste se fait les dents.

Nous débarquons. Chaleur lourde, moiteur, pollution extrême, Hong-Kong sera toujours Hong-Kong. Rien n'a changé. La jonque de l'Office du tourisme, le logo local, fait sa retape dans la rade. Taxi. Les gratte-ciel s'alignent à la parade. À leur base, le trafic, tramways périmés, drapeaux britishs, enseignes mandarines, manque rien. Tous à la gare. Je trouve un train pour Canton, et c'est reparti. Nous roulons au ralenti, tagada, tagada. Ton train en croise d'autres, venus de l'autre côté du rideau de bambou. Dans le mien, des touristes. Dans ceux d'en face, des cochons. Le cochon c'est l'avenir.

Canton.

Je change mes dollars contre des yens pour touristes, des billets de Monopoly. Et zoum, un autre aéronef, cette fois pour Lhassa, un vieux Boeing 707.

Il a tenu le coup. On se pose, quelques ricochets. Stop. Succinct, leur aéroport. Tout autour, un paysage pelé. C'est fou à quel point ça ne ressemble à rien. La lumière, elle, tombe droit, aucun relief. Un bus me dépose au pied du Potala, une énorme pâtisserie cassis-Chantilly. Nous verrons plus tard. Je fonce, j'ai l'adresse d'un hôtel, un repaire de hippies. D'un coup, le ciel chavire, je m'agrippe à un poteau. L'altitude, petit frère, l'oxygène se fait rare. Je récupère, je repars au ralenti.

Surprise. Tu sais quoi ? Le sommeil se fait tirer l'oreille, j'enchaîne huit nuits sans dormir. Pas moyen. Bourré de Valium, je me tape la Bible, rien n'y fait. Crevé, vidé, je songe à redescendre, c'est trop bête. On t'avait prévenu, fallait monter par la route, pour décompenser, exactement comme un plongeur sous-marin. Exact. Fumer tue, vivre aussi.

Je reste, je bosse quand même. Lhassa ? Le Moyen Âge, avec un flingue sur la tempe. Les envahisseurs sont partout, ils submergent tout. Un tsunami chinois, et la vague n'est pas près de se retirer.

Je bosse, donc. Le Potala, bien sûr, bourré de lampes à beurre, de bonzes, de livres sacrés, de bouddhas et de touristes chinois. Le Jokang et ses pèlerins prosternés. Pas la peine de parcourir le Tibet, tout le Tibet défile autour de ce temple. Une foi énorme, et j'apprends par mes hippies qu'il va y avoir un sky-burial demain matin, très tôt. À ne pas manquer. Des funérailles en plein ciel.

Le jour se lève. La cérémonie a lieu dans les collines, en dehors de la ville. Je connais la route. On y va. Je croise une section de l'armée populaire au petit trot, kalache en bandoulière. Un peu plus loin, des silhouettes progressent. Je les suis un moment. Nous quittons la route, nous grimpons. C'est là.

Dans un creux, trois Tibétains, accroupis, se chauffent les mains devant un feu de braises. Une bouilloire, sur des pierres. Ils prennent leur thé à petites gorgées. Ils fument. Plus bas, des vautours patientent, posés au sol. Un d'eux étire une aile. Un autre s'épouille. Plus haut, en demi-cercle, une kyrielle de photographes, appareils parés. Eux aussi attendent, Chinois et Japs.

Sur le sol, près du foyer, un paquet repose, comme un tapis roulé. Que la fête commence ! Les Tibétains le défont. Un corps apparaît, une femme. Ses longs cheveux noirs traînent dans la poussière. Les bouchers prennent des couteaux. À présent, ils s'acharnent, décharnent, méthodiquement. Un gringo m'a renseigné, hier soir. Il s'agirait d'une jeune mère, morte en couches.

L'opération se poursuit, on sent une longue pratique. Les lambeaux détachés sont balancés aux vautours. Ils les avalent sur place, goulûment, se disputent un membre. Les caméras ronronnent. Vautours et photographes sont à leur affaire. L'opération macabre continue. Un rapace décolle lourdement, débris au bec. D'autres suivent. Sky-burial, en effet.

Rien de liturgique, ni chants, ni encens, ni vêtements consacrés. Des ploucs débitent une carcasse, quelques volatiles se gorgent, des voyeurs observent. La scène se joue à ciel ouvert. Aucun mystère, l'horreur nue. Des ossements blanchis parsèment le sol, aux alentours. L'endroit sert depuis beau temps.

Le show se prolonge. Les amateurs déclenchent encore et encore. Et toi ? La lumière ne vaut rien, le ciel est voilé, du coton. Tant pis, je m'y mets. Ne jouons pas les blanches colombes. Posté derrière les dépeceurs, je prends aussi les preneurs d'images.

Sky-burial, donc. Il existerait aussi un water-burial. On balance le corps dans le fleuve, c'est moins fatigant. Creuser un sol gelé, merci. Et en temps longtemps, il y aurait eu cannibalisme. Possible. Mais chut, faut pas le dire, l'image est négative.

Une rumeur monte de l'assistance. Un des charcuteurs vient de jeter une fleur noire, la tête, chevelure et tige de vertèbres. L'équarrissage touche à sa fin. Encore quelques débris à la volette, puis assez joué. Les Tibétains prennent des bâtons, et hop, ils dispersent la racaille. La scène se vide. Le calme revient. Cou replié, les vautours digèrent, gorgés. Le trio ranime le feu, ils font chauffer tu ne sais quoi. À présent, à leur tour, ils mangent, paisibles, entre eux. Ils plaisantent. Encore une bonne chose de faite. Alentour, les collines nues, des pierres, des débris humains. Sur la route, un convoi militaire chinois défile. Pauvre femme. Pauvre Tibet.

Tout arrive, le sommeil revient. Je bosse. Un marché, pieds dans une boue ignoble. Légumes fanés, quartiers de viande avancée, tes vautours adoreraient. Une nuée de mouches assurent la ventilation. L'odeur... Elle manque, en photo, on perd le meilleur. Sur la place, à l'écart du Jokang, des Tibétains vendent leurs lourds bijoux, argent corail et turquoises. Vu le prix demandé, ils valent le coup. Laisse tomber, tu les retrouveras à Saint-Germain-des-Prés pour à peine cinquante fois plus cher, pas la peine de t'encombrer.

Je tente une percée. Je prends un bus. Nous roulons dans la plaine, entre le fleuve et les pentes pelées. Quelques monastères en ruines, les camarades chinois sont passés. La lutte contre le féodalisme, ça les connaît.

Le fleuve, c'est le futur Gange. Un amateur le traverse sur une outre gonflée, une peau de yak. La route grimpe, nous atteignons un col. Le bus s'arrête, les passagers descendent faire leurs dévotions devant un amas de pierres, garni de branches hérissées de chiffons. Nous repartons. C'est la lune. Un bled, enfin, une longue rue vide. Le parfait décor de western avant le déboulé de la horde sauvage. Je débarque. Au fronton des maisons, une frise décorative se déroule, des cornes de buffles alternent avec des swastikas. Pas mal, l'endroit, ni restaurant, ni hôtel, ni boutiques, ni passants. Le pur décor donc. On trouve tout à la Samaritaine, on ne le dira jamais assez. J'ai

soif. J'ai la dalle. Si seulement il me restait un Stop-toux...
Qui dort dîne. Je me planque dans une bonzerie. Sympas,
les bonzes, ils ne te harcèlent pas, tu peux crever en paix.
Je dors dans un recoin.

Au matin, pas de café, le ramadan sans peine. J'enfile
la rue. Des chiens me suivent. Ils espèrent peut-être un tou-
riste-burial, va savoir. Ils me regardent drôlement.

Bruit de moteur, je me retourne. Miracle, un bus, et
retour à Lhassa. Kesskon se marre et j'ai pensé au prin-
cipal, je me suis muni de photos de Sa Sainteté le Dalaï-
Lama. J'apprécie son sourire, cette énorme gentillesse. Je
distribue mes photos, discrètement, aux populations. Il y a
risque de prison à la clef, pour eux, goulag pas mort. J'ai
du succès. Cette vieille femme prend l'image, mains
jointes, en extase. Elle n'en revient pas de sa chance, ses
yeux se plissent, ses rides frémissent. Elle s'incline très
bas.

Chinois salauds. Alerte, devant le Jokang, du tumulte.
Une manif ? Je m'approche. Une foule proteste. Ça ne rate
pas, des side-cars verdâtres foncent dedans. Les flics
chinois bondissent, matraquent à la volée. Quels flics ?
L'armée populaire. Elle sort du peuple, elle rentre dans le
peuple, elle cogne sec. Tout à fait les méchants nazis (pléonasme) dans un de ces navets sur la Résistance qui nous
ont vengés de Waterloo (morne plaine).

Là, c'est du vrai, ils y vont carrément. Planque ton
appareil ou tu es bon. Et encore, eux ne font que passer,
la foule se disperse. Plus loin, des bulls s'activent, éven-
trent le secteur entre Jokang et Potala. Demain, les touristes trouveront le décor normalisé, avec nos boutiques et
nos gadgets au complet.

Assez vu, on rentre. Et Léa, tu... Bon Dieu, laisse-la
de côté, tu dois te ressaisir, tu t'égares, ton travail en
souffre, ça ne va pas. Bosse d'abord, la fanfreluche

ensuite, capitche ? Inutile de te voiler la face, Léa ne me réussit pas. Tu as essayé de t'acclimater, à Paris, parlons-en. Tu t'es vu, scotché à tes défilés à la con ? Tu n'as pas honte ? Et le reste ? Quel ? On verra plus tard. Je rentre donc, je classe mon butin. Bien, le sky-burial, je ne m'y attendais pas. Deux mondes, face à face. Pas pour longtemps, très cher, le Tibet de papa, c'est fini. Sinon, le reste, pas de quoi pavoiser, on sent que tu n'y crois guère. Du travail de fonctionnaire. Par exemple, cette manif ! Elle, je ne te pardonne pas, tu t'es défilé. Il fallait plonger dans le tas, au lieu de t'écarter. Exact, je pouvais m'offrir du saignant, un coup de matraque en prime et mon appareil en petits morceaux. Ça ne se refuse pas. On y retourne, chiche ? Laisse tomber.

Remarque, tes photos marcheront quand même. Régulièrement, je reviens d'expédition avec du toutvenant. Dans le lot, un ou deux clichés sublimes. Eux restent pour compte, ça ne rate jamais. Le client a toujours raison. Je lui baise les pieds.

Je me sens nerveux. Pourtant, difficile d'être mieux, ma nouvelle installation est parfaite, d'autant que le copain joue les Arlésiennes je ne sais où.

Léa ? Aucune nouvelle. Elle joue à quoi ? La très chère t'a vraiment pris pour la reine des pommes, sais-tu. Tu as tout avalé, hameçon, ligne et baleinière. Elle a cru pouvoir te forcer la main. À quelle heure ? Qui sait ce qu'elle devient ? Alors là, pas d'inquiétude, elle s'en sortira toujours.

Le gosse, tu y penses ? N'anticipons rien, il ne s'agit que d'un tas de cellules. Arrête. Ce gosse, c'est moi. J'étais seul, seul. Mort, mon père. La mort, la mère... Deux secondes, tu m'excuses. Le temps de vomir et je suis à toi. Tu te souviens, ce poème ?

« Et la mer et l'amour ont l'amer pour partage
Et la mer est amère, et l'amour est amer... »

Comment donc ! Quand tu dis la mère, j'entends autre chose. Ma mère... Je l'attendais. J'attendais tout. Rien ne venait. Elle te reprochait le pain qu'elle te donnait. Elle se sa-cri-fi-ait pour toi. Tu étais le clou de sa crucifixion permanente. Rien à voir avec Léa.

Je ne sais pas, je ne sais plus. Je suis là, je bosse. Je continue. Pourtant, il doit y avoir un moyen de s'entendre. Ça te reprend ? J'ai le choix ? Je dévisse. Si je n'arrive plus à travailler proprement, je suis foutu.

On se ressaisit. Patiente, recharge les accus. Après le séisme, les secousses se tassent fatalement. Les choses vont...

Oh, arrête, les choses n'ont rien à faire de tes états d'âme, pauvre cloche. Reviens sur terre. Au fait, et ton autre poème, celui en trois lignes, tu sais. Ils sont morts de quoi au juste ? Ah oui...

« ... L'âne de soif, le roi de faim
Et moi d'amour, au mois de mai. »

Belle mentalité. Mourir, tant que tu veux. Mettre les pouces, pas question, la liberté ne se négocie pas. Je t'en prie, les grands mots, évite. Ils sont usés, à force. Trouve un projet plutôt, la vacance ne te réussit pas. Et avant tout, solde tes comptes avec ta belle. Il faut.

Me voici à Aix depuis une semaine, bientôt. Vieux-Monsieur a insisté pour me garder. Pour le moment, il fait sa sieste, il appelle ça un pénéqué. Bizarre comme mot, je me demande d'où ça sort. Du chinois ? Avec lui, il faut s'attendre à tout.

Tu as remarqué ? À Vuynes, il ne sieste pas. La ville vous ramollit son homme, et je sors, je ne vais pas l'attendre. Devant la pizzerria, place des Tanneurs, une camionnette déverse des bûches. Il en faut, pour les grillades au feu de bois annoncées. À côté, un Casino tourne au ralenti. Les grandes surfaces le tuent. Bientôt, la pizzerria l'avalera, elle agrandira sa terrasse. Aix est mangée par ses mangeoires.

Je prends la rue de l'Annonne-Vieille. On ne s'ennuie pas, café internet par-ci, frusques pornos par-là, puis un restal chinois. Lui ne marche pas, trop à l'ombre. En face, un franchouillard, avec, sur sa porte, un canard aux yeux mi-clos tout droit sorti du *Canard enchaîné*. Plus haut, à l'angle de la place Ramus, un autre restal joue les bars à vin. Il s'est donné du mal. Sur les volets, on a peint un comptoir, des clients, et au premier plan une femme au dos nu. Taguée, bien sûr. Un artiste répare les dégâts au pinceau.

Je continue. Je tombe sur une boîte à éclipses, elle change de nom chaque année. Voici deux ans, c'était « Pago-Pago », et en passant, je pensais à cette nouvelle de Somerset Maugham : *Rain*. L'an passé, « Cancun », et aujourd'hui « Private room ». L'an prochain, « Pepito » ou « Pédale douce » ? Nous verrons. Une chose ne change pas : « Consommation gratuite pour les filles. »

C'est le cœur du vieil Aix, les rues sont plus qu'étroites, les voitures ont du mal à prendre les tournants. On voit encore sur les pavés la trace des roues cerclées de fer des charrettes. Encore un virage, rue des Marseillais, voici le marché. Lui aussi fait partie du décor, les touristes en raffolent.

Je me traîne, la greffe ne prend pas. Trop de murs, trop de monde. Question de me changer les idées, c'est râpé. Vieux-Monsieur est bien gentil, mais il gave, dans tous les sens. Si je restais ici, en trois semaines je prendrais six kilos, bon poids. Je ferais des mots croisés, des réussites, comme Tonton. Plus le temps passe, plus je comprends maman.

Je m'installe au « Happy days », le bar de mon vieil ami. Il manque quelque chose. Ah oui, une rôtissoire bordait la terrasse, à gauche. Des poulets tournaient sur eux-mêmes dans une odeur de graisse grillée. Envolée, ta boucherie. On rénove. À la place, il y aura des nippes ou des godassons, probable, les deux mamelles du commerce. Trois avec la bouffe. Et que devient un boucher en retraite ? Égorgeur en série ou végétarien militant ?

Le garçon passe prendre la commande. Très jeune, très grand, trop maigre. Le « Happy » en fait une grande consommation, ce n'est jamais le même. Un banc d'essai, ce bar. Possible. Un peu ce que fut Piaf pour la défunte chanson française. Soyons simple :

— Un café.

— Et un express !

Le marché s'active. Tu te vois vendre des endives ou de la brandade à longueur de vie ? Pas vraiment. Demain je dégage, promis. Cette ville, c'est du décor, je n'ai rien à y faire, mais alors rien. Ne compte pas sur moi pour jouer les santons.

Tu exagères. À peine. Si ça continue, je vais avoir une éruption de boutons. Et tu vas dire quoi, à ton Vieux-Monsieur ? Que tu as laissé une casserole sur le feu ? Pas la peine, il n'aura qu'à me suivre, il ne demande que ça.

Mes rosiers me manquent, et mes plantations, mes pêchers. Je les ai installés au printemps dernier. À l'automne, leurs feuilles viraient au bronze. Ils vont bien, et parfois je me demande ce que pense un arbre. Il pousse.

Puisque tu es là, si tu prenais quelque chose pour papi ? Un avocat ? J'ai des pommes, je peux faire une salade mixte. Et j'ai des poivrons. Si je trouve du thon, à la poissonnerie…

Ouf, enfin de retour. Vieux-Monsieur m'a laissée filer sans récriminer, il passera bientôt. Je dors mieux chez moi. À Aix, tu dépends du premier groupe de braillards imbibés paré à beugler sous ta fenêtre.

À peine quelques jours d'absence et tout est à reprendre, c'est fou. Je désherbe par pleines brassées, je retire les feuilles mortes des iris, je nettoie. Mère y passait sa vie. Je piochote, je déchausse une pierre qui dépasse, et regarde. Bingo ! Un petit écureuil en céramique fait surface. Le fétiche de Mère, à un moment, elle le tripotait machinalement, elle l'avait perdu, et…

Téléphone. Si c'était… Je décroche. C'est Jean. C'est bien lui. Il demande :

— Tu as reçu ma carte ?

— D'où ça ?

— De Lhassa.
Je comprends mal. Bêtement, je demande :
— Thalassa ?
— Mais non, pas la mer, la montagne. Le Tibet, Lhassa.
— Ah oui. Non, je n'ai rien reçu.
— Ça m'étonne à peine. Quoi de neuf dans tes alpages ?
— Rien. Ah si, maman est morte.
— C'est bien. Transmets-lui mes condoléances.
— Et toi ?
— Tu peux m'en présenter aussi, tu vas être tante.
— Pardon ?
— Dans la mesure où je te considère comme ma sœur, je précise. Léa est grosse de mes œuvres, mon poussinet.
Je reste stupide. Je lâche :
— Pauvre…
— Pauvre de moi, tu veux dire ?
Je me tais. C'est… Ce gosse, je l'attendais sans l'attendre. Je le voulais sans oser y croire. Le nôtre. Notre petit. Faut pas rêver. J'ai dû être absente un moment. Sa voix :
— Jeanne, tu ne dis rien ? Tu fais bien. Écoute, je suis rentré, je vais tâcher de m'y remettre. Pas la mode, pas question, une fois suffit. J'ai pensé à des reportages locaux, du genre ce qu'ils font sur la Une, en fin de journal, tu vois ? Si tu as une idée, je suis preneur. Mais tu laisses tomber les Saintes-Maries et les Baux. Tu saisis ?
— Je vois. Aniane…
— C'est quoi ?
— Un village, près de Montpellier. Il abritait un bagne d'enfants, entre les deux guerres.
— C'est du solide ?

— Comment ça ?

— J'aimerais que le client sorte son Kleenex, après avoir vu les images.

— Pour les images, je ne sais pas. Mais l'histoire, je te garantis, toute la chiennerie de la France profonde. Tu connais le poème de Prévert, *La chasse à l'enfant* ? Je me demande s'il ne vient pas de là.

— C'est à voir. Autre chose ?

— Oui, aux Mées, tu trouves cette ancienne fontaine moutonière, avec le buste de la République, et l'inscription : « Aux républicains des Basses-Alpes, tombés pour la Loi, le Droit », et je ne sais quoi. Sans autres précisions.

— Les pommes de terre frites ? Ils sont tombés contre quoi ?

— Contre un régiment de l'armée française, après le coup d'État du 2 décembre de Louis-Napoléon.

— Tiens... Je n'en avais jamais entendu parler.

— Pour cause, la révolution devait venir des villes et des usines, pas d'une bande de bouseux forcément arriérés. Papa Marx l'avait garanti, dans ses Évangiles. Tous les régimes qui ont suivi ont gommé l'épisode. C'est vilain de contester le pouvoir en place, quel qu'il soit.

— Je comprends. Juste ou injuste, mon tas de fumier. Tu es sympa, je passe dès que je peux.

— Je t'attends, et toutes mes félicitations.

— Pas de quoi. Mets-les de côté pour quelqu'un d'autre.

Il raccroche. Seigneur, j'ai tenu ! Je m'avachis sur un fauteuil. Je crie, un cri silencieux, bouche ouverte. Les larmes. Je ruisselle. Tout est par terre. Pleure, tu as été très bien. Pleure, vide-toi.

Mais qu'est-ce qu'il lui prend ? Lui, père ? Il a toujours été contre. Donner la vie, c'est donner la mort, il disait. En venir là, lui ! Son collage ne lui suffisait pas ! Il est malade. Le coup de la grossesse, quelle honte ! On ne connaît que ça, depuis les cavernes, et ça marche encore ! Ça marche. Ça marchera, tant qu'il y aura des pigeons. Et elle, elle va porter ce gosse, elle aura ce front ! Encore, ce serait une pauvre bécasse, mais cette garce ! Les bras m'en tombent. Et tu n'as pas voix au chapitre, ma grande. Jean a tous les droits, y compris celui de foutre sa vie en l'air. Comment donc, et moi celui de m'y opposer. Assistance à débile profond, je revendique.

Je suis outrée, j'aurais préféré qu'il encaisse une balle, parole. Tu n'es pas bien ! Et tu comptes intervenir comment ? La tuer, elle ? Idiote, trouve mieux. L'ennui, c'est d'être à l'écart. Il y a bien la poupée et les épingles, mais je manque de pratique. Et si je demandais à Guste ? Il n'est pas bête, il vit sur place, aux premières loges. Il y verra plus clair.

Bonne idée. Ça va mieux ? Ça va. Mouche ton nez. Encore un peu. Tu sais quoi ? Tu pouvais t'y attendre, c'est la suite logique de toute son attitude, son besoin de se détruire. Et tu sais quoi ? Elle vient de jouer sa dernière carte, la Léa. Il n'y en aura pas d'autres.

Je dois être horrible. Un peu plus, un peu moins, ça dérange qui ? Parlons d'autre chose, fais-moi plaisir. D'un coup, tout se décolore, comme pour Picasso. Après le bleu et le rose, le gris de Guernica. Normal, ma biche, Léa c'est la guerre. Je viens de perdre une bataille, la fête continue. Comme tu y vas ! Tu n'es même pas dans la course. Allons donc, rien n'est joué, tu ne me casseras pas le moral. J'appelle Guste. Pas là. Je rappellerai.

Tu entends ? Un tracteur approche. Je vais à sa rencontre. C'est l'ami Jean-Luc, avec une remorque pleine de bois. Il descend du monstre en souplesse. Il demande :

— Je te le dépose à quel endroit ?

J'essaie de protester. Rien à faire.

— Je sais, tu l'as pas commandé, mais tu en auras besoin. Le froid est pas fini. Si ça se trouve, tu allumeras encore en mai. Pour ton Godin, tu as juste à le scier en deux.

— Il y en a beaucoup, non ?

— Deux stères, c'est rien. S'il t'en reste, tu l'auras pour l'hiver prochain.

C'est juste. Qu'il le pose près du bûcher. Je le scierai à l'angle, à l'abri du vent. Je propose :

— Un café ?

— Pas le temps, je dois encore en livrer au village. Dis-moi, c'est quoi, cette assiette, avec des croquettes ?

— C'est celle d'Édouard.

— Tu as un chien ? Depuis quand ?

— Non, c'est mon renard.

Ses yeux s'écarquillent. Un renard ! L'hérésie. Eux les piègent, les gazent, les flinguent. Toute la gamme. La haine du renard se prend au berceau, toute chaude, avec le biberon. Jean-Luc n'en revient pas. Il dit :

— Les chasseurs seront contents.

— J'imagine. Ils pourront le tuer.

— Ah bon… Un renard, quand même…

— Remets-moi. Merci pour le bois. Au fait, tu es libre, cet après-midi ? J'aimerais que tu me fasses une tranchée, avec un de tes engins, pour planter une haie.

— Pas moyen, j'ai le concours de labour à Saint-Jurson, et je suis pas en avance. Une autre fois, je te préviens. Salut.

— Salut.

Pauvre Édouard, ils lui font le coup du péché originel. On n'est pas sortis de l'auberge.

J'ai eu beau insister, impossible de joindre cet animal de Guste. Je laisse un message. J'encaisse mal mon état mollasson. Je réagis, je lance un raid sur la pharmacie de

213

Carrefour. Vitamines C, polyvitamines, magnésium, je ne me refuse rien. En revenant, je m'arrête chez Berthe, acheter des pommes de terre. Elles sont bonnes, pas de pesticides, quasiment élevées sous la mère. Je connais le champ d'où elles sortent je les ai vues grandir, ces petites. Je prends aussi un lot de confitures, cerises, prunes, abricots. De la gelée de framboises, pour les yaourts. Berthe me propose des coings. Ils se conservent, au froid. Bonne idée, ils embaument. J'en prends quelques-uns, pour l'odeur. Chez moi, ça sent le cadavre, j'ai l'impression. Tu plaisantes. La dernière fois, Vieux-Monsieur n'a rien décelé. Tu dérailles, ma grande. Puis non, j'en prends dix kilos. En rentrant, je m'y colle, je prépare de la pâte de coings. Gros travail. Tant mieux, j'oublie le reste.

Cette pâte, Mère en faisait. Elle préparait de tout, des bocaux de légumes, de fruits, de cerises à l'eau-de-vie. Une marotte, à cause de la guerre. Pas seulement. Les conserves en boîtes sont relativement récentes. Avant, les gens stockaient ce qu'ils pouvaient, comme des écureuils bègues.

Mère ne s'en privait pas. J'ai fait le ménage, après son départ, j'ai balancé des piles et des piles de bocaux périmés, dans le roncier, de l'autre côté du chemin. C'est fou ce que nous travaillons pour rien. Le gorille se contente de brouter, pas si bête. Il serait temps de regagner les arbres.

Maman me manque. Elle m'agaçait, je sentais son regard critique peser sur moi, et puis cette manie de jouer les sourds. C'était quand même une présence.

Tu peux prendre un canari, ou alors un geai. Ça parle, les geais. Il pourrait te dire des choses tendres : « Léa, salope ! »... Par exemple.

214

Ou alors, un chien. Non, ils sont trop collants, eux et leur amour baveux. Jean me suffit, il a pris toute la place, je vis sous son regard. C'est ça, la foi, la présence d'un dieu. Tais-toi, mais tais-toi donc !

Tu as remarqué, depuis que le cinéma existe, et même avant, dans les romans de gare, cette scène obligée ? L'annonce faite au mari. Zizounette, confuse, regard baissé, lui fait comprendre l'exquise nouvelle, bébé à bord. S'ensuivent le ravissement, l'extase. Ils viennent de gagner le super-loto. Du cinéma. On oublie la panique que la nouvelle provoquait, avant la pilule, et le nombre de bébés Ogino qui passaient à la trappe.

Je sais à quoi tu penses. Le pauvre gosse n'y est pour rien. À part d'exister, je lui reproche quoi ? Et s'il ressemblait à Jean ?

Le temps se ralentit. Je m'engourdis, malgré mes vitamines. Tu n'étais pas si mal, chez Vieux-Monsieur, après tout. Aix est un aquarium, on voit nager de drôles de poissons. Puis ce cher homme m'apaise. Et si tu l'installais ici ? Il sait parler, il marche comme un grand. Il ne bave pas encore. Il est bien élevé, une qualité rare de nos jours. Et discret avec ça. Oh, arrête.

Je vaque, la pâte terminée. J'essuie le piano. Il accuse la poussière comme un miroir la buée. Si j'avais le courage... Tu vois, tes grosses poutres ? Il doit y avoir un matelas de poussière, depuis le temps. Les araignées y font leur footing. Un coup d'aspirateur ? Essaie toujours. Je noue un foulard, pour protéger les cheveux. On y va.

Maman, tu aurais dû mettre un masque ! J'éternue en rafales. Attends, quelque chose dépasse, des os de vampire ? J'arrête l'aspirateur, je tâtonne. Je retire des petits soldats, des soldats de plomb. Des cavaliers, lance baissée, avec un drôle de casque. Des ulhans. Et des motocyclistes allemands, je reconnais le casque. La moto ? Il s'agit de la

# La Sauvagine

BMW 600, la première moto verte, Vieux-Monsieur m'a briefée. Avant l'Indo, il s'était offert la campagne de Russie, la dernière en date. Il n'est pas encore remonté jusqu'à Napoléon, mais je ne désespère pas. Je ratisse une douzaine de soldats. J'explore encore. Un peu plus loin, je tombe sur une boîte métallique, plate. Je nettoie le couvercle. Une boîte pour cigarettes, une marque allemande. J'ouvre. Quelques photos, banales, une femme, des enfants, une famille devant un chalet. Dessous, une enveloppe, une lettre. Sur le timbre, l'homme à la mèche, le génie en action, comme disait Giono. Son génie a l'air d'un garçon coiffeur. Exact, il a rasé l'Europe. J'ouvre. Je ne comprends pas l'allemand, je devine quand même. Ah, une fleur séchée, une pensée. On s'est battu, dans les collines. Une patrouille est sans doute passée par là. Un gosse a planqué son maigre trésor, un de ces gamins jetés dans la fournaise au commencement de la fin. Il s'est dit qu'il reviendrait. Seize ou dix-sept plus soixante, cela commence à compter.

Je nettoie, je tousse, je file cracher dehors. Une poutre, deux. Encore un effort... Trois et quatre, terminé minette. Ouf... Elle doit dater des premiers plissements alpins, ta foutue poussière. Je me prépare un thé. En ce moment, le Nes me révulse. Ensuite, un coup d'aspirateur au sol. Le sac est fin plein, je vais le vider, puis je bois mon thé. Je replace mes trouvailles où elles étaient. S'il revenait un jour, ton vieux gamin, ou alors son petit-fils, qui sait...

Je souffle un moment, sur la terrasse. Pour Jean, nos collines évoquaient celles autour de Luang-Prabang, la capitale royale du Laos. Le monde est un système d'échos. Il n'a pas fini d'avoir des regrets, ton feu follet, s'il persiste.

Il l'a cherché, il est majeur. Vraiment ? À d'autres ! Il fuit, depuis toujours. Quoi donc ? Je n'en sais rien. Je sais que pour lui rien n'a d'importance. Il met sa peau en jeu pour une image, parue aujourd'hui, oubliée demain. Il le sait. Et après ? Une fois mort, tu risques quoi ? Il te sort ça, puis il rit. Très drôle, la mort, et tellement facile. Un gosse, c'est une autre cantilène. Il ignore dans quoi il s'embringue, il en prend pour vingt ans. Il...

Laisse tomber. Tu parles d'où ? Du haut de ton expérience ? De quel droit ?

Le droit, je le prends. Jean, c'est ma vie. Admettons, mais vous n'êtes quand même pas siamois. Pas encore. Fille, arrête de tourner en rond, tu vas me coller le vertige. Tu sens ? Le temps se radoucit, l'horizon s'estompe. Une nappe laiteuse envahit le fond de la vallée. Bien, et après ? Je suis lessivée. Pourtant, de l'énergie, j'en ai. Elle doit hiberner.

Mon rapace est de retour. Il plane, au-dessus de la crête vers Forcalquier. Il monte. Il disparaît. Tu l'imagines en cage, ailes rognées ?

J'avais demandé à Vieux-Monsieur de penser à du reportage local. Il m'a sorti la transhumance, cette balançoire vermoulue. Ah, et j'ai oublié le loup, on en cause pas mal dans les chaumières. Vivement les prochaines neiges, je reverrai ses empreintes. Elles se reconnaissent, elles sont plus épaisses, plus griffues que celles de son bâtard de cousin.

Tiens, les sirènes. Le son vient de Digne. C'est midi, le premier mercredi du mois, sinon il s'agirait des pompiers.

J'ai rêvé de Mère, cette nuit. Elle tenait un arrosoir troué, l'eau fuyait, lui mouillait les pieds. Elle ne bronchait pas. Pourtant l'eau coulait, coulait, une source... Ton rêve a raison, il faut arroser au lieu de feignasser. Tu as négligé les plates-bandes ces temps.

Ça tombe à pic, les rosiers tirent la langue, leurs feuilles se flétrissent. Plants de tomates et framboisiers pareil. Avec les insectes, les feuilles sont en dentelles. Saleté de bestioles. Berthe m'expliquait, l'été passé, son fils part faire les foins. Une rangée, puis son engin se bloque. Il y avait tellement de sauterelles qu'elles ont fini par former une sorte de colle, un engrenage s'est cassé. La vie au grand air...

Brusquement, je décroche. Le trou. Je reviens, je suis où ? Où veux-tu ? En face, entre les branches de l'érable, Cousson monte toujours sa garde immobile, au-dessus de Digne. Ne va pas te croire à Luang-Prabang.

Ah c'est vrai, Jean, encore. Fini les vols long-courrier. À lui le quotidien, l'horreur au goutte-à-goutte. Il ne tiendra pas, impossible. L'avenir tranchera.

Pas d'accord, on peut toujours donner un coup de pouce. Tu rappelles Guste ?

Collègue, je m'étais dit, emmurer cette cuve à eau, du gâteau. Ce sera vite expédié. Nous autres, bâtisseurs d'empire, nous en avons vu d'autres.

L'objet ? Une cuve en plastique d'un mètre cinquante au garrot, maintenue par des longerons métalliques. Au sommet, un orifice permet de la raccorder à la gouttière. Une face est accolée au mur arrière de la bergerie. Une autre, pas touche, le robinet doit rester à découvert. Restent donc deux faces à couvrir, pour obtenir une borie cubiste.

Parfait. J'amène mes pierres à pied d'œuvre. J'en pose d'abord d'énormes, à la base. Elles serviront d'assise. J'entame la première paroi, je la monte à moitié en partant du mur. Le problème, c'est le virage à angle droit pour aborder la suivante. J'y parviens avec des pierres plus petites, plus plates. Enfin, je me débrouille.

Je monte toujours. La première face, correcte. La deuxième prend forme quand zoum badaboum, ton numéro un s'écroule.

Faut voir... Je calcule. Tes pierres ne prennent pas appui contre un mur, mais contre du vil plastique. Mets-toi à leur place, ça leur casse le moral. Elles n'ont pas la foi. Donc, tu dois élargir la base, de façon à ce que... Reçu 5/5, mon'ieut'nant.

Patience et longueur de temps... Je remonte le pan éboulé. De nouveau, j'amorce le virage. Bien. Continue comme ça. Arrivé à la hauteur de la deuxième face, je mets une dernière touche à la première. Et rebadaboum, la deuxième se répand à son tour. Hilarant. Il doit y avoir incompatibilité d'humeur entre la pierre et le plastok, mon brave. Sans doute une loi de physique amusante à l'usage des malentendants. On fait quoi, on laisse tomber ? Surtout pas. La Légion ne renonce pas. La solution ? Une muraille double. Même les Chinois n'auraient pas osé. Tu vois le boulot ? Je ne vois que ça, et où est le problème ? *Where there is a will, there is a way.* On s'y recolle. Cette fois, j'exige des pierres encore plus mastocs. Chef, tu ordonnes, j'exécute.

Plus facile à dire qu'à trouver. Nous avons écrémé le secteur pour mes restanques. J'y pense, et le chemin de la source ? On n'y a pas touché.

Vendu, on y va. Pas mal... Je tombe sur un gisement. Les amortisseurs de Manon vont le sentir passer. Je charge. Je décharge. À nous deux, mur. L'obstination paie. Trois jours plus tard, j'en viens à bout. Trois jours et pas mal de sueur. Résultat, un bunker néolithique. Manque juste la catapulte à l'angle. Max, tu es le meilleur. Tu marches sur les traces du regretté facteur Cheval. Doucement, nous autres, nous marnons dans l'utilitaire, pas dans le pop-art. Qu'on se le dise.

On souffle. La suite ? Dégager un coin pour planter des raves ? La terre est trop moche, puis tu risques d'attirer les sangliers. Surtout, l'eau ferait défaut, même avec cette cuve.

Commencer à paver le chemin ? Alors là, tu délires. Il faudrait un bataillon du génie. Commence par buller. Tu as raison. Et si on se prenait une bonne bière ? Adopté.

Une bière, donc. La bière est un projet liquide. J'abandonne mon chantier, je dévale l'escalier. Dans l'herbe, près du rosier, quelque chose se faufile. Un serpent. J'ai encore mes gants. Il ondule, il va disparaître sous l'églantier. Pas de ça, Lisette. Je me baisse, je coince la bestiole derrière la tête. J'assure ma prise. Il se débat, donne des coups de fouet. Jolie créature. Le dos, un damier, des carrés blancs sur fond noir. Ventre gris clair, la tête ovoïde. Une couleuvre donc, mais quelle sous-espèce ? Aucune idée. Je la montre à Jeanne ? Surtout pas, elle en a horreur, c'est irrationnel. Laissez-les vivre. Je la relâche. Bon vent.

La bière, les plissements avec leurs croupes usées. Si Christ était né à Colmar, on communierait à la Kro. Et à Thulé, à l'huile de phoque ? Probable. À Dallas, au coke. Tout dépend de l'économie, collègue, ne jamais l'oublier.

Tiens, dame Jeanne, avec un seau d'herbe coupée. Je propose :

— Je vais te le vider ?

— Pas la peine. Alors, on est bien ?

— Le paradis, ma belle. Installe-toi.

Je vais lui chercher une canette. Nous sirotons. Écoute, enfin des chants d'oiseaux, les prémices du printemps, et Jeanne a son air entre deux airs. D'ordinaire, elle n'est guère loquace, Là, une huître.

Je fredonne *Guantanamera*. Je l'agace. Elle dit :

— Tu peux arrêter ?

— Je peux. Et si tu cessais de tirer cette gueule ? Je t'ai fait quelque chose ?

— Toi ? Mon pauvre, garde ta parano, je t'en prie. Ne va pas te prendre pour le centre du monde.

En fait, je le suis. La preuve, si je ferme les yeux, l'univers disparaît. Sauf moi. Je souris, je dis :

— Moi aussi je t'aime.

— Oh, ça ira comme ça.

Elle soupire. Tout l'excède, on dirait. Elle demande :

— Tu es au courant ?

— De quoi donc ?

— C'est vrai, si tu l'étais, tu en aurais parlé.

— Tu m'agaces, accouche.

— Tu tombes pile, Jean attend un gosse.

Aïe mamita ! J'essaie de dédramatiser :

— D'ordinaire, ce sont plutôt les femmes.

Agacée, elle coupe :

— Sois sérieux ou dégage.

— Tu permets ? Tu plaisantes ! Jean, un gosse ? Ce n'est pas son genre.

— Je voudrais bien plaisanter. Elle a fini par l'avoir, la garce.

— Tu sais ça depuis quand ?

— Depuis qu'il est rentré. Il m'a appelée, avant que tu arrives.

— Et il compte faire quoi ?

— Il paraît partant, il n'en rate pas une. Du coup, il va devoir travailler encore dans l'ombre de sa chérie, ou alors pas trop loin. Il m'a demandé des sujets de reportage, dans les environs. Je t'en ai parlé, non ? Si tu as une idée, c'est le moment, parce qu'au moins, il reviendra de temps en temps.

— À Aix ? Voyons... Les clochards, peut-être. Tu verrais la dernière cuvée, de méchants loulous. Les touristes aussi, faut voir. Les garçons de café...

— Appelle-le, tu le lui diras. Essaie de savoir où il en est.

— Et toi ? Tu supportes ?

— J'essaie.

— Ça va peut-être le stabiliser. Il aurait fini par se payer une mine.

— Je préférerais.

— Tu ne penses pas ce que tu dis.

— Si ! Ce n'est plus Jean, il peut crever ! Il peut...

Un coude devant le visage, elle pleure. Des sanglots la secouent. Je m'approche, je passe mon bras autour de ses épaules, je la berce :

— Un peu de patience, il va se réveiller, tu verras.

Elle renifle, se dégage, s'essuie le visage :

— Tu crois ?

— Mais bien sûr. Quand on marche sur la tête, on ne va pas loin.

— C'est vrai. Merci. Ah, je viens de voir, pour la cuve. Tu as fait fort, bravo.

Un brave petit soldat, Jeanne. La crise passée, elle se récupère. Nous allons jeter son herbe sur le talus. Je demande :

— Il compte passer bientôt ?

— J'espère. Il faudra bien, pour ses reportages.

— Je vais l'appeler. J'en saurai peut-être plus long.

— Merci, tu me fais du bien, tu m'aides à vivre.

— C'est le monde à l'envers, Jeanne.

— Pourquoi, tu te sens vieux ?

— Je devrais, mais j'ai cinq ans, dans ma tête, alors tu vois...

— Garde-les.

Midi et des... Je dis :

— Ne bouge pas, je m'occupe de tout.

Je passe à la cuisine. Un coup d'œil au frigo. Il reste des restes, jambon, courgettes, saumon en tube. Et à l'extérieur, olives noires, fromage. Je mets du pain à griller. Quatre œufs sur le plat. Je garnis un plateau. Elle a enfin parlé, il fallait. Elle se sent trahie.

Sacré Jean, il a gagné. En place pour un suicide au ralenti. Ça lui pendait au nez, il est tellement naïf, le vrai sitting-duck.

Il est libre, non ? Tu parles ! Libre de se faire ramasser comme une fleur. Et tu envisages quoi ? De servir des œufs pendant qu'ils sont encore chauds, mon bon monsieur. Ils sont à point. Du sel, une pincée de poivre. Chaud devant !

Nous mangeons en silence. Jean, tu comptes lui faire la morale ? Quelle ? Il se braquerait, il aurait raison. Et le débusquer à Paris, pas moyen. En parler à Guste ? Ils sont copains. Lui aura peut-être une ouverture.

Ah, le rosé. Prends aussi des serviettes en papier. OK mambo, on y va. Je demande :

— Madame est satisfaite ?

— Tu es un ange.

— Tu me combles. N'essaie pas de me plumer.

De mon côté, voyons… La cuve, c'est fait. La suite, tu as une idée, bel astre ? Mon dada, ce sont les pierres. Alors un cairn ? Planté sur la pelouse, il aurait fière allure. Puis c'est encore plus beau quand c'est inutile.

Si j'avais su, j'inventais Internet, et comment ! À l'heure de tout de suite, j'aurais les golden glaouis. Là, j'ai l'épée dans le dos. Cent mille euros dans trois mois, excusez du peu.

J'apprécie les téléfilms, vous naviguez en apesanteur, l'argent n'entrave pas l'action, même s'il en est le moteur. Un bon exemple, *L'Appât*. Guste, vieille branche, aurais-tu l'intention de te reconvertir dans la critique ? Tu as mieux à faire. Alors, on se dépatouille comment ?

Réduire mon train de vie ? Une supposition, je quitte cet appart, je peux trouver pire et plus cher sans forcer. Je n'y tiens pas, j'y suis à l'aise. Je me vois mal recommencer à vivre dans un placard.

J'ai prospecté les banques. Pour prêter, ils te prêtent, en théorie. Seulement ils exigent des garanties que je n'ai pas. Et cent briques, c'est hors de question. Alors ? Vendre un organe ? J'en ai des tas, en double et en état de marche. Je pourrais fourguer un rein, une oreille, une oreillette. Quoi d'autre ? Attaquer un fourgon postal ? C'est un métier. L'idéal serait la fausse monnaie. Je n'ai hélas pas suivi les filières convenables.

Je tourne en rond. À l'agence, ma situation se dégrade. De son côté, la petite Julie a pris du galon. Elle m'a quitté, normal. Mon travail de classement tire à sa fin, le siège éjectable se rapproche. Curieux, tant que tu n'as besoin de rien, tout baigne. Là, tout coince. La courbe des besoins grimpe. Celle de mes revenus tend vers zéro. Tu découvres la loi de l'emmerdement maximum trésor. Et la riche héritière, y penses-tu ? Pas question. Je ne suis pas à vendre, moi, madame. D'ailleurs, qui s'intéresserait à moi ? Une mal-voyante ? Déjà que copuler n'est pas forcément drôle si en plus il faut le faire sur commande, merci.

Téléphone. Tiens, Jean. À quel sujet ? Il veut savoir si nous avons déjà traité les chevaux de Mérens dans un reportage. Probable, puisqu'il se pose la question. Ma foi, qu'il s'adresse à *La Vie des bêtes*. Je demande :

— Sinon, ça roule ?

— Plus ou moins.

— Vuynes, tu y retournes ?

— En ce moment, j'évite, j'ai l'impression…

Il hésite. Je remarque :

— Impression, piège à con.

Il approuve. Et si j'ai une idée, que je pense à lui.

— Promis, grand chef.

— Merci. Allez, tcho.

Il m'a l'air mal à l'aise. Il voulait parler, pourtant il n'a rien dit. Ma foi, s'il veut continuer à patauger dans ses faux problèmes, ça le regarde. J'ai assez des miens. Ce bon Jeannot ! Toujours au même point. Au point mort. C'est pas une vie.

J'ai cru qu'il allait se ressaisir quand il s'est barré au Tibet. L'air des cimes allait le réveiller. Je t'en fiche. Pas folle, l'autre guêpe, elle lui a sorti le coup du polichinelle dans le paquet cadeau. Une arnaque pareille, moi je te la laisserais sur place, elle ne risquerait pas de me revoir.

Lui, il ne marche pas, il court. Si ça se trouve, il va l'épouser. Sa pauvre Jeanne ne supporte plus. Du coup, il se sent coupable. Et elle appelle à l'aide. D'accord, moi je veux bien, mais je fais quoi ? Pourtant, il faudrait. Si ça dure, elle ne s'en remettra pas. C'est une romantique. La dernière, probable.

Dommage, une chic fille, vraiment. Si je l'appelais ? Je peux, je suis au bureau, c'est gratuit. Papa paye. Voyons : 04 93 34... Ça marche.

— Allô, Jeanne ? Salut, Philippe à l'appareil. Guste si tu préfères. Tu n'as pas reconnu mon timbre viril ? Comment va ? Toujours de la glace dans ton chemin ? Faut mettre du sel, comme pour les petits oiseaux.

Oiseau moi-même ? Tu me flattes. GLLOQ, tu connais ? Je plaisante. Si j'ai des nouvelles de Jean ? J'allais t'en demander. Il m'a appelé, il ne m'a rien dit de spécial. Et à part ça ? Ton Vieux-Monsieur donnerait n'importe quoi pour qu'il s'en sorte ? Encore des paroles verbales, non ? Non, pas lui. L'argent, il n'en a rien à faire ? Si tu veux, j'engage un tueur. Tu préfères pas ? Tu as raison, ce sont des branques, ils se font toujours alpaguer. Écoute, je creuse la question. À plus, on se rappelle.

L'argent, il n'en a rien à faire... Moi si. Tu l'as, ta solution, l'ami. Attends, tu ne ferais pas ça ? Parce que j'ai le choix ? Faut savoir ce que l'on veut, chéri. Quand la fin est juste, les moyens sont bons, et vice-versa. Du coup, je me sens guilleret. Si ça pouvait marcher...

À présent, il me faut trouver les arguments pour convaincre l'autre pigeon de se laisser plumer. Facile, je vois l'angle d'attaque. Inutile de finasser, autant empoigner le sujet par les cornes. Tu lui mets le marché en mains, clair et net. Qu'il banque, je me charge du reste. Pauvre Vieux-Monsieur, tu es salaud ! Du tout, nécessité fait loi. Pas de pitié, mes vieux seront heureux. Ils sont deux, notre futur bienfaiteur est seul. Deux plus moi, ça fait trois. Le nombre est avec nous.

Il marchera, tu crois ? Je veux. Il ne sait que faire de son pognon, on vient de te le dire. Il te baisera les mains.

Ploum ploum tra la la... Maintenant, faut penser à la contre-partie. J'y pense. Il en aura pour son argent. Tu as les coordonnées de l'autre star ? Vérifie, des fois qu'elle aurait changé de point de chute. Voyons... Léa... Nous y sommes. Petite musique, répondeur : « Vous êtes bien au 01 84 26... Léa Vinteuil vous prie de bien vouloir laisser un message..., etc. »

Léa, ma belle cocotte, tu vas l'avoir ton message. Juste celui que tu espères.

Ensuite, qui contacter ? Rufus ? Ce chancre connaît du monde, mais lui je le connais. Il voudra tout savoir, il est curieux comme un morpion. Total, il ne se mouillera pas. C'est un constipé du cœur.

Jean-Loup ? À force de travailler dans la photo léchée, il vient d'atterrir dans le porno soft, style *Emmanuelle*. Et ça marche. De plus, la douce Léa en jette, question carrosserie. Va pour Jean-Loup. Sa boîte s'appelle comment, déjà ? « Orbite ». Ça ne s'invente pas, la fin et les moyens. Je lui dis quoi ? Tu proposes la marchandise et le mode d'emploi. D'autant qu'il la connaît, c'est un très petit monde. Il marchera.

J'appelle. C'est mon jour de chance, il est là. Mais l'a pas le temps. Pas grave, je rappellerai. Je sens que c'est dans la poche. Maman, je respire.

Et si je fêtais ma future délivrance ? J'appelle Julie. Elle décroche :

— Allô, oui ?

Elle répond toujours ça. J'enchaîne :

— Halloween. Alors, ma blanche hermine, devine un peu qui sonne ?

— Philippe ! Je voulais te voir, mais...

— Ne t'excuse pas, l'intention vaut l'action. Je t'invite.

— En quel honneur ? Tu as quelque chose à me demander ?

— Comme si c'était mon genre ! Non, te contempler suffit à mon bonheur, ma perle sauvage. Tu es de loin la plus belle et la meilleure, parole de scout.

— Bravo, tu sais parler aux femmes. Et le message, ça vient ?

— Tu es libre à treize heures ?

— Pour toi, toujours.

— Tu es sûre que ça va ? Tu as une drôle de voix.

— Je te raconterai.

— J'espère. À tout à l'heure, à l'endroit habituel.

Il s'agit d'une brasserie, à deux pas du carrefour Buci. Pas pour la carte, elles se valent, mais pour les boxes. Des compartiments surélevés. On se retrouve en tête-à-tête, comme dans les anciens wagons de la SNCF. On peut parler sans risquer de piquer sa fourchette dans l'oreille du voisin. On en trouve toujours une qui traîne.

Nous y sommes. La voix ne me trompait pas. La Julie vient de heurter l'écueil habituel. Son nouveau patron tâterait volontiers de ses charmes juvéniles. Banal. Je demande :

— Vous en êtes où ?

— J'élude, mais bientôt ce ne sera plus possible.

— La casserole ou la porte ?

— En moins brutal, tu connais. Ma qualité baissera, en attendant la faute pro. Le pire, c'est qu'il n'est pas si mal, ce pourri. Dans d'autres conditions, je ne dirais pas non.

— Alors ce n'est pas la mer à boire.

— Ne dis pas ça, c'est pire, c'est ce côté obligé. Tu n'existes pas, tu es juste un morceau de viande jeté aux chiens. Il me propose la botte parce que je suis là. Moi ou une autre, il s'en fout, tu comprends ? Je suis juste une occasion commode.

— Ferme les yeux et pense à Robert Redford.

— Merci, autant faire call-girl, le créneau rapporte davantage. Toi, au moins, tu me foutais une paix royale.

— C'est un reproche ?

— Non, mais maintenant tu peux me le dire. Je ne te plaisais pas ?

— Elle me drague, parole ! Si, tu me plaisais, tu me plais toujours. Je voulais justement éviter ce genre de situation.

— Tu as bien fait. Seigneur, il faudrait châtrer les types.

— À quoi bon, ma belle, tout se passe dans la tête.

— Alors les lobotomiser. Ils gonflent, à la fin, avec leur bout de chipolata en chaleur. Ce qu'ils sont chiants, c'est pas vrai !

— Chiant, du latin *cacare*, espagnol *cagare*. On retrouve cette racine en provençal et en français.

— Enchantée. Parle-moi de toi, tu m'as l'air épanoui. Tu as trouvé la femme de ta vie ?

Une femme ? Dieu m'en garde ! Je souris. J'écarte les deux mains, comme le hérémiste en fin de droits. Je dis :

— Je vais bientôt gagner à la loterie.

— Tu as pris un billet ?

— Pas encore. Cherche pas à comprendre. Le repas, ça allait ?

— Parfait. Commande un autre café, j'en ai besoin.

— J'y pense, et le bromure, si tu essayais, avec ton broute en train ?

— Le bromure ? Le coup de genou, oui !

— Dis donc, je préfère être à ma place. Tu ne serais pas un peu corse par hasard ?

— Non, pourquoi ?

— Tes frères pourraient s'en occuper, c'est une spécialité de l'île, avec le... Ce genre de saucisse d'âne, le...

— Je vois.

Nous bavardons encore un moment. Sans arrière-pensées, j'apprécie. Tout bien pesé, Albicoco et Bellochio avaient raison. L'enfer, c'est les autres.

Pas mal, mon nouveau cadre, c'est déjà ça. Le pavillon, le jardin de poche avec cerisier, un soupçon de gazon. Que demande le peuple ? J'ai tout du retraité. Chez Vieille Cybul, je me sentais à l'étroit. C'était trop central également. Ce trafic continu vous use, à force. Sinon, l'environnement putassier, je n'avais rien contre. C'était à la fois réel et irréel, comme un film des années cinquante. Et à la fin, Sucette en prenait à son aise. Pour un peu, je me serais retrouvé dans son planning.

*Va bene*, fils, la vie peut être vivable. Tu as le pain, la fille et le couteau, plains-toi. J'ai aussi des absences, c'est nouveau. Je cherche quelque chose, une casserole, une banane, mettons. Je me lève pour prendre l'objet de mes désirs, je reste planté. J'ai oublié.

Pas plus tard que maintenant, je veux appeler cette fille, je ne connais qu'elle. Pas moyen de retrouver son prénom, un truc court. Ah oui, Léa. Je ne lui ai pas encore fait signe depuis mon retour. Faut dire, je ne suis toujours pas fixé. Nous nous voyons si peu. Tient-elle vraiment à moi ? Elle me tient en laisse. À quoi bon rester à sa botte ? Je ne veux pas la perdre, et débrouille-toi avec ça. Juste le genre de salade sans intérêt que je déteste.

Parole, on dirait une histoire d'envoûtement. Tu oublies un détail. À présent, la raison de rester, tu l'as. Tu vas être père, il paraît. De quoi vous assommer un bœuf. Pourtant, j'accepte. Ce gosse, j'y tiens, il me rattache à la vie. C'est comme une nouvelle chance. Si je le rejetais, je me rejetterais du même coup. On m'aurait dit que j'en viendrais là... J'ai l'impression d'avoir percuté un train.

Bien. Revenons sur terre. Je dispose d'une petite cheminée, dans ce pavillon. Vraiment petite, un bijou, et elle tire comme une grande. Où trouver du bois ? Tu n'es pas dans les collines, là-bas tu n'as qu'à te baisser.

Le bois ? Tu plaisantes. Tu en as tant que tu veux. Dehors, dans l'impasse, des mercenaires viennent de recrépir l'immeuble d'en face. Ils démontent l'échafaudage, ils empilent les planches en attendant de les évacuer. Cette nuit, tu te sers, ni vu ni connu. Pour l'allumage, tu trouves des cagettes vides à la porte de tous les épiciers. Vu ?

Pour le moment, je m'accorde un instant de détente. Je me pose sur une marche, devant mon jardin de poche. Une touffe de bambou me masque en partie la vue. Le cerisier s'étale en majesté, il empiète sur les jardins contigus. Les feuilles du peuplier frémissent. C'est tout, sauf Paris. Je n'entends pas la rumeur de la ville. Ah si, quand même, la sirène de Police-Secours. Tu sais quoi ? Je me trouvais l'autre jour au Jardin des Plantes, en repérage. Je veux dire cet endroit où l'on trouve des bestioles en cage. Je tombe sur deux loups. Ils trottaient le long des barreaux, dix pas d'un bord, dix pas de l'autre. Je les aurais volontiers libérés. À côté, d'autres cages, et tout autour le piège immense de la ville. En toile de fond, le grondement des voitures.

D'un coup, j'entends le hululement de Police-Secours, tout proche. Tes loups pilent net, lèvent la gorge, et répondent longuement. Ils ne sont pas seuls. Leurs frères peuplent Paris.

233

Jolie ta saga, l'ami. La cloche tinte. J'en ai une, à la porte. Les visiteurs l'actionnent. Je traverse les cinquante mètres carrés de jardin. J'ouvre. Je tombe sur l'ami Guste, tel qu'en lui-même, l'œil vif, quoique bridé, le pelage noir et luisant. Je le salue, poing fermé :

— Shalom, frère. Du riz complet pour tous les travailleurs !

— Shalom toi-même. Dis donc, Jean tu t'embourgeoises.

— Crois-tu ?

— Un jardin dans Paris ! C'est Byzance.

— Tant que ce n'est pas Versailles. Quel bon vent ?

— Tu comptes me laisser mourir de soif ?

— Entre.

Guste est très whisky. Je n'ai que du blended sous la main. Monsieur préfère le malt. Désolé. La plus belle fille ne peut offrir… La plus moche aussi. Je le rassure :

— La prochaine fois, tu n'y coupes pas, foi d'animal. Et l'agence ? Toujours à flots ?

Toujours. Ils se lancent dans le people à fond, le public en redemande. Normal. Les gens se tartissent, ils vivent de plus en plus par procuration. Qu'ils crèvent. Gus demande :

— Toi, où t'en es ?

J'improvise. Je lui parle de rentabiliser mes archives, avec un album ou deux. J'ai le choix : Iran, Irak, Afgha, l'Afrique…

Sceptique, Gus :

— Tu vas te planter bien bien, coco. Ça intéresse qui, tes vieilles lunes ? Les gens, sortis du foot, y a plus personne. Parle-moi plutôt de ta dernière performance. Je savais que tu n'as pas peur des mouches, mais alors là ! Tu m'as soufflé. C'est bien vrai, cette grande nouvelle ? Je serai parrain, j'espère.

*La Sauvagine*

L'animal jubile.
— D'où tu sors ça ?
— J'ai vu Léa.
Intéressant. J'attends. Il reprend :
— Tu vas l'appeler comment, ce petit ? Désiré ?
Un réflexe. Mon poing part seul. Gus bascule à la renverse. Je l'aide à se relever. Il se frotte la mâchoire. Il n'a pas l'air heureux. Je regrette, je dis. Désolé. Il me fixe, pâle, bouche ouverte.
— Tu es malade, Jean, tu sais ça ? Malade ! Ça te prend souvent ?
Non. Il faut un début à tout.
Il se frotte encore la mandibule, moi mes phalanges. C'est qu'il insiste :
— Dis donc, tu as la grossesse nerveuse ! Faut te soigner. Surtout ne t'excuse pas.
— Je suis désolé.
— Tu m'en as l'air. Dans le fond, tu es un sale con. Je me demande ce que les gens te trouvent, toi et tes photos bidon. Tiens, je préfère me tirer.
Au diable, à la fin :
— Je ne te retiens pas. Le bonjour chez toi.
— Quand tu seras calmé, tu feras signe, pauvre cinglé !
Il disparaît. Le chien aboie, je ne vois pas la caravane. Elle est passée. Il voulait quoi, Guste, tu as une idée ? Venir aux nouvelles, c'est un copain. Il t'a montré un drôle de bout d'oreille, le copain ! Bah, selon l'inspiration du moment, les gens se lâchent. Il faut, personne ne s'exprime. Pas de soucis à se faire, le fifre n'est pas rancunier. On se reverra, je lui offrirai son pure malt, et voilà.
N'empêche, tu viens de tirer le signal d'alarme. On ne boxe pas les amis. On fait le point ? La barbe, je ne fais que ça. Quoi de neuf ? Rien, à part ton comportement de

sauvage. Boxer un copain, passe encore. Le pire, c'est que tu bosses mal.

Tu vas encore te défausser sur Léa, le gosse... Du cran à la fin. Tu dois... Ouah ouah... Remarque, elle se conduit sportivement, rien à redire. Elle t'a prévenu, pour le baby. Ni scène ni chantage. Tu m'amuses, l'annonce suffit, le reste, je m'en charge. Ma culpabilité fonctionne encore. Et au fond, ça t'arrange. Reconnais-le, tu soufflerais volontiers un moment. Si tu veux. On en reparlera plus tard.

Ce qu'il faut, c'est voir Léa, et tâcher de vous entendre une bonne fois. De savoir comment nous allons vivre. Tu signes la paix, tu retrouves tes marques, et au travail.

C'est si simple que ça ? C'est. Suffit de vouloir. Je respire. Tu m'invites, on en boit un ? Volontiers. À nous, whisky bas de gamme. Guste a raison, le pure malt, n'y a pas de comparaison. À partir de ce moment, moi vivant, mon humble foyer quel qu'il soit n'en manquera pas.

Je bois. Je clope. Je décompresse. J'étais noué comme un pied de vigne. Je me surprends à grincer des dents sans motif. Et si on s'y mettait ? Pour Léa ? Vendu. On y va, courage. J'appelle. Ça sonne, je compte. Trois, quatre... L'est pas là. L'est là. La Léa décroche. Mes tripes aussi.

— Oui, allô ?

— Bonjour madame, c'est pour un sondage. Vous préférez le clair de lune ou le clair de l'autre ?

— Jean ! Où es-tu ? Réponds-moi ! Pourquoi es-tu parti comme ça ?

— Tu as une question préférée ?

— Idiot ! Ne me laisse pas !

C'est nouveau. Elle, dans cet état ? Vous en pensez quoi, docteur ? Manque de magnésium, je dirais. Bing, un choc. Elle a raccroché ? Non, j'entends la tonalité, elle a dû lâcher le combiné. L'émission reprend. Elle était partie prendre un kleenex, marque déposée. Elle dit :

— Pourquoi n'as-tu pas appelé ?

— Je déteste harceler les gens. Puis j'avais peur de ta réaction, vu que je partais.

— Tu as raison, je t'aurais tué !

— Tu aurais fait ça au père de ton enfant, femme indigne !

Elle rit. Gagné. Tout ira bien, elle dit, tu verras. Elle soupire :

— Tu m'as manqué, Jean.

J'approuve, platement :

— Toi aussi. Tu viens ? Je t'attends.

Elle vient. J'ai le temps de faire des courses. Sortons. Dans l'impasse, un camion embarque le fourbi, les tubes, mes planches. Raté. Fallait te décider avant.

Rue des Plantes, une coulée de voitures klaxonne, au confluent avec la rue d'Alésia. Normal, avec leur manie de passer à l'orange, tous autant qu'ils sont, ces babouins se débrouillent pour bloquer en permanence. Alerte aux gaz, on étouffe. Paris sera toujours Paris, et je passe chez le chinois, le roi du nem, du canard et de la crevette. Laqué, le canard. Je prends, avec des pousses de soja. Je prends aussi du porc aigre-doux. J'ai du rosé au frais. Un saut chez le fleuriste, une rose suffira. Rouge sombre, rouge comme la folie, sombre comme le remords. Et le champagne ? Ah, c'est vrai. À nous deux, Nicolas. J'embarque une Veuve. La veuve est l'avenir de l'homme. Paré ? Paré.

Je dispose la table. Tu donnes dans le rétro, Jeannot. Sans hésiter. Je me sens tout drôle, comme pour une première fois. C'en est une.

On sonne. C'est elle. La voilà, elle tombe dans mes bras. Je retrouve sa tiédeur, son odeur de jeune animal.

237

Le reste, le canard ? Parfaits, ces palmipèdes hachés menu. La Veuve ? Impeccable. Manquait pas une bulle. Et nous parlons.

Concrètement, elle préfère ne pas cohabiter. Elle a raison, la cohabitation entraîne la mort du couple, comme la nuée l'orage. Quand lou baby sera là, nous aviserons. Dans l'intervalle, chacun rame de son côté, à distance, mais proches. L'indépendance avec bretelles, comme du temps de notre défunt empire.

Adopté. A-t-elle besoin d'argent ? Non, pas pour le moment. Au cazou, elle demandera. Ce gosse, elle y tient. Il est à nous, il est nous, il nous unit. J'approuve. Aux simples tout est simple. On se demande pourquoi tu t'inquiétais.

Ne recommençons pas. Ta vie va finir par commencer, tu verras. Elle n'a pas le choix, arrête d'avoir peur. Cesse de courir après ton ombre, pauvre cloche. Un gosse est un projet, un projet vivant, le seul qui tienne la route, etc. Continue, change pas de main, j'admire. Tu vendrais des strings aux carmélites.

J'allais oublier. Je lui raconte mon intermède avec Guste. Elle secoue la tête :

— Vous autres, les mecs, vous m'amusez. Ça devait arriver.

— Explique.

C'est simple. L'ami Guste, la Léa paraissant vacante, s'était mis sur les rangs, nature. L'art d'utiliser les restes, j'imagine. Ses parents font dans la restauration.

— Il était prêt à me consoler. Pour un peu, il passait à l'acte.

— Allez ! Remarque, ça part d'un bon naturel. Il est resté dans des limites convenables, j'espère.

— Tout à fait. Il me connaît, pas touche. Il attendait sagement, dans les starting-blocks. Il m'a même proposé un voyage au Viêt-nam. Il lui reste de la famille, du côté de Hué.

— Plains-toi, c'est flatteur. Quelqu'un prêt à investir, ça se respecte.

— Oui et non. Son agence voulait voir s'il y avait moyen de prendre pied à Saïgon. Comme il parle la langue, ils avaient l'intention de l'envoyer. J'aurais joué les secrétaires. Finalement, ça ne s'est pas fait.

— Dommage.

Sacré Guste ! Je comprends mieux son agressivité. Deux coqs vivaient en paix, une poule survint...

Une poule, pas de nid, et bientôt un poussin, mon lapin. Tu tiendras ? Nous tiendrons. Nous aurons des lits pleins d'odeurs légères... Remarque, je n'y tiens pas plus que ça. Tant que nous y sommes, le prénom du futur bambino ? Elle a une idée. Jean, évidemment.

— C'est court, ça sonne bien. Tu es d'accord ?

Que non !

— Jean I, Jean II, j'en passe. Si tu essayais autre chose. Diego, par exemple.

— Il y a déjà un footballeur obèse.

— Quand notre petit sera plus grand, ton idole aura rejoint le cimetière des éléphants.

Elle me donne un coup de poing amical.

— Tu es têtu. Et si c'est une fille ?

— Line, Lune, Lupita...

— Tu veux rester dans les L ?

— C'est pour mieux s'envoler, mon enfant. La solution serait des jumeaux, tu es d'accord ?

— Non. Désolée de te décevoir. Déjà quatre heures ! Je n'ai pas vu passer. Je file, j'ai rendez-vous. Je te rappelle.

Et voilà, tout s'arrange. Touchons du bois. Je finis le champagne. À la tienne, Diego, noble fils. À bientôt. Papa va travailler, tu vas voir. Avant, il ne savait pas forcément pourquoi. À présent, il saura pour qui. Vous venez de subir notre quart d'heure d'anticipation sentimentale. En piste. La machine est en marche. Je fonctionne. Je me pince. C'est bien moi, et je nage en plein rêve. Le présent est une image, fils, un fils si tu aimes mieux. Tout semble concret, mais rien n'existe parce que rien ne dure. Faut faire avec. Vivre n'engage à rien. Si tu n'aimes pas ça, fais-toi bouddhiste.

Deux jours plus tard, nouvel appel. Léa vient de trouver un appartement, vacant dans trois mois, situé près de Denfert, à deux encablures de mon oasis. Une chance. Ah bon, je croyais que nous ne devions pas... Faut pas croire.

Nous le visitons. Séjour ensoleillé, trois chambres et le reste. Il donne sur l'avenue du général Leclerc. On voit les platanes, à l'aise. À meubler.

Ravie, le doux objet de mes vœux. Elle décide déjà de l'agencement, ici le séjour, là mon bureau. Mon avis ? Oui sur toute la ligne, cette blague. Et même, je souris largement. Cheese... Raté, elle se plaint de mon manque d'enthousiasme. Je me défends, j'invoque mon côté Buster Keaton. Chez moi, la joie s'intériorise, je dis.

La visite continue. Je plonge un moment. Quand j'émerge, Léa vient de me poser une question, à voir son air. Je réponds oui, à tout hasard. J'ai une chance sur deux, non ? Gagné.

Nous débattons du prix, avec le mameluk de l'agence. C'est cher, très, trop, donc un prix normal. C'est Paris, Mimi, tu es soit richard, soit clochard. Léa hésite. Je casserai ma tirelire, je dis. Je ne dépense rien, rien ne me tente, j'ai donc mis quatre sous de côté. J'attendais une occasion. La voici, la voilà.

Elle demande :

— Tu es sûr ?

Je confirme. Si après ça, elle n'est pas rassurée... Les promesses n'engagent que ceux qui les reçoivent. L'argent, lui, ne ment pas.

Fin de la visite, nous passons à l'agence. Mameluk nous remet dans les mains d'un cadre. Standard, le monsieur, ils se ressemblent tous, le moule n'est pas cassé. Il nous félicite. C'est le bon choix, il dit. Cette merveille ne lui serait pas restée sur les bras, et à suivre. Ne reste qu'à signer, et à banquer.

Et voilà, tout se trouve. Les clefs dans trois mois. Trois mois, c'est long. Nous deux Léa filons prendre un verre rue Daguerre. Elle reste piétonne, avec un marché côté Denfert. Elle fait village. Pas de touristes. Du résident, classe moyenne et même moins. On voit encore pas mal de vieux, une ancienne couche géologique. Curieux qu'ils soient toujours là, cette anomalie ne devrait pas durer. Les mameluks ont encore de beaux jours.

Nous entrons dans mon bar favori, un troquet à l'ancienne, à côté d'un poissonnier. C'est le repaire des barbouilleurs du secteur. Des croûtes attendrissantes tapissent les murs. On peut mettre une étiquette sous chaque toile, tant les imitations sont patentes. Une impression de forte absence de personnalité se dégage de l'ensemble.

Nous prenons une bière. Léa prend ma main, chose rare. Elle demande :

— Jean tu es bien ? Tu penses à quoi ?

— À toi, bien sûr. Tu sais quoi ? Je viens de trouver un nouveau sujet de reportage.

— Quel ?

— La recherche d'un appart'. On peut monter un feuilleton avec les annonces, les agences, la bouille des postulants...

— Tu crois ? C'est sûrement déjà fait.

— Tout est à refaire, toujours.

Elle s'accroche :

— Ça dépend comment. Ça dépend de qui regarde. Par exemple, tu peux prendre les hommes vus par les putes, plutôt que le contraire.

Et le bœuf par la charrue. Je ne conteste pas. Elle voudrait discuter. Pas envie, on finit toujours par s'accrocher. Je me défausse. Du coup elle prend la mouche.

— Ô toi, qu'est-ce que tu te crois à la fin ? Je ne suis pas si bête !

— Bien sûr que non, tu es unique.

— Ah oui ? Et pourquoi donc ?

— Qui d'autre aurait voulu de moi ?

— Tu m'agaces, pas moyen d'être sérieux.

— Pour une fois que je le suis !

Temps de décrocher, la scène n'est pas loin. Je dis :

— Tu viens, on marche ?

Nous descendons la rue Daguerre. Le personnel du poissonnier s'est déguisé en forçats de la mer, bottes et cirés jaunes. Un gigantesque espadon perce un citron du bout de son épée. Un thon métallique, bleu-noir, étale son évidence. Dans un vivier, des homards aux pinces entravées déambulent. Une paella s'offre, toute chaude. Nous en prenons. Nous prenons du tarama, des sprats, des crevettes grises. En face, j'achète un Pouilly-Fuissé.

Regarde la tête de ce bougre qui vend le journal des SDF. Un solide biberonneur. Laisse tomber, des portraits, j'en ai de pleins cartons. J'ai des fourmis plein le cœur. Temps que j'aille voir du côté de chez Jeanne.

Tu flanches, carcasse ? Je m'adapte. Je marche à côté de la femme de ma vie. Et à l'angle de la rue des Plantes, il y a ce marchand de jouets. Pour Diego.

Nous traversons. Nous longeons le cimetière du Montparnasse. J'y pense, tu pourrais te payer quelques convois funèbres. On enterre du beau linge dans le secteur. Nous entrons. C'est vivable, pas de voitures, personne ou presque, et de beaux marronniers. Nous slalomons entre les tombes. Quelques-unes sont fleuries. Baudelaire est toujours en sandwich entre mamita et le général Aupick, son célèbre beau-père, ambassadeur de France à Constantinople. Il y a rencontré l'ami Flaubert, en repérage. Presque en face, Porfirio Diaz, le méchant caudillo de « Viva Zapata ».

Une sépulture les bat toutes, avec nounours, messages et bazar varié, celle du poinçonneur des lilas. Près de la sortie, un Jap mitraille. Un confrère ? Non, un touriste nécrophage. Il prend la dalle de Beauvoir et Sartre. Encore un fétichiste.

Sartre, c'était le bon produit, pas forcément la bonne image. Tu le vois, sur un T-shirt, concurrencer notre Che ? Alors lui, l'icône absolue. Le copain qui a pris son célébrissime portrait n'a pas empoché un kopeck.

*So what ?* Le jack-pot, je n'en rêve pas. J'ai besoin de travailler, point barre. Et de me barrer. Je produis. Aux images de vivre leur vie.

Nous quittons le cimetière. Ce n'est qu'un au revoir. Léa pile. Elle doit filer. Elle dit :

— Merci pour tout. Je t'appelle.

Pas de détails, je n'en demande pas. Dis-moi, tu supportes ? Je crois. Je n'ai plus cette boule en travers de la gorge. C'est ça le bonheur ? Je te dirai plus tard.

Et merde, je n'ai qu'une envie, c'est de repartir même à courte distance. Où est le problème, elle est d'accord. Chacun trafique de son côté. Alors ? Tu sais bien.

Je tiendrai. Une nouvelle vie, faut y croire, ma puce. Faut crocher dedans avec les dents. Tu piétines. Avant, tu démarrais au quart de seconde. Avant, c'est maintenant. Je sais ce que je veux. Je paierai.

Toujours volontariste, hein ? À t'entendre, on jurerait Vieux-Monsieur à Camerone. Tout ira mieux quand Diego sera là. Tu pourras prendre ton gosse tant que tu veux. Un bon sujet, un gosse. Ça vaut presque un bébé gorille pour *La vie des bêtes.*

Je plaisante. Ne pleure pas, tu vas t'amuser, tu en auras pour un moment. Souviens-toi de l'ami Péguy : « Le père de famille, l'aventurier des temps modernes. » Tu m'étonnes, il n'avait pas le choix, Charlot, plus coincé que lui ça n'existe pas. Tu sais, tes références, on s'en fout. À toi de jouer.

— Notre seule certitude, c'est que la réalité n'existe pas.

— Ainsi soit-il. Porte-toi bien.

Je raccroche. Je me suis trompée de numéro. Croyant appeler Guste, j'ai eu Vieux-Monsieur, d'humeur causante. Il me sort des théories vasouillardes, pas moyen de décrocher. Il tient la grande forme en ce moment. Sous prétexte qu'il vieillit, plus personne n'a d'avenir. Pour conclure, il m'assène cette foutaise, et je n'ai aucune envie d'argumenter.

Je dois relancer Jean-Luc. Je ne peux pas planter mes cyprès avant d'avoir une tranchée capable de les recevoir. J'appelle donc Berthe. Jean-Luc ?

— Vous savez pas ? Mon dieu, il a encore fallu qu'il fasse des siennes, vous croyez pas que non !

— Comment ça ?

— Au concours de labour, pardi. C'est le meilleur, mon petit, toujours il gagne. Ça fait pas un pli. Et là, je sais pas ce qui lui a pris...

Bref, le Jean-Luc venait de tracer un sillon magnifique. Demi-tour. Il revient, face à la tribune officielle. Il ne vire pas, il continue droit, banzaï ! Il l'enfonce. Panique à bord, les notables giclent en catastrophe. Jean-Luc daigne stopper, les salue de la main, puis repart et disparaît. Berthe en est encore tout estransinée.

— Dites, il devient fou !

— Qu'est-ce qu'il dit ?

— Qu'il a pas pu freiner, mais personne le croit. Là il est reparti, mais je lui ferai la commission. Plains-toi. Il s'en passe, dans nos solitudes. Tu en penses quoi ? Oh, il est célibataire, il s'ennuie. Alors il entre dans le décor, en attendant de rentrer dans le rang.

Il a enfin plu, pas mal. Du coup, la gadoue, plus moyen de trafiquer dans mes plantations. Je me décide pour le grand festival de printemps. Je sors l'aspirateur. Dans la grande pièce à côté, ce ne sera pas du luxe, je la néglige, vu que j'y vis peu.

Ma bergerie est en plein air pur. Pourtant, regarde-moi cette poussière ! Elle sort d'où ? La rotation de la terre, petite sœur. Elle tourne, donc elle s'use. Il faudrait la bloquer, tu aurais une moitié au soleil, une à l'ombre. Tu pourrais choisir.

Je nettoie. Cet engin fait un boucan pas pensable. Tiens, je parle tout haut. Je me tiens compagnie, et tu n'as pas rappelé Guste. À quoi bon ? Que veux-tu qu'il me dise ? Tu dois…

Il me semble… J'arrête l'aspirateur. Ça sonne. J'y vais en courant. Ne te casse quand même pas une patte. Ça sonne toujours, c'est quelqu'un qui connaît. J'y suis :

— Oui ?

— Je t'ai fait courir, pauvre bête. Remets-toi.

— Je n'entendais rien, je fais le ménage. J'avais envie que ce soit un peu propre.

— J'y compte. Je m'invite. Tu passes me prendre ?

— Bien sûr. Quand ?

— Je suis à Digne, le bus va partir. Disons dans une demi-heure, à Mallemoisson. Je t'attends au café.

C'était Jean. Je n'ai rien demandé. Il vient pour ses reportages, sûrement. Il a une voix normale. Et si tu t'arrangeais un peu, tu t'es regardée, le vrai caramantran. Pas la peine, il me connaît. Je ne vais pas me mettre à jouer les poupées Barbie à mon âge. Quelle idée !

Le chemin ne s'arrange pas. Il faudrait creuser des saignées en travers. À quoi bon, Manon ne risque plus rien, la suspension a rendu l'âme. Elle tangue comme un marin fraîchement débarqué.

Enfin le goudron. Je passe en troisième. Barras. Les Baudins. C'est bien d'aller vers Jean... À Mallemoisson, il m'attend devant le parking. Toujours la même allure, cuir, jeans, bottes. Et la sacoche. Toujours prêt. Il a meilleure mine. Je pile. Il embarque. La bise. Il remarque :

— Jeanne, tu sens bon la nature.

— Tu permets ?

Je me penche, j'aspire :

— Toi, ce serait plutôt le vieux cuir, pour ne pas changer.

— Merci. Tu veux bien, on y va directement ?

— Où donc ?

— Voir un berger, derrière le massif de Géruen. Des bonshommes à l'instant, au bar, m'ont parlé d'une histoire de loups.

— Quelle histoire ?

— Je vais tâcher de tirer au clair. Il vaut mieux pas trop causer, ils m'ont dit. Le loup est une espèce protégée. C'est sa grande différence avec le berger. Ils m'ont conseillé d'aller voir.

— On passe par où ?

— Tu files jusqu'au col de Fontbelle, et après Authon, tu trouveras une piste, sur la droite.

— C'est parti.

Te rends-tu compte, moi, pauvre de moi, en expédition avec le grand homme ! Les miracles arrivent. Nous roulons en silence. Je respecte. Si l'autre a quelque chose à dire, il le dit. Si tu bavasses, il se tait. Des génies ont aménagé le site du col. Parkings, poubelles et départs de sentier balisé. Il manque juste un Mac Do. Nous descendons sur Authon, en pleine forêt de mélèzes. Épaisse, l'ombre, rien à voir avec mon secteur. Ici, le paysage change à chaque versant, le climat suit.

Authon en vue. Juste avant d'y pénétrer, nous trouvons le sentier, assez large, après un petit pont. Il est raviné de traces de camions. Plus loin, des piles de bois s'alignent. Nous roulons encore un moment. Jean pose sa main sur mon avant-bras :

— Ralentis. On devrait trouver un départ de piste pas très loin.

Sur notre droite, la montagne dévale en pente douce. Rien à voir avec la molaire rocheuse qui domine la vallée, de l'autre bord. On aperçoit des clairières, de l'herbe. Je remarque :

— Il y a de quoi pâturer.

Ah, nous y sommes. Une coulée de réglisses traverse le chemin et s'engage dans une sente. On doit trouver la bergerie en amont. Je gare. Impossible de la rater, cette piste, un ruban poussiéreux tracé par les troupeaux au fil des estives.

Nous grimpons. Pas longtemps. Bruit de clarines. Dans une clairière, les bestioles tondent l'herbe, tête basse, une marée d'échines grises. Jean pile :

— Attention !

Un grondement sourd. Une masse de poils dévale vers nous. Un cri :

— Titus ! Ici !

Le monstre stoppe, un patou. Il gronde toujours. La brave bête nous écharperait volontiers. Son patron arrive, bâton en main. Un échalas, cet homme. Avec sa cape, le béret vissé sur le frontal, il fait plus berger que nature. Amical, avec ça :

— Alors, les touristes, on promène ?

J'approuve :

— On promène. La garde se passe bien ?

Bingo. Dans le mille :

— Si ça se passe bien ? Ça peut pas être pire, dites. Mais venez vous asseoir qu'on cause un peu. Vous avez le temps, pas vrai ? Pour une fois qu'il passe quelqu'un. Venez, arrivez.

Nous le suivons. En haut de la clairière, il s'est aménagé un espace. Un tas de bois, une marmite en fonte posée sur deux pierres, un feu de braises, un matelas de genêts, plus cinq ou six rondins disposés en cercle. Il nous désigne l'ensemble :

— Vous voyez, je peux recevoir du monde. Installez-vous.

Nous prenons place. Durs, les rondins. Changement de décor. Le tintement des clarines, l'odeur des bêtes et en toile de fond, les cloches de Barles vues de flanc... Le temps recule.

Notre berger se frotte les mains :

— Voyons un peu. D'où vous venez, comme ça ?

Jean n'hésite pas :

— De Vuynes.

Il secoue la tête. On ne la lui fait pas.

— Ça m'étonnerait, pourquoi les gens de Vuynes, je connais qu'eux. D'où vous êtes, en vrai ?

Jean ouvre son blouson, sort une bouteille plate, la débouche, la tend à notre hôte.

— À la vôtre.

L'autre prend, avale une longue goulée, se torche la bouche d'un revers de main. Il apprécie :

— Houlà, c'est du bon, ça vient pas de la ville, je reconnais. Puis la petite dame, il me semble bien l'avoir eu vue, ça me revient.

Je confirme :

— Moi, c'est l'ancienne bergerie d'été, au-dessus de chez la Berthe.

Il se frappe le front :

— J'y suis maintenant ! Votre pauvre mère est morte y a pas longtemps, il me semble.

— C'est ça même.

— Alors, je vous les présente. Elle, jamais on la voyait, remarquez. Moi c'est pareil. Bouger d'ici, risque pas. Je descends chaque fois qu'il me tombe un œil.

Jean lui tend la perche :

— Pardi, vous êtes tranquille.

Re-bingo :

— Faut pas le dire trop vite. Tranquille, avant, on l'était. Depuis que ces enfifrés d'écolos ont remis les loups, c'est une autre paire de manches, dites. Avant, le troupeau, je le rentrais jamais, cocagne ! Pas la peine. Le soir, les bêtes se rassemblaient dans le pré, en dessous. Je laissais juste un chien. Pas celui-là, un colley. Figurez-vous qu'un matin, ça va faire un mois de ça, qu'est-ce que je trouve en arrivant ? Deux bêtes égorgées. Les autres s'étaient débandées à dache, j'ai eu un mal fou à les rameuter.

Je demande :

— Et le chien ?

— Il est revenu plus tard, à moitié escagassé. D'un peu il se faisait manger. Depuis il est plus bon à rien. J'ai dû prendre Titus.

Il est lancé. Je m'accoude sur l'herbe. Jean se penche en avant. Nous écoutons lou pastre :

— Alors, je me suis dit : Alex, c'est pas possible. Comme ça, leur loup, il est sacré, intouchable, et nous on peut crever la bouche ouverte ? Cette saleté, bientôt il faudra se déculotter devant, au train où ça va. Je me suis dit : Faut faire quelque chose. Ça peut pas continuer.

Une pause. Il cligne de l'œil :

— Plus question de laisser le troupeau. Le soir, je l'ai rentré. J'ai pris le fusil et les chevrotines, du gros calibre. J'avais enterré un des moutons. L'autre était resté au soleil, il cocotait, je vous dis pas ! Je l'ai laissé bien en vue... À la nuit, je me suis posté plus haut, avec la carcasse en ligne de mire. Pas un poil d'air pour me trahir. Et j'ai attendu, je suis patient. Le métier qui veut ça. Quand il faut, il faut.

Il fallait. Alex a donc guetté une nuit. Deux.

— Pardi, ils étaient pas pressés, ils devaient en finir un autre. La troisième nuit, cette pourriture de charogne schlinguait, un régal. Moi je commence à fatiguer. Je m'endors presque. À un moment, je ferme les yeux. Je les ouvre, je vois deux ombres près de la carcasse, silencieuses comme des fantômes. C'étaient mes clients. Ils commencent à la traîner. Pas un bruit. D'un peu je me rendais compte de rien. Je pends le flingue, doucement. J'épaule, je vise. Rrran, j'en explose un. L'autre file, je le tire au jugé. Je l'ai touché, il a laissé du sang, une trace. Au jour, je l'ai suivie un moment, mais il s'est carapaté. Soit il est allé crever dans un coin, soit il est parti se goinfrer ailleurs. Depuis me voilà tranquille, comme vous dites.

Je demande :

— Le premier, vous avez gardé la peau ?

Il se marre :

— Cette question, je l'attendais. D'une, je l'avais pas mal esquintée, les chevrotines, ça pardonne pas. De deux, il venait de quitter son poil d'hiver, c'était pas terrible. Et de trois, le surlendemain, j'ai eu droit aux gendarmes. Une supposition, je l'aurais gardée, cette peau, je touchais beau.

— Ils ont su comment ?

— Vous êtes d'ici, allons, tout se sait, puis ! La veille, il était passé l'épicier ambulant me ravitailler, en bas de la draille. Je lui avais demandé des cartouches. Comme c'est un collègue, je lui ai dit le pourquoi, et d'en toucher un mot à dégun. C'est ma faute.

Jean s'inquiète :

— C'était chaud, avec les képis ?

— Pas trop. Au fond, c'est des bons bougres. Ils connaissent leur monde, ils sont payés pour. J'ai joué les innocents, ils m'ont cru ou ils m'ont pas cru, mais ils ont pas insisté. Je sors de la Légion, faut dire.

Jean lance :

— Djibout' ?

— Non, Calvi, ensuite la Guyane. J'aurais préféré le Tchad, pour un peu de sport, pas vrai ? Mais on choisit pas.

Un Vieux-Monsieur, en plus jeune ? Méfiance. J'écoute Jean le brancher, la formation commando, Saint-Laurent-du-Maroni, tout ça. Et le « Palmier en zinc » ? Vous pensez ! L'ancien ne connaît que ça.

— Dites, on en bavait comme des Turcs, à Djibout'. Pour vous donner une idée, avec le soleil, le verre des canettes de bière se ramollissait. Elles prenaient la forme du terrain. Les gens le croient pas, j'aurais dû en ramener une.

Le monde ruisselle de merveilles.

Il passe aux exploits des copains. L'opération Manta, contre les Libyens. Bangui... Kolwezi...

— Les gus ont sauté, ils avaient encore le Mas 36, vous vous rendez compte ! En bas, ils ont récupéré des kalaches, ils ont pu s'équiper.

Le bon temps. Une Légion sans baroud, c'est de la bouillabaisse sans rascasse. Il constate :

— À la fin, j'ai pas rempilé. On bougeait plus, et c'était parti pour durer. Rester sur la touche ne me disait rien. Pour faire quoi ? Leur entraînement dans la jungle, c'est super, mais en vrai, tout se passe dans la caillasse. J'ai tiré mes trois ans. Légionnaire, ensuite, question embauche, vous avez qu'à vous baisser. J'avais pas envie de me retrouver conducteur d'engin sur un chantier. Je sais faire. Ça paye sûr, mais la ville, c'est pas mon truc. Un oncle paysan au Revest m'a trouvé ce troupeau. Je m'entends bien avec le patron, avec les bêtes, avec Titus. Je m'entends encore mieux avec la patronne. Des gens de Mincouze, les Bérenguier, vous connaissez ?

Je connais, de nom. Pour un peu, s'il continue sur cette lancée, nous allons nous retrouver cousins, j'en ai peur. Il regarde le soleil, il dit :

— C'est l'heure, je vous invite.

Je proteste, pour la forme :

— On ne veut pas vous déranger.

— Vous faites pas prier, ça me fait plaisir. Vous allez me goûter mes tomes, vous me direz comment vous les trouvez.

Il se lève. Sous un mélèze, il a installé son garde-manger, une caisse grillagée suspendue à une branche, à cause des mouches, des fourmis. Il revient, chargé, la boule de pain, saucisson, fromage, la bouteille de rouge, le pot de Nescafé. Manque rien. Il étale le tout sur une natte, pose une bouilloire sur les braises.

— Vous avez l'appétit, j'espère ?

253

Jean le rassure. Alex distribue verres et couverts, prend le pain, taille de larges tranches.

— Ce pain n'est pas d'hier, mais il se garde bien.

Il nous tend le saucisson. À nous de jouer. Nous nous servons, nous mastiquons, nous buvons. Fameuse, la tome. Titus rapplique, l'air toujours renfrogné. Son patron lui balance un quignon, il le happe au vol et part un peu plus loin. Tiens, on n'entend plus les brebis. Elles chôment, c'est l'heure. Alex constate :

— On est bien, pas vrai ?

Jean approuve :

— Comme des coqs en plâtre.

Je ne suis pas en reste :

— On vous remercie, c'est extra. La prochaine fois, je vous porterai de ma pâte de coings.

— Vous dites ça, mais je risque pas de vous revoir. Des fois je cause avec du passage. Les gens promettent, mais je revois jamais la queue d'un.

— Vous oubliez, on est pas des touristes.

— Excuse, je voulais pas vous vexer. Revenez tant que vous voulez, la montagne est à tout le monde, et moi je bouge pas. Vous avez assez mangé ? On se boit le jus.

Il nous passe le Nes. Nous nous servons. Puis la bouilloire. Jean offre des Camel. Tiens, il fume, c'est nouveau. Pour finir, nous savourons la gnôle dans le verre encore tiède. Le bonheur… Alex hausse les épaules :

— Des fois, il m'arrive de revoir d'anciens copains. Ils me sortent : « Tu deviens pas jobastre, tout seul, là-haut ? Tu vas finir par devenir chèvre comme tes moutons… » Vous, vous avez pas besoin du troupeau pour devenir calus, je leur dis. Vous l'êtes de naissance. Et moi, j'ai besoin de personne, pourquoi je suis bien seul.

Je proteste :

— Si on est de trop…

— Ho, je parle pas pour vous. Vous, vous pouvez comprendre. Mais tous ces pauvres fondus, dans leurs villes pourries, à mijoter dans leur air pas possible, je les envie pas. Vous les voyez passer, l'été, rien qu'à les regarder, vous savez que c'est pas de la bonne viande. Ils font peine.

Nous approuvons. La ville, gross malheur. Grosse saloperie, oui. Les meilleures choses ont une fin. Nous prenons congé. Nous promettons de ne pas l'oublier. Il rappelle Titus.

— Celui-là vous laisserait pas filer tranquilles. Il est teigneux comme la gale. Alors à bientôt.

Jean demande :

— Vous permettez ?

Il sort un petit appareil. Le berger n'a rien contre :

— Allez-y, vous êtes pas le premier.

Et de sourire largement, un sourire en touches de piano. Il lève son verre, puis le poing, fermé. Jean le prend en rafales, lui, le patou, le paysage, le troupeau.

Encore merci. Adieu l'ami, nous dévalons la pente. Je demande :

— Pourquoi l'as-tu pris si tard ?

— Tu devrais t'en douter, Jeanne, la lumière.

— Ah, c'est vrai. C'était comment ?

— Correct. Dommage qu'il n'y ait pas eu son loup.

— Tu pouvais lui laisser l'appareil, pour le prochain.

— Ça ne marche pas comme ça.

Il est resté huit jours. Cette fois, il s'est concentré sur le village.

— Pas la peine de manger des kilomètres. Ils ont de sacrées gueules, tes indigènes.

Il s'était fait copain avec la bande du café, jouait aux boules avec eux. Ils lui ont fait promettre de revenir pour la chasse.

— Pour un peu, ils me collaient une petite dans les bras, parole. Jean-Luc m'en avait dégoté une pas mal. Tu te rends compte !

— Elle était partante ?

— Ma modestie m'interdit de te répondre.

Il m'a paru apaisé. C'était encore lui, mais à un degré moindre, les ailes rognées. Un changement tout de même, j'ai eu l'impression qu'il me voyait vraiment. Un soir, le repas terminé, nous prenions l'infusion de verveine. Il demande :

— Comment ça se fait, tu m'expliques ?

— Quoi donc ?

— Tu es sympa, tu parais normale, tu n'as plus ton boulet de mère. Tu attends quoi pour te trouver quelqu'un de bien ?

J'ai failli lâcher : Et toi ? Je me contente de dire :

— Je dois être trop difficile.

— C'est vrai qu'ici, le choix... Mais à Aix, Vieux-Monsieur pourrait te trouver...

— Un veuf, pour que je lui lave ses slips baveux et ses chaussettes ? Très peu pour moi. J'ai l'air si malheureuse ?

— Je n'ai jamais prétendu ça.

— Pourquoi j'irais me compliquer la vie ?

J'ai haussé le ton, ce n'est pas mon style.

— Jeanne, ne t'emballe pas. Dans le fond, tu as raison. De quoi je me mêle, pas vrai ?

Les deux derniers jours, il n'a pas bougé de la terrasse, acagnardé au soleil, à ruminer. Son humeur avait changé. Quoi que je dise, la remarque la plus banale, il me contrait. Par exemple, si j'avançais que telle chose s'était passée à telle heure, il me contredisait illico. À la bonne heure, je n'insiste pas. Aucune envie de jouer au vieux couple.

J'aurais voulu être gentillette, lui parler de son futur gosse. Nous évitions le sujet. Il ne m'avait pas demandé d'être la marraine, quand même pas. Je le regardais. Heureux, lui ? Alors il cachait bien son bonheur.

Il nous arrivait d'allumer la télé, le soir. Pas toujours, cinq, six chaînes et circulez, il n'y a rien à voir. Pis, une bêtise à pleurer, jeux et ragots, people et pipelettes. À part Arte, bien sûr, mais qui la regarde ?

Un soir, sur la 3, ils ont passé *Marius*. Ils le repassent souvent. Ce film, chez nous, c'est l'*Iliade*, plus la Bible. Les gens savent les répliques par cœur.

J'allais le lui signaler. Je me retiens. Marius, c'est lui, Jean. Il vient d'échouer à quai, contre l'écueil Léa, l'anti-Fanny.

Si seulement il s'était confié une bonne fois. J'étais sûre qu'il n'avait qu'une envie, tout plaquer, filer grand large retrouver sa vie, la vraie. Il s'était fourré dans la caboche que partir, c'était perdre sa dulcinée, plus son gosse à présent. Le piège venait de s'enrichir d'une mâchoire. Imparable.

Tant pis, je me jette à l'eau. J'attends un moment favorable, après le repas de midi, le dernier jour. La digestion amollit. Nous prenons le café. Jean observe un lézard. Écrasée sur une dalle, tête dressée, la bestiole secoue les pattes comme pour les sécher. Je dis à mi-voix, comme si je me parlais à moi-même :

— Ce serait bien qu'il grandisse ici…

Aucune réaction. J'ai parlé dans le vide. Non. Il dit :

— Si jamais…

Je ne relance pas. Il n'en dira pas davantage. Si jamais quoi ? Si jamais ça tournait mal avec l'autre ? Je ne souhaite que ça. Si jamais, je garderais ce gosse, ce serait le nôtre. Jean pourrait partir à la chasse aux ombres le cœur léger. Je venais de semer. Qui sait, la graine germerait peut-être... L'espoir, toujours l'espoir.

Il est reparti, satisfait de son séjour. Il allait retrouver sa belle, l'air plus résigné qu'autre chose. L'amour fou vous a une autre allure. L'oiseau rejoignait sa volière. Que peuvent-ils bien se dire ? Chaque peine a son terme, le couple comme le reste. On en prend pour vingt ans, pour moins. Les gosses grandissent vite, de nos jours. Les carcans fondent sous l'acide du temps.

Pour le moment, il ne bouge pas de Paris, des détails à régler, sa carrière à ajuster. Qu'il reste. Cette fois, je suis fixée. S'il était vraiment heureux, je ne broncherais pas. Tu parles... Jean n'est plus Jean. Je dois agir. Je nous le dois.

La vie est un tissu de surprises, mon bon monsieur. Surtout entre les repas ? Surtout. C'est amusant, je devrais être effondré. Pas du tout, je jubile.

Voilà, j'avais jeté mon dévolu sur un Toyota de la plus belle eau, un monstre, capable de grimper aux arbres, plus un petit Suzuki mignon comme tout. On aurait presque pu le loger dans le coffre de l'autre. Plus des options, une pluie d'options. Si tu veux balancer ton argent, aucun problème, on t'ouvre grand les fenêtres. Quatre-vingts briques l'ensemble, bon poids.

Je contacte ma banque. La dame qui veille à mes intérêts me fixe rendez-vous. L'après-midi même, quinze heures. Je me pointe. Elle me reçoit dans son bureau, tout sourires dehors. Une brave personne, un brin dodue, avec une coquetterie dans l'œil droit. Nous échangeons quelques civilités d'usage. Il me semble percevoir une certaine gêne chez elle. J'entre dans le vif. Voilà, j'aimerais dégager une centaine de millions, anciens, je précise, soit un million de nouveaux francs, soit six fois moins en euros.

— Vous avez votre numéro de compte ?

J'ai. Je donne.

— Une minute, je suis à vous.

Rotation de 90°. Elle pianote sur son ordinateur. J'attends. Elle me fait de nouveau face. Le sourire a disparu. Ce n'est plus de la gêne, c'est la consternation :

— Il y a longtemps que...

Elle hésite. Elle reprend :

— Vous recevez vos relevés régulièrement ?

— J'imagine.

— Comment ça ? Vous n'en prenez pas connaissance ?

— Vous savez, moi, les chiffres... La vie est trop courte. Je sais ce que j'ai, en gros. Pour le reste, je vous fais confiance.

— C'est que, voyez-vous, la Bourse, ces derniers temps...

Elle m'explique. Ladite Bourse a plongé salement, ces derniers temps, pauvre bête, et plongé profond, et elle n'est pas prête à refaire surface. Tu sais bien, la fable : ... Quand la crise fut venue... Ah oui, la crise. J'en ai vaguement entendu causer, dans le poste, c'est vrai, mais je n'avais pas fait le rapprochement. Et donc les valeurs ont fondu, mon bas de laine avec. Tiens donc, voyez-vous ça. Je marmonne :

— Une bonne chose de faite.

— Pardon ?

— Rien. J'en suis où, exactement ?

— Je vous donne votre position.

Nouveau solo de clavier. Elle me sort un chiffre. Pas terrible. Ils m'ont fait proprement la peau, la peau de chagrin, les frères boursicoteurs. Du coup, mon emprunt n'est plus à l'ordre du jour. À la rigueur, je peux m'acheter une belle ceinture.

La dame paraît désolée. Elle aussi a trinqué, elle ne me le cache pas. Je compatis. Je dis :

— Vous auriez dû placer vos noisettes à la Caisse d'Épargne.

Cette fois, deux sourcils se lèvent :

— Vous croyez ?

Elle se demande comment le prendre. Elle me conseille quand même de ne pas toucher à mes restes. Un jour, la crise prendra fin... Et les vaches seront bien gardées. Ça, je le garde pour moi. Je souris. Je me sens plus léger, pour cause. Je me lève. Mouvement de recul, en face. Meuh non, pas de panique. Je tends la main à la dame. Pour un peu, je l'embrasserais. Allons, pas d'hésitation. Je l'étreins, je lui tapote le dos. Elle fond. Attends, mais c'est qu'elle pleure à présent. Elle dit que si elle avait su... Si elle avait pu prévoir... Ce métier... Les gens vont s'imaginer qu'on les vole. Je la rassure, ce n'est qu'un jeu. On ne peut gagner à tous les coups, pas vrai ? Son CAC 40 remontera, il fera des petits. Plaie d'argent vaut mieux que ceinture dorée, je dis. Ça la fait rire. Elle se dégage, un coup de kleenex. Elle dit :

— Vous alors ! Vraiment, ça ne vous fait rien ?

— Si, je me sens plus léger, parole. Ne vous en faites pas. Et merci pour tout.

Je sors. Adieu veaux, vaches... Au singulier, je t'en prie. Ah oui. Veau, vache, 4 × 4... Vive la vie. Dehors les couleurs sont plus vives, le bleu du ciel plus bleu. J'explose. La crise. Les larmes me viennent. J'ai dix tonnes en moins, je redeviens moi-même. L'argent, quelle plaie...

Tu pousses, non ? Du tout. L'argent n'est un problème que pour ceux qui en ont. Un problème sérieux, les pauvres diables font de la rétention. Ils prennent le monde au tragique, s'inquiètent de la foutue crise au Moyen-Orient, du cours du brut, tout ça. Surtout, quand tu peux

261

tout t'offrir, plus rien n'a de valeur. Tu permets, juste un exemple. Tout petit, je voulais un vélo. Je n'avais pas les sous. J'ai marné tout un été dans l'épicerie du bled pour me payer un clou d'occasion, un tas de ferraille qu'il m'a fallu repeindre. Cette bécane valait de l'or, elle valait la peine que je m'étais donnée pour l'avoir. Alors que là, un 4 × 4, deux, suffit de claquer des doigts. Ça ne représentait rien.

L'argent, c'est très con. Tu en as, tu as peur de le perdre, et la peur, rien de plus mauvais. Le brave ne meurt qu'une fois, le lâche... Nous savons. Arrête ton char.

Que devient ton projet motorisé ? Il tient. Nous verrons ça plus tard, à l'occasion. En attendant, une bonne nouvelle s'arrose, l'artiste. Je t'invite.

Je rejoins ma bonne vieille terrasse, mon « Happy days », ses habitués, son ambiance. Je commande une coupe de champagne. Surpris, le garçon demande :

— Loto ?

Je confirme. J'ajoute :

— Surtout, pas un mot, vous savez ce que c'est.

Il sait :

— Promis. Bouche cousue.

Il revient avec ma coupe :

— La maison vous l'offre.

Elle est pas belle la vie ? Elle continue, et ici elle a du mal. Entre les étalages du marché et le périmètre des bars, les camions coincent, les passants piétinent, agacés. Tous les jours, vers midi, le même cirque se répète, la fourmilière avec le grain de maïs devant l'orifice. À Campo de Fiori, ils utilisent encore des voitures à bras. Tu sens les odeurs maraîchères. Ici, avec les pots d'échappement sous la nasole, tu la trouves saumâtre. Gloire à notre France éternelle.

Bon puis ? Cette ville vit. J'ai l'impression d'y être depuis toujours, je me situe mal dans le temps. Plus il passe, plus tout s'écrase, une sorte d'ostéoporose. Je ne garde en mémoire qu'une date, celle de la mort du génial Staline. Facile, cette fin d'un monde s'est produite le 5.03.53, quatre siècles pile après la chute de Constantinople. L'empire romain d'Orient disparaissait à son tour. Les Turcs entraient dans l'Europe, comme dans du beurre. Les temps modernes commençaient. Oui ? Et alors ? Tout passe, tout glisse, tout s'oublie. Ce que l'on fait ou rien... Reste l'équivalence de toutes choses et une poignée d'images, une pincée de cendres. Tes souvenirs partiront avec toi. Bon vent.

Elle n'était pas mal, ma défunte vie, tout bien pesé. Je n'ai pas eu le temps de m'ennuyer. J'ai tâté de tout un peu. Une fois, j'ai même atterri dans un cirque où je jouais de l'ophicléide. Faut le faire. Plus tard, j'ai été graphiste, maçon, marin. J'ai pataugé dans quelques mariages à géométrie variable. En fin de compte, j'ai réussi à ne pas réussir. Je me suis retrouvé quasiment clochard, fauché comme pas permis. Faire la manche ? Non, question de dignité.

La fauche. J'avais décousu la doublure de mon caban. Je glissais ma récolte par cette fente, je la plaquais contre moi, ni vu ni connu. Je sortais ce que je voulais, jusqu'à trois bouteilles de whisky ensemble. Des livres, surtout. Ça se passait à Paris. Les livres, un produit négociable. À nous, Pléiades, Skiras. Je fais le plein. À midi moins dix, je bazarde ma récolte chez Gibert, à Saint-Michel. Ces mécènes me la reprennent à 10 % de sa valeur, ils ne se posent pas de questions. Ils ne m'en posent pas non plus. À midi, je m'attable aux « Balkans », juste en face, devant un goulasch bien gagné. Facile.

J'ai pas mal pratiqué ce sport, pour survivre et aussi pour le plaisir. C'était avant les portiques magnétiques. Avec du papier d'aluminium, on passe encore, mais j'étais passé à autre chose. À pas mal d'autres choses. Pour finir, cet héritage. Je l'ai accepté, une erreur. Adieu la vie active. Quand tu as faim, tu te bouges, et comment ! Tu te remues le train et l'arrière-train. Et quand tes souliers pompent l'eau, tu te réveilles. Rien de tel que la nécessité, la bonne vieille épée dans les reins.

Avec l'argent, tout devient trop facile. Un bout de plastique dans une fente, tu pianotes, et zou, il te tombe dans les mains. Tu as juste la peine de le ramasser. Est-ce raisonnable ? Il m'a fait un sale coup, Tonton Picsou. Dieu merci, c'est fini ou presque.

J'ai une excuse, je n'y étais pour rien.

Cet héritage, je l'ai eu parce que je m'en fichais. Je pouvais le refuser. Quelques années avant, je l'aurais fait. Là, je commençais à fatiguer.

C'est vrai, j'ai longtemps joué l'oiseau sur la branche, quitte à claquer du bec. Je n'y avais pas grand mérite, rien ne me tentait. Rien de matériel. Le risque m'attirait. Un métier m'aurait plu, reporter, comme Jean à présent. Je manquais d'étoffe et de contacts. J'ignorais tout, et j'ai un côté provocateur. Mauvais, ça. Je n'ai pas le sens de la mesure, ni celui du danger. On m'aurait flingué dans la foulée.

La mort, je n'ai rien contre. Comme les allumettes, elle ne sert qu'une fois, dommage. Je serais volontiers mort à Madrid, hombre, à Camerone… À Verdun, non, c'était moche, les tranchées, l'équarrissage dans la boue, très peu pour moi. À Dien-Bien-Phu, volontiers. J'avais l'âge, je le regrette encore. J'ai raté ça. La mort ne repasse pas les plats. Quitte à mourir, autant le faire de son vivant, après il est trop tard.

La vie, j'entends être père, semer la petite graine à la volette, je n'ai pas marché dans la combine. J'avais l'excuse classique, à quoi rime d'infliger ce non-sens à un gosse qui ne t'a rien fait ? Sinon, ma foi, arrive ce qui arrive. Le tout c'est de ne pas me frapper. Je revois ce dernier gag, avec ma pauvre banquière effondrée. Pour un peu, je lui faisais du bouche à bec. Je vais lui envoyer des fleurs. Une couronne, parfaitement. Une petite attention fait toujours plaisir.

Au marché, le spectacle continue. Admire un peu ces gosses, les deux patapoufs qui défilent avec mamacita. Déjà obèses, ça promet. On jurerait les mioches du garde-chiourme dans *Midnight express*. Joli film. Nous allons vous faire aimer la Turquie...

À la table à côté, des mémés bavassent. Elles égrènent le chapelet de leurs opérations, passées ou à venir, rate, cataracte, prostate... Non, la prostate, c'est le rayon d'en face. Elles en parlent comme le grognard parle de ses médailles, ou un ancien de la Royale de ses chtouilles. Ach, jeunesse... Changement de registre, les voilà qui passent aux voyages. Elles s'en paient, le printemps à Marrakech, l'été à Mykonos. Et l'automne à Pékin ? C'est fait, ou cela se fera. Nous vivons une époque fabuleuse, mon frère. La vie commence à soixante ans, à présent. Jeunes, dépêchez-vous de vieillir.

Tu te souviens de ce copain ? On l'appelait Averel, vu son côté nébuleux. Il a écumé l'Inde en long en large et en dormant. Il dormait dans les trains, dans les bus. Il dormait le jour et la nuit. Il dormait debout. Il a tout fait, il n'a rien vu. Où veux-tu en venir ? Nulle part. J'ai jeté l'ancre. « Happy days », les jours heureux, quoi de mieux ? Une diabline circule, un genre de cage à poules en plastique, électrique. Elle peut absorber une demi-douzaine d'amateurs qu'elle véhicule en ville. En règle générale, ces engins tournent à vide, leur trajet n'est indiqué nulle part. L'Allemagne paiera.

Les passants passent, pas si pressés. Âgés, dans l'ensemble, de la classe moyenne, du retraité, tendance province, rien de saillant. Quelques touristes surnagent, comme le raisin dans le riz au lait, poche kangourou sur le nombril, caméra au poing et mémé au côté. Ces viragos arborent des crinières bleutées. Une mutation sans doute.

Pendant ce temps, à New York, leurs zomologues français dorment encore. Je parle de nos touristes à nous. Tout à l'heure, à eux les bonnes affaires, les brassées de jeans, les quintaux de godassons et de fringues en goretex. Ça est moins cher, savez-vous ? Mentalité de soldes.

Monsieur a fait son plein de sarcasmes ? Oui ? Go, on y va. J'achète un panini à l'angle, tout chaud. Je le mâchonne en marchant. Fast food. Pourtant j'ai tout mon temps. Attends, je voulais, je devais faire quelque chose, mais quoi ? J'y suis, contacter Guste. Pour Jean. Je l'ai promis à ma pauvre Jeanne.

Je rentre. À nous deux, Guste. J'appelle. Là, pas là ? Si, alléluia.

— Philippe, bonjour. Tu vas bien ?

— C'est qui ?

— Le vieil ami de Jean, tu ne connais que moi. Tes parents sont bien rentrés ?

— Oui, je te remercie. Ma mère s'est régalée.

— Elle a trouvé chaussure à son pied ?

— Je crois. C'est à quel sujet ?

Direct, ce jeune homme. Je dis :

— Rien de spécial. Je viens aux nouvelles, toujours pareil, j'imagine ?

— Exact. Je bosse.

— Ça marche ?

266

— Je ne me plains pas. C'est tout ce que tu voulais savoir ?

Diable, il a mangé de l'ours.

— Presque. Puisque je te tiens, tu pourrais me dire ce que Jean...

— Je peux. Il est en train de faire la connerie de sa vie. Tu n'es pas au courant ?

— Plus ou moins, mais je manque de détails. Toi qui le vois...

— Pas tant que ça. Ici, chacun sa merde. Il n'est plus à l'agence, donc on se rencontre peu.

— Et cette Léa, tu en penses quoi ?

— Moins je la croise, mieux je me porte. Elle va le dévorer tout cru.

— Allez ! Tu crois ?

— Je veux. C'est une mangeuse d'hommes. Elle est en train d'en faire son toutou.

— Et il accepte ?

— Je veux. Elle a mis le paquet. Elle est allée jusqu'à se faire fourrer un mouflet. Tu vois la combine ?

— Je vois.

— C'est tout ce que tu voulais savoir ?

— Presque. À ton avis, c'est vivable ? Ça peut durer ?

— J'en sais rien, je ne suis pas madame Soleil. Tout ce que je sais, c'est qu'il perd son temps. Ce type vivait à deux cents à l'heure. Là, il est en train de se planter bien bien. Il va le regretter. Seulement, Jean, c'est la tête de lard. Je le connais, il s'obstinera. Dans le boulot, ça paie. Dans la vie privée, c'est du suicide.

— Au moins tu es clair. Je te remercie. Dis-moi encore. Il n'y a vraiment rien à tenter ? Excuse-moi d'insister.

— Je vois bien une solution, mais ça ne dépend pas de moi.

— De qui alors ?

— Disons de toi.

— Comment ça ?

— Je vais être net, il faut casquer. Tu serais prêt à payer sans discuter ?

Ben mon colon, voilà autre chose. Si je m'y attendais... Je demande :

— Il s'agit de quoi ?

— Tu vois, tu commences. Réfléchis. Je te rappelle.

Il raccroche. Tudieu la Marie... C'est quoi le message ? Payer sans discuter ? Pourquoi pas, si j'étais sûr du résultat. Je ne m'attendais pas à cette sortie, un vrai braquage. Ça tombe bien, tu es lessivé, dois-je te le rappeler ? Guste n'en sait rien, laisse-le venir. Il abattra ses cartes et nous verrons.

Satané Jean, tu nous en auras fait voir. D'habitude, les tuiles, c'est la chance. Là, il se les casse lui-même sur le crâne. On n'est jamais si bien servi...

Que faire ? Pas question de lui en toucher un mot, il n'accepterait pas. Laisse pisser, un couple sur deux se sépare de lui-même. L'usure, mon bon. Le temps ne pardonne pas. Il ronge. Mais là, nous sommes encore dans les débuts, ça risque de durer.

Ce serait bien si Léa le trompait. Et encore... Cocu et content, la chose existe. Si ça se trouve, il n'est pas jaloux. À présent, le programme, matelot ? À midi, je retourne dans cette librairie d'occasion, rue Aude. Je leur ai commandé les *Mémoires* de Churchill, ceux couvrant la Deuxième Guerre mondiale. Il l'a gagnée à mains nues. C'était un chef. En attendant, je t'offre...

Ça sonne. Je décroche :

— J'écoute.

268

Ah, Jeanne. Nous ne nous sommes pas revus depuis deux ou trois semaines, grosso modo. Elle aussi a des nouvelles. Jean vient de passer, en reportage local. Un berger, des loups. Je demande :

— Il est comment ?

— Pas terrible, il a grossi. Il a jauni aussi. Je me demande s'il ne couve pas une de ces saletés tropicales.

— Et le moral ?

— Pareil, pas terrible. C'est difficile à dire, il ne parle pas. Je le sens nerveux. Il essaie de donner le change, seulement il déjante pour un rien. À table, à un moment, j'ai cru qu'il allait me balancer son assiette. Ce n'est pas de lui. Avant, je ne connaissais personne d'aussi bien dans sa peau.

— À part moi.

— Oh, toi, n'en parlons pas, tu es parfait.

— Absolument. Dommage que les vieilles carcasses n'intéressent plus personne. Excuse, continue.

— C'est tout. Il est mal.

— Et Léa ? Il en parle ?

— Elle attend ce gosse, ils vont se marier. Tu seras témoin.

— Manquait que ça ! Tu t'y fais ?

— Pas question. Il serait aux anges, d'accord. Je le borderais dans son lit de noces, tu entends. Là, je ne peux pas laisser faire, pas dans l'état où il est.

Remontée, ma douce. Je demande :

— Tu as une idée ?

— Non, à part la flinguer, mais il serait capable de le prendre mal. Il existe sûrement une autre solution, essaie d'y penser, je t'en supplie.

— Laisse-moi le temps. Voyons, c'est sur elle qu'il faut agir. Et si je me proposais en tant que soupirant ? J'ai des restes, de la conversation. Je suis propre sur moi, la

269

plupart du temps. Et ce qui n'est pas négligeable, je suis à l'aise.

Du moins, on le croit encore. C'est l'essentiel. Jeanne ricane :

— Tu n'es pas drôle. Trouve autre chose. Si tu demandais son avis à Guste ?

— Je viens de l'avoir. Il n'est pas optimiste, comme toujours, mais il a une idée. On doit se rappeler.

— C'est quoi, dis-moi.

— Dès que je sais, je te tiens au courant, promis. La bise.

— À toi aussi, vieux sagouin.

— Toujours à ta disposition.

Jusqu'ici, on a parlé, parlé. Rien n'a bougé. Camarade, la solution vient toujours quand on ne s'y attend pas. Guste m'a l'air sûr de son fait. Ma foi, espérons. Attendons.

J'ai rêvé cette nuit. Je rêve peu d'habitude, toujours le même schéma récurrent. Je dois aller quelque part, peu importe où. Une fois en chemin, j'ai beau m'évertuer, pas moyen. Un obstacle interfère constamment. Je m'obstine en vain, c'est épuisant.

Ce serait bon signe, il paraît. Quand tu planes, en songe, quand tout te semble facile, l'échec t'attend dans le monde réel. Je veux bien.

Assis sur une marche, face au mini-jardin, je rêvasse. Le copain n'est pas rentré hier soir. Je n'ai pas eu à socialiser. C'était pareil avec vieille Cybul. Un merle se pose au pied du cerisier. Il gratte, trois coups de patte, un saut en avant, et à suivre. Un merle mécanique. Il s'approche à quatre pas. Chez Jeanne, les oiseaux se tiennent à bonne distance. Ben oui.

Ce coin de terre est trop à l'ombre pour en tirer quoi que ce soit. Naïvement, le copain avait planté quatre pieds de lavande. Échec complet. Léa tient la grande forme, par contre. Moins je vais, plus elle rayonne, la recette des vases communicants.

N'empêche, je maintiens le cap. Jusqu'au bout sur nos Messerschmitt ? Une des expressions favorites de Vieux-Monsieur. Si tu veux. Je fonctionne, je touille ma soupe, je la vends, j'ai l'air d'y croire. Je me suis fixé un terme, j'attends l'arrivée du petit pour décider si je dois m'obstiner dans cette voie qui vire à l'impasse. S'il me déçoit, je calte.

Aujourd'hui, ma belle s'est invitée. Je lui ai demandé d'apporter les journaux, histoire de voir ce que je rate, dans le vaste monde. J'avais la flemme de sortir, manque de ressort. Tout à l'heure, elle sera là, je pianoterai sur mon ordinateur, histoire de tromper l'ennemi. Si j'ai l'air de travailler, elle me laisse tranquille. C'en est à ce point ? Tu te conduis comme un petit garçon. Possible, et après ? J'ai toujours réagi de la sorte, le schéma se répète. Je laisse mon cœur en gage, je fonce, yeux fermés, en voulant croire que ça n'engage à rien. Je sais pourtant que je cours à l'échec. J'y vais malgré tout. Une fois empêtré, ma lâcheté m'interdit de faire machine arrière, par peur de peiner l'autre. Je laisse pourrir un moment. Je compte sur le hasard pour en voir la fin, une épidémie de choléra est toujours possible, pas vrai ? En fin de compte, je me défile. Je file.

Au fait, si j'allais à Rome ? La proche banlieue. Je passerais un moment dans ce petit bout de jardin, au pied du mastodonte, la Machine à Écrire, le monument à Victor-Manu. Face à toi, en contrebas, le passé, le Forum, ses ruines. Dans ton dos, la piazza Venezia, son agitation, la pollution. Le Bouffon a quitté son balcon. Rien ne se perd, le bouffon nouveau est arrivé. Le show continue.

Doucement, si tu en parles, Léa va vouloir venir. Ne t'affole pas, elle sera forcément prise, surbookée comme elle l'est, avec rendez-vous sur rendez-vous. Elle brasse, nage libre. Elle croit en son étoile. Normal, pour une future star.

Oublie Rome. Le merle est parti, les ramiers se sont envolés avec les dernières cerises. Je me secoue. Un verre de rosé ? Pas de refus. Sers-toi. Je reprends ma place. À ma santé...

Voilà, je me disais, ce sera une nouvelle vie, un nouveau départ, tagada. Je voulais y croire, il fallait. Total, la machine coince. L'impasse, et en prime, cette fois, l'impression que ma vie est finie. D'où vient ?

Je suis futé. Je m'étais dit, je risque quoi ? Suffira de compartimenter, tu sais, les cloisons étanches, comme dans un bateau. Une tranche pour Léa, une pour papa, une pour... J'ai essayé. Le temps d'embarquer, ton Titanic en mie de pain a pris l'eau. Je touche le fond.

Certes, je peux sortir des photos lisibles, aucun problème. J'existe encore. Dans le milieu, on connaît ce que je vaux. Intacte, la bête, en apparence, comme ces baraques rongées par les termites. Au premier choc, je ne garantis rien.

Le rosé agit, mes yeux se ferment. Il m'en faut si peu ? Normal, tu es à jeun. Et si tu sortais ? Où ça ? N'importe où, tu éviterais Léa. Tu sais que...

Trop tard, la porte du jardin s'ouvre, le doux objet de mes vœux s'avance dans l'allée, à contre-jour. Je la regarde comme si c'était une inconnue. Belle silhouette, de l'allure. Je dis :

— Salut, noble étrangère. C'est pour le ménage ?

Une chance, la chère âme ne saisit pas. Elle me tend la liasse de journaux :

— Tiens. Pousse-toi, je passe. Quelqu'un m'a appelée ?

— Pas que je sache.

— Tu ne pourrais pas parler simplement pour une fois ! Que je sache ! Tu dis oui, tu dis non, c'est facile.

— Crois-tu ? Dommage, tu perds le meilleur.

— Quoi donc ?

273

— La série, voyons, la suite. Nous savons, vous saviez, ils surent, que vous sussiez, moi savoir...

— Oh, ça va, n'en jette plus.

Haussement d'épaules. Elle rentre. Deux minutes et la revoilà. Le repas ? Ce sera pour une autre fois, un autre rendez-vous l'attend. Sauvé par le gong, fils. Je demande :

— Je te vois ce soir ?

— Ne m'attends pas.

Elle disparaît. Ça c'est du touch and go. Dis-moi, tu as vraiment été amoureux d'elle, à une époque ? Quelle question, je le reste. Ça signifie quoi, amoureux ? Je n'ai pas spécialement envie d'elle. Je n'ai envie de rien, à part repartir. Elle m'intéressait, tu vois, elle m'intéresse toujours, ce tonus de jeune animal, le choc de tant de fraîcheur. Nous nous connûmes, ces choses-là se font, pas de quoi en faire un plat. Elles se font, elles s'effacent.

Sans ce gosse en train, Léa, je m'en serais dépêtré, j'espère. Elle aurait fait ses trois petits tours, ou alors elle m'aurait largué, l'un vaut l'autre. J'ai l'impression de subir cette histoire, pas de la vouloir. Elle me reste étrangère, comme si elle concernait quelqu'un d'autre. Ça se soigne ?

Chais pas. Des visages, j'en ai tant vu. J'en revois quelques-uns. Certains m'obsèdent. Dans un petit bled, près de San-Luis Potosi, au Mexique, je cherchais du peyotl, au marché. Sans succès. Un type m'a averti : *Prohibido*... Tu parles, avec quelques billets, sa prohibition...

Un peu plus loin, elle était là, écroulée contre un amas de déchets, jeune, en loques, le visage marqué, des traces de sang sur les bras. Elle flottait comme en extase, battue, violée, jetée. Elle souriait, un sourire intérieur. J'aurais voulu... Quoi donc ? La sauver ? Comment ? J'ai posé un billet sur sa jupe. Je suis parti.

Et cette autre fois, à Bangkok, un bar à gogos. Plein, pas moyen d'approcher du comptoir. Je trouve une place à une table, je m'installe. S'y trouvent déjà trois filles, curieusement réservées. Des filles sages, en pleine zone chaude. J'étais vanné, je venais de crapahuter. Les filles ne bronchaient pas.

Un type s'approche, petit, l'air dur, un local. Le mauvais cheval. Il m'interpelle, en désignant mes voisines. Plaît-il ? C'est son cheptel. Laquelle je veux ? Je n'ai qu'à choisir. Je suis là pour verdad ? Je fais signe que non, je veux une bière, pas maï. Il me toise avec mépris. J'ai droit à un geste saccadé de l'avant-bras, poing à demi fermé. Je préfère me branler, c'est ça ? Je l'aurais tué. Quoi d'autre ? Négocier, racheter les filles ? Les faire libérer ? Par qui ? Comment ? Coco, tu ne peux rien. Il s'agit d'une marchandise, l'offre et la demande, le marché, quoi, que ça te plaise ou non. Tu gênes le bizness. Et le vert paradis des amours enfantines... Et merde.

Et cette autre, au Salvador. Avec Guste, nous roulons sur une piste, à l'aventure, à la recherche de la guérilla. C'est leur zone, un endroit pourri. Caillasse, poussière, taillis épineux, virage sur virage, un coin à embuscades. Chaleur lourde, sueur, la chemise colle. Fait soif. Un maquis pareil, une chèvre corse n'en voudrait pas.

À un détour, deux types dépenaillés nous barrent le chemin. Ils ont des M 16, ils nous font signe. Nous avons des cigarettes ? *Claro que si.* Nous leur en offrons, nous palabrons. *Photo, se puedé ? Como no ! Todos compañeros.*

À l'écart, une fille, très jeune, en jeans. Une gamine, avec un flingue au rabais. Une guérillère, timide. Elle n'ose approcher. Bruit de moteur, un zinc d'observation passe. Un mouchard. Il file. D'ici peu, le bataillon Atlacatl va leur tomber sur le poil, avec ses hélicos et ses tueurs. Ta fille est morte. Elle ne le sais pas encore.

Assez radoté. Hop, au charbon. Au menu, le Marais ? Non, ce lieu magique joue les belles de nuit. Alors, le Sénat ? Non, la maison de retraite joue relâche. Fermé. Les Puces ? Nous sommes en semaine, pas de pot, pas de puces. Retourne donc au cimetière Montparnasse, on trouve toujours de quoi. J'ai repéré des tombes fabuleuses, le couple Pigeon et leur lampe, le cénotaphe de Baudelaire, et ce gisant, cette jeune femme allongée, mains jointes. Mariée à vingt ans, morte trois mois plus tard.

Quoi d'autre ? Guste ne s'est plus manifesté. Aucune nouvelle, ni de lui, ni des autres. Rufus et Kébir, avant on se voyait, les fiestas, les bouffes... Ma douce a fait le ménage, peu à peu. J'ai laissé pisser.

Qui t'empêche de revoir ton monde ? Pas envie. La déprime, tu en as entendu causer ? Ne me gonfle pas, ce n'est pas le moment. Je reste en état de marche, le reste... Sûr, un pied après l'autre. Les deux ensemble, ce serait casse-gueule. Tu crois tenir longtemps, à ce régime ? Je te l'ai dit, j'attends Diego. D'ici là, on ne bouge pas.

Elle changera quoi, ta nativité ? Tout, je pense. Un gosse vit, il grandit tous les jours. Il s'installe, il te prolonge. C'est un projet, oui, et bien davantage.

Admettons. Tu sais quoi ? Tu me rappelles ces histoires infiniment banales de couples heureux. Ils ont tout, la santé, la sobriété, l'argent, le loft et l'estime de leur concierge. Bref, la totale. Pourtant rien ne va plus.

Tu m'étonnes, on ne vit bien que dans le malheur, la lame dans les reins. Là oui, on existe. On s'arrache, on veut s'en sortir, je ne connais que ça. Le bonheur, quelle horreur ! Le bonheur t'englue, il... Tu as raison, papa, on lui dira.

Le merle est revenu. Je passe à la cuisine prendre une baguette. Pas mal, le pain, à Paris. Par temps humide, ta baguette, tu peux faire du matelotage. Par temps sec, elle casse au premier choc. Un pain barométrique, donc.

Il fait sec. J'émiette au pied du cerisier. Tu fais bien. Un jour, une fois réincarné sous une autre forme dans une autre vie, quelqu'un s'occupera de toi. J'y compte.

Tout bien pesé, il n'y a que chez Jeanne que je me sens chez moi. Je le lui dirai, je lui dois ça.

Si seulement je pouvais en sortir sans casse. Ça dépend de... Téléphone. Si c'est encore une de leurs relances commerciales, je ne réponds de rien. Non, c'est notre ancien combattant aixois. Qu'il soit le bienvenu :

— Salut, noble vieillard. Annoncez la couleur.

— Ici ? Le mistral, on se pèle. Et toi ?

— Un coup de blues en ce moment. Je n'ai pas le moral.

— Tiens donc ! Justement, je voulais t'en parler. Jean, tu me déçois.

— Tu m'en vois navré. Sérieux ?

— Sérieux. Je te prenais pour un garçon solide.

— Poil au bide.

— Ah, ça suffit, pas de ça. Je vais te dire ce qui ne va pas chez toi. Tu t'imagines avoir un destin, pas vrai ? Fils de héros, héros toi-même. Il serait temps de te réveiller. Ton père buvait, il n'était guère bon qu'à ça. Il a pourri la vie de ta mère, et son exploit, parlons-en. Il n'est pas entré dans cette fournaise pour sauver un môme, et ce n'était pas n'importe quelle baraque, il connaissait. Il voulait récupérer une dame-jeanne de gnôle. Ton oncle le savait, il ne t'en a rien dit. C'est important, l'image du père. Mais quand le fils déraille, il faut lui remettre les yeux en face des trous. Tu m'entends ?

— Tout à fait. Une dame-jeanne, tu dis ? C'est presque drôle.

— Ne recommence pas.

— Mets-toi à ma place. C'est tuant d'apprendre des trucs pareils, non ? Et c'est quoi, le message ?

— C'est de te décider, choisis une bonne fois. Ton père a démoli ta mère. Toi tu démolis Jeanne, avec ta valse-hésitation. Je ne le supporte pas.

Moi non plus. Je raccroche. Il veut quoi, mon suicide sur un plateau ? Il serait foutu de me le reprocher. J'essaie de m'adapter, bon sang ! Je ne suis plus seul en cause, Diego décide pour moi. Vieux-Monsieur débarque un peu tard. Jeanne ? Je ne vais tout de même pas me clôner. Si c'est comme ça, la bergerie, je n'y remets pas les pieds. Non mais...

Relax, Max. Vieux-Monsieur s'imagine bien faire. Il lui sera beaucoup pardonné. Mets de côté, on triera plus tard. Joue la montre. Et à présent, en piste. Tous au cimetière, vive la mort.

Marrant, l'énergie revient. Je marche au pas de chasseur, rue des Plantes. Ce brave vieux con m'a réveillé. Mon père, un pauvre type ? J'espère bien. J'ai vécu sur un mensonge ? Cette blague, tout le monde ment à tout le monde. Tout le monde se ment, voilà la vérité. L'histoire est tissée de mensonges, et c'est parfait. Reste Diego, mon Diego.

Place Denfert, je traverse à l'orange, au petit trot. Un type fonce pour m'écraser. Raté. Sur le trottoir, sur ma lancée, je percute une mémé. Elle tombe comme une figue mûre. Le lion de Belfort me fixe d'un sale œil, sale bête. Le flic qui règle le trafic pareil. Je tends une main secourable à ma victime. Je la hisse. Le flic me lâche, mais pas la dame, pas question. Elle proteste. Pis, elle menace :

— Ce ne va pas se passer comme ça !

— Vous croyez ?

Grand sourire, je tire ma révérence, je me tire. Je redémarre en petites foulées. Qui m'aime me suive, mémé.

Tu vois, Diego, ton papounet se défend. Il te donnera tout ce qu'il n'a pas eu, et d'abord la vérité. Pour toi, je supporterai l'insupportable. Je me supporterai, ce ne sera pas de la tarte. Ton père t'armera, il te fera chevalier. Nous aurons notre veillée d'armes. La vie, tu pourras foncer dedans. Penser à toi me donne envie de me battre. Merci, fils. À bientôt.

Cette année, le printemps joue décidément les grandes coquettes. Un pas en avant, deux en arrière. Une langue bleue s'étale encore sur la carte météo. Du coup, je n'ai qu'une jonquille. Les forsythias se contentent de bourgeonner. Les premières violettes sont fripées.

Deux ou trois lézards avaient pointé le museau, ils l'ont vite rentré. Quelques guêpes aussi, ahuries, à demi engourdies. Elles manquent de conviction. J'ai vu un bourdon et un papillon orange. Il titubait plus qu'il ne volait. Il paraîtrait que le climat se réchauffe. Où donc ? Mère aurait sûrement eu un proverbe pour commenter le tout.

Grande nouvelle, j'ai de la visite. L'ami Guste est dans nos murs. J'avoue, je ne l'attendais pas. Autonome, avec ça. Pas besoin d'aller le chercher, il a débarqué dans un de ces petits Suzuki fantoches, plus jouets que jeep. Il m'avait quand même prévenue la veille.

Il s'est amené ce matin sur le coup de dix heures. J'entends le moteur, je sors. L'artiste arrive plein pot en faisant gicler les gravillons. Demi-tour impeccable. Il bloque devant moi. Je m'extasie comme il convient. Je demande :

— Tu viens d'épouser une héritière ?

*La Sauvagine*

— Tu rêves. Les riches ne font pas de cadeaux. Non, un copain me l'a prêté pour le lui roder. Il n'a pas le temps, et j'étais le seul à ne pas me foutre de lui à cause de ce gadget.

— Tu es un sage. Contente de te voir.

— J'espère. Ça fait du bien de respirer, la vache ! Vanné je suis, ton chemin m'a achevé.

Ils me fatiguent avec ce chemin. Personne ne les empêche de grimper à pied. Je demande :

— Tu prends quelque chose ?

— Je veux. J'ai failli attendre.

Décidément, il tient la forme.

— Café, pastis, gnôle ?

— Un pastis, ça me changera.

Va pour. Terrasse, consommations, monsieur est servi. Il s'étale, dégrafe son cuir. Il constate :

— Tu as tout compris, Jeanne. Toi, au moins, tu sais vivre. Tu as commencé par où les autres voudraient bien finir.

— Tu m'excuseras, je ne l'ai pas fait exprès.

— Et modeste, en plus.

— Si tu continues, je vais rougir.

— Je vais me gêner. En plus, toujours prête à recevoir le premier casse-pied qui a envie de débarquer. Jeanne, on devrait te reconnaître d'utilité publique. Je le dis comme je le pense.

— C'est tout ?

— Pour le moment, oui. À la nôtre.

Il lève son verre. Moi pareil. Je demande :

— Et Paris ?

— Pareil. Gris dehors, moche dedans.

— Le travail ?

— La joie sur toute la ligne !

Poing fermé, il redresse l'avant-bras, d'un geste sec.

281

*La Sauvagine*

— Faut y aller au couteau, les places sont chères. Tu dois garder un œil devant, un derrière, si tu ne veux pas te faire entuber.

— Comme partout, non ?

— Que tu crois ! C'est devenu l'enfer. Avant, les copains, c'était sacré, on respectait encore quelques principes. Tu verrais les jeunes ! Ils allongeraient leur mère dans le ruisseau pour s'en faire une marche.

Ah, cette jeunesse, un gros problème qui ne nous rajeunit pas, certes. J'essaie d'arrondir les angles. Je proteste :

— Allons, tout n'est pas si noir.

— Tu parles ! Je croyais avoir fait mon trou. Total, ils vont me vider.

— Comment ça ?

— Comme je te le dis. On presse le citron, après on balance.

— Tu es sûr ?

— Tu parles ! Un moment que je le vois venir.

— Je peux faire quelque chose ?

— Toi, non, mais ton vieux copain, oui. Dis-moi, il est toujours aussi bien disposé, question Jean ?

— Plus que jamais. Pourquoi, tu as une idée ?

— Oui, mais je dois être sûr de ses bonnes intentions. Les gens s'avancent, pas de problème, et au dernier moment, arrière toute.

— Pas lui. Tu peux y compter, ma tête à couper.

— Garde-la. Je te crois, je le contacterai. Il fait vraiment beau, pas vrai ?

Subtil, comme changement de sujet. Je décroche. J'enchaîne :

— Tu veux des cacahuètes ?

— Amène. Un peu le soleil, un peu l'air, je sens que je décolle.

Il oublie le pastis. Cacahuètes donc, biscuits salés. Il grignote comme un hamster, soupire de satisfaction. Pour un peu il ronronnerait. Le vrai pacha. Il s'étire, se tourne vers moi :

— Pendant que j'y suis, je voulais te dire, Jean...

Il s'interrompt, fait tourner son pastis dans son verre. Fascinant. Je le relance :

— Tu disais, Jean ?

— Il m'a l'air salement débranché, depuis un moment. Je ne t'apprends rien. Du coup, j'ai été sympa. La boîte cherchait quelqu'un pour se taper un reportage à Sakhaline, je le lui ai proposé.

— Sac à quoi ? Késako ?

— Une île, au large de la Sibérie. C'est là que les camarades soviétiques ont planté leur premier goulag.

— Quel intérêt ?

— Ça paraît curieux, depuis le temps, mais le sujet plaît toujours. La nostalgie, que veux-tu... Quand l'actualité faiblit, on ressort les grands classiques. Les bolchos ne faisaient pas dans la dentelle, faut reconnaître. Du coup, les gens sentent qu'ici on n'est pas si mal, ils aiment bien. On leur a fait cent sept fois le coup, depuis le Biafra, et ça marche toujours.

— Je vois, le côté globalement positif.

— Tu as mis la truffe dessus. Total, Jean a refusé. Monsieur se plaint, mais monsieur croise les bras. En galère !

— C'est faux, il vient de faire un reportage ici.

— Parlons-en, les loups, on marche dessus en ce moment. Non, il bricole, il fait semblant, me raconte pas d'histoires. Je le connais. La cause, je la connais aussi, et toi pareil. Il ne veut pas en démordre. Il commence à mal tourner.

— Comment ça ?

— Oh, un verre de trop, de temps en temps. Tu me diras, on en est tous là, mais lui faisait gaffe, avec son côté boy-scout.

— Tu l'as vu ?

Il ricane :

— Non, je l'ai senti. Remarque, c'est le début. Il ne s'est pas encore mis au chewing-gum pour camoufler. Il ne devrait pas tarder. C'est quoi, ces drôles d'oiseaux, là-bas, tout au fond ?

— Des parapentes.

Je vais lui chercher mes jumelles. Il les ajuste :

— Mamma mia ! Là oui tu t'envoies en l'air ! Si j'avais le temps...

Il pose les jumelles au bout d'un moment. J'insiste :

— Tu lui as parlé, récemment ?

— D'une, on se voit peu. De deux, autant causer à un mur. Des fois tu as un écho. Il te regarde sans te voir, tout glisse. Pas de réaction. Ah si, une fois, il a dit : « Pourtant, ça paraît normal chez les autres... » Pas la peine de te faire un dessin.

— C'est tout ?

— Presque. Une autre fois, il m'a foutu son poing sur la gueule, je me demande encore pourquoi. Alors, tu comprends, je ne suis pas maso, je n'insiste pas.

— Ah bon... Il joue à quoi ?

— À rien. Ou alors, il joue la montre. Il attend que quelque chose décide pour lui. Ou quelqu'un. Il sait qu'il se plante, mais pas question de rétrograder. Il est pourri d'orgueil.

— La Légion ne recule jamais.

— La Légion ? Quel rapport ?

— Je pense à notre vieil ami aixois, ne fais pas attention. Dis-moi, et Léa, elle en est où ? Je parle de sa grossesse.

*La Sauvagine*

— Elle doit finir son troisième mois, quelque chose dans ces eaux-là.

— Elle trafique toujours dans le cinéma ?

— Plus que jamais, c'est de son âge.

— Guste, ça ne peut plus durer. Si tu as une idée, dis-la-moi, je t'en prie.

— Je confirme, j'en ai une. Je préfère ne pas en parler pour le moment, mais ça devrait marcher, fais-moi confiance. Ta Léa, je m'en charge.

Je lance au hasard :

— Tu comptes lui envoyer un petit cercueil ?

— Ce serait plutôt des fleurs, je ne t'en dis pas plus. Tu n'aurais pas comme un creux ?

— J'ai un bocal de daube, si ça te convient.

— Et comment !

— Pâtes ou patates ?

— Choisis. Je peux t'aider ?

— Tu es bien comme tu es, ne bouge pas.

Une idée... Quelle ? Il serait temps. Bon, le bocal. Je le sors du frigo. Le tout, c'est de l'ouvrir sans s'estropier. J'introduis la lame d'un opinel entre verre et caoutchouc. Attention la main. Ça vient ? Ça vient, floutch... L'odeur ? Correcte, Gus survivra. N'intoxiquons pas notre sauveur. Il a dit : Plutôt des fleurs... Je vois mal. Ah oui, cette vieille chanson : « Le roi a fait battre tambour... » Je prends une cocotte en fonte. Une fois mon bocal vidé, je mets à feu doux. J'ajoute du laurier, du thym. Maintenant, les pâtes. De l'eau à bouillir. Trois minutes, c'est bon. J'ouvre une terrine de pâté de sanglier. Le rosé... Du râpé. Que demande le peuple ? La tête de Léa. Bien, tout y est. Un bon diabète se mérite. Ah, il m'appelle :

— Jeanne !

— Oui, tu veux quelque chose ?

— Rapplique !

— Demande-le poliment.

— S'il plaît à toi, *of course*. Satisfaite ?

Je m'essuie les mains, j'y vais. Toujours étalé, il me fixe :

— Que je te dise, ton Jean m'a déçu. Et même, je vais plus loin, ce qui lui arrive, il ne l'a pas volé. Je te parle net. Il ne touchait plus terre à force de se croire le meilleur.

— Il l'était.

— Attends, tu l'es tant que tu ne le penses pas, mon canard en sucre. Ce n'est pas à toi à en décider. Si je me bouge, c'est pour toi, crois-le.

— Je te fais pitié ?

— Idiote ! Tu es une fille bien, et crois-moi, ça ne court pas les rues.

Qu'est-ce qu'il raconte ? Les larmes me viennent. Retiens-toi. Je ne dis rien, gorge nouée. Je tousse. Je finis par sortir :

— C'est ma fête... Si seulement ça pouvait marcher...

— Ça marchera, tu le mérites, et moi j'en jubile d'avance. Je vais m'amuser, je ne t'en dis pas plus. Hmmm, ça embaume !

Ma daube ! J'y cours. Elle attache ? Elle commence. Je racle le fond de la cocotte avec une spatule. J'ajoute une giclée d'huile d'olive. Parfait. Du coup, j'ai une faim féroce, il y avait longtemps. Béni soit Guste, mon moral grimpe en flèche. Tu crois qu'il peut... Lui y croit. Il a oublié d'être bête, et il est teigneux comme pas deux, croise les doigts.

Guste, je le verrais assez avec une natte dans le dos, une robe de mandarin. N'oublie pas le dragon. « Guguste et le lotus bleu ». Il infligerait des supplices chinois gratinés à l'autre sauterelle. Des échardes de bambou sous les ongles ? Peuh, de la gnognote, trouve mieux. Voyons...

286

L'intégrale des émissions du regretté commandant Cousteau ? Là, tu es cruelle.

Il te reste de ce rouge extra, du Gigondas, plutôt que le rosé ? Vieux-Monsieur t'en avait porté un carton. Je crois, je vais voir. Jésus, si seulement... Tu te fais sœur ? Je me fais moine. Bien, tout est prêt. J'appelle Guste.

— À table !

Dieu bon, cette fatigue, d'un coup, comme une marée qui monte... Je me suis assis, pour lire, ça allait. À présent, j'ai l'impression que ma tête pèse deux tonnes. M'allonger ? Pas question, le brave meurt debout. En attendant, il croque une vitamine C. Il avale un verre d'eau.

« Souriant à la mitraille anglaise,
La garde impériale entra dans la fournaise... »

Foutaise. Ça va passer. Drôle d'expérience, la vieillesse, on ne s'en remet pas. Et drôle de territoire surtout. Tu parles d'un voyage, on ne l'a ni choisi, ni voulu. On devait y passer, on le savait, on n'y croyait pas. Cette blague, pas ça et pas nous. Et ça n'intéresse personne. Quand on est assez con pour sucrer les fraises, on a la décence de se faire oublier. Les vieux, il faudrait les tuer à la naissance.

Quand je pense à toutes ces années traversées en pleine inconscience, j'en reste bleu. Je revois le film, par bribes, les épisodes en vrac, les plus anciens les plus nets, bien sûr. La dernière couche, la vraie pâtée. Ce pourrait être n'importe qui, je ne me sens plus concerné, tout me paraît irréel. Remarque, concerné, je ne l'étais guère de mon vivant, si j'ose dire.

Au diable la lecture, on sort. « Happy days », nous arrivons. Tu as remarqué, on voit moins de déjections canines, ces temps, devant l'immeuble. Cette blague, le vieux Bimbo, le chien de la voisine, est mort de sa belle mort. Un brave toutou, il n'aboyait jamais, n'agressait personne. Il arpentait son segment de rue, comme une gagneuse. Quand il en avait assez, il se dressait de tout son long et appuyait de la patte sur la sonnette de sa maîtresse qui le faisait entrer. Il n'était pas si âgé. Certes, mais il piquait des crises d'épilepsie. D'un coup, il tombait raide, pattes tendues, le corps secoué. Le haut mal. Brave bête... Sa mémé prépare des bouffes pour les pigeons à présent, du pain trempé, des restes qu'elle tartine sans vergogne sur le bitume. Les rues sont étroites dans le vieil Aix, nous n'avons pas de trottoirs. Dans un premier temps, les pigeons se gobergent. Tout gicle. Dans un deuxième, ils se soulagent sur les rebords des fenêtres en roucoulant comme des vaches. Un régal. Rien ne se perd, donc, et je traverse la place des Tanneurs. Un platane gigantesque envahit les deux tiers du volume. Bizarre, ils ne l'ont pas encore mutilé. Un oubli, sans doute.

Rue de l'Annone-Vieille, la modernité a frappé. À gauche, un cyber-café pavé de jeunes. À droite, des fringues gothiques. Un peu plus haut, un tatoueur, et allez donc ! Je tourne, un magasin vient de disparaître, une cave à vins et à cigares. Les gens rêvent, ils s'établissent, ils se plantent dans la foulée. Ça s'appelait comment déjà ? « La part des anges. » Pourquoi pas ? J'aurais pu leur proposer « La vie dangereuse ». En deux versions. Ils n'auraient pas marché.

À l'angle de la place, un couple de sacs au dos sirote des canettes, crades comme il convient. Le type arbore une tignasse en étoupe. La fille fait famélique, pauvre bête. Ils vivent la grande aventure de leur vie, on the road jusqu'à plus soif. À leurs pieds, l'inévitable sac à puces tire la langue. Le clébard, le partenaire obligé du routard.

Dieu les bénisse. Je rejoins le « Happy ». Je commande un café. Encore un nouveau garçon, la rotation continue. Que deviennent donc tous ces jeunes gens ? La traite des minets ? Que fait la police ?

Garçon de café, je l'ai été dans une autre vie, à Londres, et... On s'en fout. N'importe qui peut faire n'importe quoi, les bios en carton ne manquent pas. Et même, il convient d'en avoir bavé, ça fait partie de la panoplie. Tiens, le café est bon, pas malheureux.

Pour rester dans les généralités, tu es quand même un sacré branlotin, reconnais-le. Tu t'es lancé dans des tas de pistes sans jamais aller au fond des choses, histoire de rester libre. S'installer signifiait se priver des autres possibles. Du coup, tu n'as jamais rien achevé. Tu aurais dû finir S.D.F.

Tu m'amuses, réaliser quoi ? Collectionner les boîtes de camembert ? Pourquoi pas le Mérite agricole ? J'ai vécu, petit. Je ne me suis pas ennuyé, ça non. J'ai échappé aux rails. Je garde l'impression d'être resté tout môme, et c'est comme si le livre de la vie allait s'ouvrir en grand. Comme si tout allait commencer. Que demander de mieux ?

Bien. Le café, terminé. On boit sa gorgée d'eau. Les gens déambulent. On voit très peu de femmes en jupes, à présent, à part quelques vieilles ou une élégante de haut vol. Mais là, il faut les bottes assorties et le reste, ce n'est pas donné. Pas mal de portables aussi, collés à l'oreille. Une épidémie de chanteurs corses.

Assez âgée, la figuration, dans l'ensemble. Rien de saillant. De temps en temps, un cinglé fait son numéro

dans l'indifférence générale. Nous avons quelques phéno-
mènes homologués. On en rencontre pas mal, depuis qu'ils
ont fermé les asiles, pour raisons économiques. Le RMI, et
du balai, caltez volailles. Ça, c'est du social, ou je ne m'y
connais pas.

Et si je retournais voir dame Jeanne ? Pour quoi
donc ? Faire le point ? Nous n'arrêtons pas. Il y aurait bien
ce brave Guste, avec son coup de fil musclé. J'attends la
suite. Il est tout de même passé voir ma camarade, histoire de vérifier si j'étais bien disposé. Il attend quoi ? Il
fait monter les enchères ? Possible. S'il a quelque chose à
vendre, qu'il le dise. Marre de cette attente dans le
brouillard.

Laisse tomber. Je commande un blanc sec. Voilà
voilà... Pas terrible, plutôt aigrelet sur les bords. Ah, une
dame s'installe, à côté. Enveloppée, cheveux teints, blanc-
blond, une Kim Novak frappée d'alignement. Elle tient un
énorme bouquin, un Stephen King, en anglais. Sa tribu de
nègres en met un sacré vieux coup, au Stephen. Il doit
avoir à peine le temps de signer sa production. À la tienne
Étienne.

La dame lit deux pages, tripote son portable. Elle
hésite, tempête sous un crâne. Elle a dû être miss Pop-
corn à Kalamazoo dans les années soixante-dix, je dirais.
Elle est liftée à mort. Attendrait-elle son vaquero ? Les
vaqueros sont fatigués.

Elle replonge dans son King, en tripotant cette fois le
sachet de son thé. C'est une tripoteuse. Elle laisse un billet,
puis dégage. C'était une brève rencontre.

J'ai beau faire, je retombe toujours dans mon couple
en souffrance. Jean, c'est une chose, il a ce qu'il mérite.
Mais Jeanne, ça ne passe pas. Dieu sait pourtant si sa portion était congrue. Voir l'autre baroudeur revenir entre

deux escapades lui suffisait. Remarque, si elle l'aimait vraiment, elle serait heureuse de le savoir heureux, genre Cyrano et son freluquet. Cyrano, c'est de la fiction. Oui, et alors ? Alors, le moment venu, je ramasserai les morceaux, à moins que Guste...

Jésus, admire ces femmes, avec leurs prétendues bottes. En fait, des chaussettes en platique. Elles déambulent comme des amazones en permission de détente. C'est moche. C'est la mode. Incroyable ce conditionnement. Si j'étais femme, je refuserais de me maquiller, pour commencer. Pas question, papa. Moi, objet sexuel ? À quelle heure ?

Tu parles pour ne rien dire. On naît femme, ensuite, on s'améliore, à force. Ça doit être quelque chose, cette séance de peinture sur soi, chaque matin, avant de repartir au massacre. La bise à Pénélope.

Tu veux un conseil ? Laisse jouer le temps. Il démêle tout, à la longue, il a l'habitude. Laisse pisser. Bientôt midi, je me rapatrie. Je pourrais manger à l'extérieur au « Happy » par exemple. Leur menu s'affiche sous ton nez. Aujourd'hui, blanquette, mon biquet. L'ennui, c'est que je déteste poireauter. Je trace ma route entre les étals. En passant, j'achète un avocat. Un jeune me double. L'est pressé, le bougre. Ses jeans tiennent par miracle à ses hanches. On voit la naissance du sillon. Plus bas, le fond du futal ballotte. On jurerait qu'il a stocké ses couches depuis la petite enfance.

Comme j'ouvre ma porte, le téléphone se déclenche. Guste, enfin...

— Salut, Philippe, justement je pensais à toi.

— En bien, j'espère ?

292

— Absolument. Tu restes notre suprême espoir.

— Rien que ça... Bon, parlons franchement. J'ai besoin d'argent, disons 100 000 euros. Tu me les passes, et je vous débarrasse de Léa.

— C'est aussi simple que ça ?

— Encore plus. Ne me demande pas de détails. Envoie-moi un chèque, encaissable dans un mois, mettons. Si d'ici là ça ne marche pas, tu fais opposition. Correct ?

— Pourquoi pas ? Rappelle-moi ton nom. À force de t'appeler Guste...

— Ho, comme l'oncle. Philippe, comme tu sais.

— J'ai ton adresse. Je te l'envoie, le temps de passer à la banque. Tu l'auras après-demain. Je serai fixé comment ?

— Il y aura des vagues, t'inquiète. Jeanne sera au courant. Pas de questions ?

— Non.

— Tu m'en veux ?

— Je t'en voudrais si ça ne marchait pas. Bonne chance.

Il raccroche. Tu vois, tout se paie. Ce sympathique jeune homme paraît sûr de son coup. Lui en vouloir ? Seigneur non. Pourvu que ça marche... Je préviens Jeanne ? Non, inutile de lui donner de faux espoirs, on ne sait jamais. Un mois, c'est vite passé, après tout ce temps. Enfin, nous allons peut-être nous en sortir. Oui, et il ne te reste plus qu'à trouver la somme. Mais moi, je n'ai pas un pigeon sous la main. Je retourne voir ma banquière ? À quoi bon, tu es lessivé. Reste une solution, et une seule, vendre ma ferme. La demande est en hausse, ça tombe bien. Tu mets plusieurs agences sur le coup.

Voyons, à l'époque de mon héritage, d'après maître Mazet, elle cubait dans les cent bâtons. Elle a dû augmenter, de quoi satisfaire ce cher Guste et payer tes 4 × 4.

293

Cette ferme, je n'en faisais rien. J'aimais bien l'idée de l'avoir, tu vois. Une bonne grosse possession vous rassure. Où ça, les agences, Aix ou Digne ? L'argent est à Aix. Banco. Je prends le bottin, je fais la liste, et... Doucement, commence par faire quelques diapos de l'objet en question, coco. L'amateur aime se faire une idée. C'est juste. Tu mangeras ton avocat une autre fois. On y va.

La preuve de l'oiseau, c'est l'œuf, ma poule. Je ne sors pas de là. Demande aux dinosaures, ils confirmeront. Tu es prêt ? J'appelle :

— Allô, productions « Orbite » ? Mademoiselle, bonjour, pouvez-vous me passer M. Marchand, Jean-Loup... De la part de qui ? De Guste. G comme gazoduc, U comme cocotte. Vous y êtes ? À quel sujet ? Là, vous en demandez trop. C'est une affaire entre ma conscience et votre patron, contentez-vous de me le passer... Bien entendu que je ne coupe pas.

Ces secrétaires, toutes les mêmes. À quel sujet ? Pas du sien, toujours... Ah, c'est toi mon gros loulou, comment va ?... Bien ? Tant pis. Ça marche, je parie, la charcuterie, c'est l'avenir, ne dis pas le contraire... Tu fais quoi en ce moment ? Une parodie ? Attends, laisse-moi deviner. *Patty Horrer*, avec Depardiou dans le rôle du manche à balai, non ? Tu devrais, il faut surfer sur la vague.

Moi, ça roule. Voilà, j'ai besoin de ton aide. Je te rassure, il ne s'agit pas d'argent. Jamais entre nous, je tiens trop à ton amitié... Je te rappelle, nous sommes en compte. Tu es en dette, farceur...

Que je t'explique, j'ai un copain coincé avec une nana. L'histoire classique, il a trempé le biscuit, la fille se trouve en cloque… Rien que du neuf et du raisonnable, tu vois, seulement l'aztèque prend la chose au sérieux. Il veut réparer, l'enclume… C'est là que tu interviens… C'est ton rayon, la fille s'imagine qu'elle vaut Adjani, et même davantage. Sûr que tout le monde ne peut être Minnie Mathis… Si elle a des références ?… Un chouïa, elle a tourné un second rôle avec Brachol, depuis cette conne croit que c'est arrivé… Elle n'est pas la seule, exact, mais les autres je m'en tamponne. Elle y croit mordicus, je te dis, donc à toi de jouer… Facile, tu as vu son film, tu l'as remarquée au premier coup d'œil. Tu as besoin de ses charmes, absolument, pour un rôle d'ingénue première pression à froid… Tu veux un titre ? Facile : *La neige était chaude*… Un autre ? *Pas de string pour Marnie*. Bref, tu la mènes en bateau, elle ne demande qu'à naviguer.

Écoute bien, tu la lanternes. Le tournage n'est pas pour tout de suite, le budget à boucler, les acteurs à trouver, puis il y aura les repérages, tout ça tout ça. Dans un mois ce sera bon, tu dis, ce qui lui fera quatre à cinq mois de gonflette. Arrivé à ce stade, tu lui annonces qu'il y aura des scènes déshabillées, ollé, elle peut commencer à se faire bronzer… Tu adores sa silhouette, tu dis. Elle devrait faire gloup… Promets-lui la lune. Dans la foulée, tu lui envoies un projet de contrat où les choses sont mises au point. Plus question pour elle d'attendre l'heureux événement, sinon adieu le tournage. À elle de tirer la conséquence et la chasse d'eau, c'est dans la poche… Tu y es ? Salaud, moi ? Parce que toi tu es la blanche colombe, espèce de négrier ! Enfin, je te pardonne… Une fois le baby au vestiaire, tu lui expliques que ça ne colle plus, le film, kaputt. Tu lui balances n'importe quelle salade. Sûr que tu regrettes. Tu retiens son nom pour la prochaine oursinade, elle peut y compter.

Je compte sur toi, ma belle saucisse hétérosexuelle, enfin j'espère. Tu me tiens au courant. Maintiens le droit et fais le bien. On reste en contact. Je t'envoie les coordonnées de la donzelle, et son pedigree. Salut bien. Terminé. Pas plus compliqué. Un coup de dés jamais n'abolira le hasard, un coup de fil, si. Hop, finis les soucis. Je devrais avoir honte. Mozart enfant, Mozart ratatiné, mozarelle la plus belle... Et puis quoi ? Je m'en lave les mains.

Pauvre Léa, quand même. Pour un peu, j'aurais pitié d'elle. Que veux-tu, c'est la vie. Ça doit marcher, il faut. Tout ça finira mal, j'ai confiance, et de façon immorale, j'y compte bien. Si Jean savait ça, il serait capable de m'améliorer le profil, l'ingratitude ne connaît pas de limites. Peu importe, le sage fait le bien en catimini. Affaire à suivre, plus qu'à attendre. Croise les doigts.

À propos, cette nuit, j'écoutais les infos. Voilà-t-y pas que l'Église catholique va supprimer les limbes ! Tu imagines ? Quelle idée ! J'adorais cette salle d'attente entre les nuages, j'espérais bien m'y retrouver un jour. Et un qui aurait intérêt à faire gaffe à la grippe aviaire, c'est le Saint-Esprit, pigeon comme il est. Nous vivons une époque formidable, aucun doute. Et c'est pas tout, ils viennent de déterrer les restes de la Grande Armée, retour de Moscou, quelque part dans un pays balte. Après examen des glorieux débris, pas de problème. Tous ces braves étaient vérolés à l'os. Si j'osais, je demanderais à mon futur mécène ce qu'il en pense.

Debout, dos au mur, face au soleil, je laisse aller. J'essaie. Ne serre pas les poings, voilà, c'est mieux. Sois fluide pour une fois, espèce de robot. Tu as passé ta vie sous tension, relâche ! Plus rien ne presse, la page est tournée.

Voyons les choses en face, normalement je me trouve à un point de départ. Sauf que c'est le terminus. Je n'accroche pas. Et ton côté volontariste, tu en fais quoi ? Léa ? Elle, parfait. Elle prépare le nouvel appartement. Elle décore, elle colle des affiches. Elle voulait mettre mes photos, je n'y tiens pas. Et elle s'inquiète de mon avis pour la couleur des rideaux ! J'approuve, les yeux fermés. Sur fond noir, tout est beau. Nous allons nous y installer sous peu, dès que le poussin sera là. En avant, la famille Rikiki au complet. Cela s'appelle un foyer, faut y croire. Qui ça, moi ?

Léa donne dans le genre écolo, avec feuilles de sumac vernies dans une jarre et gerbes d'épis de blé noir, garnies de chardon bleu. Ça ou autre chose... Une chance, elle m'épargne le Che, l'asthmatique de charme. Tiens, j'en ai vu un, l'autre jour, à Saint-Germain, sur un T-shirt, dans une vitrine de fringues. De loin, correct, le béret noir avec l'étoile dorée vissé sur le frontal. Quelque chose ne colle pas. Je m'approche. Sous le couvre-chef, je vois une

gueule de babouin. Pas mal, d'un peu je l'achetais, mais
bon, j'ai pensé aux remarques à venir, j'ai renoncé.
Une fois allégée, Léa va reprendre son vol, nature.
Papa veillera sur le petit, assisté par une mercenaire. Pourquoi pas, au point où j'en suis. Et je vais te dire, Diego, je
l'attends. Je n'attends plus que lui. Il me remettra sur pied.
Nous grandirons ensemble, nous serons copains. C'est que
j'en ai à lui apprendre, et lui donc ! Il va me redonner goût
à la vie. Il ou elle, attention. Nous ne sommes pas fixés.
Léa n'est pas passée à l'échographie. Une fille, je n'y tiens
pas. Ma douce suffit à mon bonheur.

Pour l'heure, je repose en paix. Elle a ce qu'elle voulait, elle se calme. Oh, elle reste carrière-carrière, sans ce
côté affolant de la mouche contre la vitre. Elle s'accorde
une pause, la pause-bébé. Partie remise, le cirque
reprendra. Pour le moment, elle digère sa victoire comme
un python son opossum.

Le boulot ? J'accepte le tout-venant. Je me cogne la
promo d'un promoteur, à savoir mettre en valeur un
ensemble de clapiers bas de gamme, destination le troisième âge. Des pavillons en parpaings massifs, avec la
moquette de pelouse devant. Des allées sinueuses sont
censées donner une illusion de profondeur. Ça me rappelle le tracé du chemin de fer, en Anatolie. L'ingénieur
était payé au kilomètre. Tu parles s'il s'est gardé de tirer
droit !

Mon promoteur devrait être satisfait, mon projet
frise le sublime. J'ai collé au mitan un kiosque gréco-
bouddhiste, plus quelques peupliers anorexiques. J'ai
ajouté un bassin à poissons rouges. Le nom ? J'ai suggéré :
« Les pavillons du crépuscule ». No comment.

Pour le même prix, j'aurais pu y fourrer une girafe
avec un casque colonial. Quitte à faire un sale métier,
autant le faire salement.

De braves gens vont achever leur vie de merde dans cet endroit de merde. Encore heureux qu'ils soient âgés. Ils n'auront peut-être pas le temps de découvrir que leur portion de paradis repose sur une ancienne décharge, déposée sur un sol argileux. À la première canicule, leurs murs se fendilleront allégrement. La propriété, c'est l'aventure.

Ben voilà. Je joue le jeu. En revenant de mes taupinières, j'ai fait un tour dans le magasin de jouets, rue des Plantes. Bof, du plastique et des cartons, rien qui laisse une chance à l'imagination. Du Disney de chez Disney, made in China. Et la place que ça prend ! J'avais envie d'y coller le feu.

En sortant, un peu plus loin, je tombe sur un petit bazar, marchand de journaux. Un survivant. J'entre. Un monsieur âgé me sourit. S'il a des jouets ? Oui, bien sûr. C'est par là. Je regarde, je trouve dans le lot une petite girafe en caoutchouc. Vous la pressez, elle couine gentiment. J'avais la même étant gosse. Je la mordillais de toutes mes gencives.

Je l'achète, je rentre, je la dépose dans le berceau. Faut voir l'engin, haut sur pattes, dans le style prince impérial, avec dentelles et fanfreluches. Il en impose. À choisir, j'aurais préféré plus simple, mais va donc le dire à Léa. Il y a aussi le parc, le Youpala, et Babar sous pas mal de formes. Ma girafe ne fait pas le poids. Moi non plus.

Futur père ou pas, je garde l'impression d'être seul. Je le suis. Tout s'est déroulé en douceur, je ne vois plus personne, à part quelques amis de Léa. Les miens, la très chère s'en est chargée. J'ai laissé courir. Tout ce qu'elle voudra, mais pas de discussions.

Je me sens sale, cette commande débile, donner du relief à cet océan de platitudes, quelle dérision ! Tu ne devrais pas. Doucement, je n'ai plus le choix, je vais avoir charge d'âme, comme on dit. Je m'y colle. Je me souviens d'avoir été bon, autrefois. Tu plaisantes, c'était hier.

Girafe, adieu. Je passe au salon, m'offrir un whisky tassé, j'en ai besoin. J'ai porté ma bouteille, je bois au goulot. Tu ne buvais pas, petit frère. J'avais tort. À la tienne quand même. Le premier qui disjoncte attend l'autre.

Léa, pas là. Ces temps elle se démène comme un cent de puces. Tiens, c'est vrai, je la croyais calmée, ça lui reprend. Quand elle rentre, elle me demande invariablement si on l'a appelée. Non, je réponds. Pour cause, j'évite de décrocher, je fais confiance au répondeur.

Ah, bruit de clés, la voilà. Léa la tornade. Elle devrait avoir quatre paires de bras, comme une Shivette, toujours à jongler avec un tas de tâches en même temps, se changer, parler, fumer, boire et j'en passe.

Elle demande :

— Pas d'appels ?

— Pas encore. Je te sers un verre ?

Elle veut bien. Nous picolons joliment, ces temps, et en sens opposé. Moi parce que je n'attends rien, elle parce qu'elle croit à papa Noël. Une erreur. Les choses arrivent lorsqu'on ne les attend plus. Bon pour moi, ça... Elle ne me dit pas grand-chose. Si on était vraiment copains, elle me...

Ça sonne de nouveau, elle se précipite. D'un peu elle s'embronchait dans le tapis. Cette fois, on dirait la bonne, écoute. Elle dit oui... Bien sûr, oui... Quand vous voudrez... Elle roucoule, une voix de gorge, sa voix suave des grands jours. Et elle raccroche, transfigurée. Elle saute sur place, trépigne. Diantre, c'est Austerlitz ! D'un coup, elle s'abat sur moi. Je lui tapote le dos, je dis :

— Raconte à papa, ils te prennent pour le prochain Paris-Dakar ?

— Que tu es bête ! C'est Marchand.

Je connais. Marchand de chez de soupe, un maraîcher, le spécialiste du navet sur pellicule. Ce bienfaiteur vous en gâche sans désemparer. Le produit plaît. Marchand possède un flair infaillible pour le médiocre. Aux dernières nouvelles, il donnerait dans le salace. Je crains le pire. Léa n'en revient pas de sa chance :

— Marchand, tu te rends compte ?

Hélas oui. Je ne suis pas déçu, il lui propose un strapontin de première classe dans sa prochaine montgolfière, une histoire néo-rurale, un sous Fanfan-la-Tulipe. Tournage sous peu. Elle est aux anges.

— Il m'a trouvée super dans le Brachol.

Je reconnais le droit à l'erreur.

— Bravo, et ça se passera où ?

— Un château dans les Cévennes.

L'Espagne n'est pas si loin.

— Tu vas jouer les châtelaines ?

— Non, la bergère.

— Tu connais le scénariste ?

— De nom, c'est un nouveau, un jeune. Il a déjà fait *La Baston*, on en a beaucoup parlé. Il veut placer l'action à la Libération, tu vois, ce sera plus dramatique.

Je n'en doute pas. Bergère, donc. Je me verrais bien en brebis galeuse. On ne te demande rien.

Tout arrive tu vois. Merci petit Jésus, sincèrement. Plus elle sera prise, plus je serai libre. Et même, si elle décollait vraiment... Ne rêvons pas, elle est lestée. Je la complimente. Faut fêter ça. Une minute. Je demande :

— C'est sûr, au moins ?

Oui, Marchand lui enverra un projet de contrat sous peu. Parfait. Un restaurant, elle est partante ? Elle préférerait une toile d'abord, la nouvelle l'a... Elle ne trouve pas ses mots. Gavée ? Chut ! Le dernier Woody Allen, ça lui dit ? Oui. Un whisky pour la route et nous y allons.

Ah, une minute, elle doit donner quelques coups de fil. Normal, le tam-tam. Il lui faut répercuter la grande nouvelle. Les copines doivent savoir. Il va y avoir de la jaunisse dans les chaumières. C'est la guerre. Je sirote. La séance continue.

C'est réglé, ma ferme est vendue à des Hollandais. Ma foi, je les ai vus. De braves Bataves, ahuris devant les plissements saugrenus de nos préalpes. Lui est immense, maigre, il a tout de l'éolienne sans pales. Sa Gertrud pèse son poids de bonne viande frisonne, et ils ont deux rejetons aux cheveux blancs à force d'être blonds. Tout ça nous renouvellera le cheptel, crois-tu ? J'en doute, je ne leur donne pas six mois. Le coin manque foutrement de tulipes.

Courtoisement, je les ai présentés au voisinage, au maire. Mes acquéreurs parlent anglais, monsieur Raoul touche sa bille en provençal. Ils ont pataugé un moment. Il fallait conclure, pas vrai. J'ai dit : « La terre, gross malheur... » Mon tic préféré.

Succès limité. Ensuite, avec tout ce joli monde, nous avons pris le pastis au bar, sous les platanes. Un joli début d'été, ma foi. Le soleil jouait à travers les jeunes feuilles. Gertrud, ravie, a dégrafé le haut de son corsage, à demi renversée sur son fauteuil. C'était beau comme du Rubens, avec une touche de Rousseau. Yop, enfin, un prénom dans ces eaux, éclusait sa bière. Pas terrible, d'après sa mimique.

En verve, monsieur Raoul. Il nous a expliqué les avantages d'avoir des néo-ruraux dans sa commune. Et que ça te rénove, et que ça investit, et que ça te dope les impôts

304

locaux, une bénédiction. Il parlait surtout pour la fille de l'agence. Elle écoutait poliment. Elle s'en contrebalance, elle vit en ville. La Hollande discutait entre elle. Drôle de langue, émaillée de gutturales. Rien à voir avec le viêtnamien, mais bon, chacun fait avec ce qu'il a. Monsieur Raoul s'est levé, nous a salués.

— Monsieur Mauclair, j'espère que nous nous reverrons.

— J'y compte. Je suis souvent chez Jeanne, votre administrée.

— Je sais. Brave fille. Il en faudrait beaucoup comme elle. Sur ce, bonnes gens, portez-vous bien. Le devoir m'appelle.

Sa mairie est à deux pas, la rue à traverser. La Hollande s'imprégnait de la douceur du temps. L'employée immobilière s'est rabattue sur moi. Scandalisée, la mignonne. Selon elle, je n'avais pas joué le jeu, il ne fallait pas accepter la première offre. La chose allait sans dire. Donc elle la disait.

— Vous pouviez en tirer largement plus.

*Ach*, l'esprit mercantile... J'ai rétorqué :

— Jeune dame, vous connaissez le prix des choses, pas leur valeur.

Et chtok ! Elle a protesté :

— Vous racontez n'importe quoi. La valeur se mesure en argent, évidemment.

— L'argent tue l'argent.

Elle me fixe, interloquée. J'enfonce le clou :

— Et l'esprit vivifie. Vous me suivez ?

— Pas vraiment.

Je conçois. Tout ça n'a pas grand-chose à voir avec le structuralisme. Larguée, elle disparaît, avec sa clientèle, pour je ne sais quelles ultimes formalités. Je leur ai souhaité tout le bonheur possible. Ils vont se tartir. Je leur donne un hiver, bon poids, et ils revendront avec bénéfice, pour se rapprocher de la Côte. Une migration s'effectue généralement par étapes.

En attendant, ils m'ont laissé les consommations. Ben voyons... J'allais lui montrer, à la mercenaire, comment on se débrouille avec l'argent. J'ai fait signe au tenancier :

— Choi, tu mets tout sur le compte de la mairie. Monsieur Raoul est d'accord.

Pas plus compliqué. Je me rapatrie sur Aix. Un poil avant Manosque, ma Twingo fait des siennes, le moteur broute, s'étouffe. Panne sèche ? Un coup d'œil au voyant. Correct. Alors, un souffle au cœur ? C'est que je ne la ménage pas, Trottinette. Je conduis en pensant à autre chose, je n'en suis pas à une vitesse près, je démarre en seconde. Il m'arrive de ne pas débrayer à fond, elle grince des dents. La vie est trop courte pour se noyer dans du détail mécanique.

Parfait. Je passe au point mort, Twingo ralentit, je commence à serrer le bord. Bruit de freins, coup de klaxon. Un abruti qui me suivait déboîte en cata. Au passage, il me gratifie d'un doigt d'honneur. Il le paiera. Tous les gens qui me portent tort ne tardent pas à le regretter, je l'ai constaté à maintes reprises.

Fausse alerte, le moteur repart du bon pied. Sans doute une saleté dans le gicleur. Nous arrivons à bon port. Un message m'attend, sur répondeur. Mon concessionnaire me signale que mes 4 × 4 sont parés à naviguer. Parfait.

Problème, comment conduire deux engins, seul. Solution, j'appelle Jean-Luc. Jeanne m'a vanté sa... Un truc en ité. Sociabilité ? Faisabilité ? Non... Servia, voilà. Serviabilité. Il est là :

— Salut, digne fils de la glèbe.

— Vous alors, vous changez pas.

— Et comment va madame Berthe ?

— Maman ? Elle se plaint, elle fatigue, elle dit. C'est pas d'elle.

— A-t-elle vu un docteur ?

— Vouais, il lui a prescrit des fortifiants. Ils se cassent pas la tête, les toubibs. Enfin, c'est comme ça. Vous m'appelez pourquoi ?

— Pour un service. Peux-tu venir à Aix en car ?

— Pourquoi en car ? J'ai plus vite fait en voiture.

— Pour remonter un 4 × 4.

— Pourquoi vous le remontez pas vous ?

La vraie boîte à musique, ce jeune homme.

— Parce qu'il y en a deux.

— Deux 4 × 4 ! Pour quoi faire ? Un c'est déjà pas mal.

— Pour Jeanne.

— Mais pourquoi deux ? Je comprends toujours pas.

Djeezeus ! Entre celle de l'agence et lui, je suis servi. Ces gens manquent d'un grain de folie. Il lui faut vraiment une raison ?

— C'est simple, Jean-Luc, un pour les jours pairs, un pour les jours impairs, c'est logique. Plus de questions ?

Non. S'il doutait encore de ma fraîcheur mentale, le voilà fixé. Je suis cinglé, j'assume. Il faut. À partir de là, vous pouvez tout vous permettre, au moins verbalement.

Jean-Luc se déplace, nous montons les véhicules. Soufflée, Jeanne. Elle n'en revient pas. Jean-Luc ergote encore :

— Dites, ils sont neufs. Fallait les prendre d'occasion. Là, vous perdez 30 % de leur valeur rien que la première année. Vous le savez ?

À désespérer. Manque de folie, je maintiens. Que dire ? J'ai recours aux classiques :

— Sur le sein de l'épouse il écrase l'époux...
Ébaubi, le Jean-Luc :
— Pardon ?
— Pas de pardon, c'est du théâtre classique. Encore un coup, seigneur, partons en diligence... La scène se joue en plein air, sur fond d'engins étincelants. Le camp du Drap d'or, en quelque sorte. Jeanne, muette, sécateur en main. Jean-Luc hérissé comme un jeune coq. Moi, placide, comme un abri-bus. Jeanne met le holà. Ça suffit, elle dit. Je vous fais l'omelette ? Va pour. Elle a raison, on ne se chamaille pas la bouche pleine. Délicieuse, son omelette, lardons pommes de terre. Rosé par-dessus. Je savoure. Jean-Luc n'en finit pas de ruminer. Cette fois, il s'en prend aux bois de Jeanne, il les cube. Il pense qu'elle se débrouille mal. Curieux cette manie de tout vouloir convertir en argent. Jeanne ne bronche pas, elle digère ses 4 × 4. Enfin, elle essaie, gros morceau.

Moi, impeccable, je suis lessivé ou tout comme, et Guste n'a pas encore encaissé son chèque. J'attends le résultat. Et s'il t'arnaquait ? Ce ne serait pas sportif. Je ne pense pas, c'est le brave garçon, dévoué, tout ça. Il ne demande qu'à rendre service, contre rétribution, c'est légitime. Ça ne devrait plus tarder.

J'ai fait ce que j'ai pu. Jean-Luc m'interpelle :
— Toujours vous souriez. À quoi vous pensez, dites un peu voir.
— À l'ours.
— L'ours, ils le lâchent dans les Pyrénées, laissez-le où il est. On a de quoi faire avec les loups.

C'est reparti. Jeanne est pro-loup, comme de juste. Jean-Luc férocement contre. Des arguments usés voltigent. Je ne compte même pas les points, seul le silence est grand, et Jean-Luc décroche. Le travail, il dit. Jeanne le redescend. Je reste. Va falloir roder les merveilles.

Quelque chose cloche, Jean-Luc me paraît bizarre. Jusque-là il faisait petit garçon, toujours d'accord. Là, il se rebiffe, il joue les jeunes mâles. Normal, la saison qui veut ça, l'afflux hormonal. J'entends bien, mais il a quelque chose d'agressif à mon égard, comme si... Tu t'égares, nous ne sommes pas en compétition. Où serait l'engin... L'enjeu, tu veux dire. C'est simple, mes dépenses somptuaires le défrisent. De l'argent, du bon argent foutu en l'air, un scandale à ses yeux. Si encore c'était pour acheter du matériel agricole superflu, à la bonne heure. Tu as vu les mécaniques qu'ils se paient, tes paysans ? À crédit, coco, à crédit. Après, ils n'en finissent pas de cravacher pour tenter de colmater la brèche. Le Crédit Agricole les tient par le kiki, bien serré. Ils sont en sursis, ils le savent. Sans leurs quotas, ils auraient disparu depuis un tas de lurettes. Ça les regarde. J'attends Jeanne. J'attends un signal de Guste. J'attends.

S'il s'agit encore d'un retard pour les langoustines, ils vont m'entendre !

— « Le Lotus des Cardeurs », j'écoute.

— Ah, Guste, enfin ! Ravi de pouvoir te joindre. Ton copain Marchand à l'appareil. J'ai eu ton numéro par les renseignements. C'est quoi ce racket de lotus ? Tu fais dans les fleurs ou tu me concurrences ? Tu viens de monter un salon de massage, petit canaillou ? Ce qu'il peut être drôle quand il s'y met, le Jean-Loup !

— Presque. J'y pense. Je m'occupe des glandes salivaires, pour le moment. Et toi, toujours dans ta charcuterie soft ?

— Soft qui peut, oui. Toujours. Voilà, c'est fait. Ça fera même huit jours demain. J'ai prévenu ta vedette que nous allions tourner la scène légère. Je l'attendais donc en forme et en string pour le lundi suivant, à savoir avant-hier.

— Alors ?

— Elle a fait gloup ! Elle m'a dit qu'elle y serait, juste un détail à régler. Elle n'a pas précisé. Elle s'est présentée à mon bureau comme convenu, un peu pâle il m'a semblé, et plate comme un projet social.

— Alors alors ?

310

— J'y viens, t'excite pas. Je lui ai dit que j'étais moult navré, mais que notre bailleur de fonds ne suivait plus. Ce n'était que partie remise. Je comptais toujours sur elle, dans un avenir forcément proche, tagada.

— Elle l'a pris comment ?

— Elle, dans les gencives, et moi sur la tronche, un cendrier. En plastique, heureusement, sinon je ne serais pas là. Elle m'explosait le portrait. Ou alors je t'appelais des urgences. Ça, elle a des réflexes, je reconnais. Du souffle, aussi, elle m'a insulté, elle aurait fait rougir un âne calabrais. Enfin, elle a filé, je n'en menais pas large. Je les retiens, tes combines !

— Jean-Loup, tu es le meilleur, et je pèse mes mots.

— Je veux. J'imagine que ta reconnaissance ira jusqu'à faire un geste.

— J'allais te le proposer. Je t'invite où tu veux, quand tu veux, le Mac Do de ton choix.

— Salopard ! Nous verrons ça. Dès que j'ai un moment libre, je te fais signe. Allez, bye.

— Et merci pour tout.

Ouf, c'est bouclé. Attends, demain, cela fera un mois, recta. Je vais pouvoir encaisser ce foutu chèque. Dis donc, du cousu-main, le vrai conte de fées. Enfin, pas pour tout le monde. Tu vois, les situations, on s'en fait toujours des montagnes, alors qu'il suffit de vouloir. Je veux ! Il ne me reste plus qu'à prévenir mon client. Remarque, il est peut-être déjà au courant.

Voilà, le terrain est dégagé. Pas d'imprévus, tout baigne. Que veux-tu, quand on a un cerveau à la hauteur... Sympa, le Jean-Loup, je l'inviterai au « Lotus ». Qui sait, il pourrait nous amener de la clientèle, faut toujours penser aux retombées. Gouverner, c'est prévoir.

N'empêche, je me marre. Je vois d'ici sa tête face à notre tigresse. C'est quelqu'un, la Léa. Si elle avait eu un flingue sous la main, je parie qu'elle le plombait. Ça lui aurait fait la super pub, il n'en faut pas plus. Parfait. Pour l'heure, je suis dans notre bureau, au premier. J'épluche les comptes. L'endroit empeste le nuoc-mam comme pas permis. Nous manquons d'espace, maman colle des cartons dans tous les coins. Un flacon a dû se casser, je te dis pas... Je descends la prévenir. Toujours impeccable, Mère, de haut en bas. Elle prépare des seiches, elle les aligne, les calibre, les farcit. Du travail de précision, elle pourrait s'y coller yeux fermés. Si je veux du thé ? Merci, pas maintenant.

— Man, c'est fait, nous avons l'argent. Tu vas pouvoir payer.

— C'est bien mon petit.

Elle me tue. La voilà contente, sans plus. Pas surprise pour deux ronds. Je suis son fils, donc elle compte sur moi, suffit de demander. Au « Lotus », les affaires marchent mieux que prévu. Bonne qualité, prix doux, il n'en faut pas plus. Du coup, papa ne suffit plus à la demande. Il reste en réserve pour les tâches subalternes et les courses dernière minute. Man vient d'embaucher Anne, une Eurasienne mignonne, bien roulée. La charmante s'était lancée dans des études de sociologie. Le bon choix si on tient à rester sur la touche. Et donc, elle a compris, fini les études, et au turf.

Maman l'a engagée au feeling. Elle a bien fait. Question cuisine, Anne apprend vite. Et question service, elle en jette, en costume viêt, pantalon de satin noir flottant et longue tunique blanche. On n'attire pas les mouches avec des cornichons. La ravissante nous ratisse une clientèle mâle, jeune et moins jeune. Elle vaut le coup d'œil, les amateurs deviennent des abonnés. La libido, encore elle. Et elle sait nager, cette petite, elle tient ses groupies à distance, drivée par maman. Elles s'entendent comme deux cochons noirs sous une paillote.

Oui, et je devine la suite. Mère se verrait volontiers grand-mère. J'ai mon rôle dans la partition. La flûte. Il ne tient qu'à moi. La barbe à la fin, la fille, soit, les menottes, non. J'ai tout fait pour m'en sortir. À la fin de la saison, je compte bien dégager, enfin quoi ! Puis Mère n'a plus besoin de mes services. Son « Lotus » vaudra dix fois notre ancien restaurant, basta ! J'ai l'impression d'être la future victime d'une cérémonie aztèque, allongé sur la planche à découper, comme une seiche. Mère est prête à m'arracher les tripes, pour la bonne marche des affaires. D'accord, j'exagère un peu, mais je ne marcherai pas dans sa combine. Il y a des limites. Ce restaurant me mangerait si je me laissais faire.

Il reste un os dans le hachis. Mère n'est pas tout à fait seule aux commandes. Reste à éjecter définitivement le co-gérant, il détient la moitié des parts. Il marchera, il n'a qu'une envie, se gorger de corrida dans sa bonne ville de Nîmes. Il souhaite monter une gargote taurine à deux pas des arènes. Maman et lui ont pris langue. Au cazou elle souhaite racheter sa part, ce brave réclame 500 000 euros, dernier carat. Devinez qui doit trouver la somme ?

Pour marcher, je marche, toujours cette vieille culpa-bilité sans raisons. L'ennui, c'est que je vois mal qui plumer cette fois. Vieux-Monsieur, c'était du nanan. Je doublais la mise, il marchait, à croire que ça lui faisait plaisir. Je ne vais tout de même pas demander une rallonge...

La barbe. Maman ferait mieux d'exploiter les charmes d'Anne. Après tout, elle a le local, les clients... Il suffirait de proposer une gâterie, au dessert. C'est ça, propose toujours. Qui sait comment Mère le prendrait ? Elle refuserait, je veux bien l'espérer, mais sait-on jamais.

Les affaires sont les affaires, tout se vend. Je préfère ne pas savoir. Et tu sais quoi ? Tu vas me le dire. Voilà, la soupe chinoise, ras le bol. À un moment, l'agence comptait m'envoyer au Viêt-Nam. Ça ne s'est pas fait, pas rentable, les dépêches de l'AFP suffisaient. J'avais même proposé à Léa de... Passons. L'idée me trotte encore dans la tête. J'aimerais y aller, au Viêt-Nam, pour moi. Voir ce qu'il reste avant que tout disparaisse. Ces petits dragons ont un drôle d'appétit, ils finiront par se cannibaliser à force. La Chine croule sous la pollution. Le pays de mes ancêtres suit la pente.

Y aller, avec qui ? Anne ? Pas question, ce serait considéré comme un voyage de pré-noces. Alors maman ? Pourquoi pas ? Elle connaît, elle pourrait estimer les dégâts, comme dans les pubs Avant-Après. Elle mettrait ses pas dans de vieilles empreintes. Elle me montrerait ce qui reste de sa jeunesse, ce que je n'ai pas vécu. Ce qui me manque.

C'est une idée. Attends, tu parles de t'en sortir ? Tu me chantes quel air ? Ça va pas ! Tire-toi, file aux Kerguelen, au Bostwana, où tu voudras, mais liquide tes ancêtres une fois pour toutes, avant qu'ils finissent de te bouffer. Doc lap !

Tu as raison. Nous verrons plus tard. Je préviens Vieux-Monsieur. Lui, au moins, c'est réglé. Moi ? Je me pose la question.

Nous y sommes enfin, ce n'est pas malheureux ! L'air est tiède, le ciel légèrement voilé. Le soleil joue les cachets d'aspirine, il finira par percer. Le forsythia, celui le plus à l'abri du mistral, éclate, jaune comme une explosion de poussins. Les jonquilles sortent en nombre, cette fois. Les tulipes vont suivre. L'hiver a eu du mal à desserrer ses mâchoires. Enfin le printemps, pour de bon, et Mère ne le verra pas. C'est le premier qu'elle rate, du plus loin que je me souvienne. D'ailleurs, comment aurait-elle pu en rater ?

Tu as vu le seringa ? Ses baguettes de tambour sont tapissées de feuilles. Les bourgeons des chênes éclatent, ceux des érables aussi. Le champ du dessous a l'air tapissé de velours vert. La terre respire, et je suis encore ahurie.

Rien à voir avec la saison. Je croyais avoir pas mal encaissé, à force d'en voir. Je sais, je vis à l'écart, ce qui limite les dégâts. Je voyais mal ce qui pouvait arriver d'imprévu. Je me trompais.

Mardi, je vérifie le niveau de la citerne de gaz. Je me chauffe au bois, mais le gaz, il m'en faut pour la douche, la vaisselle, le linge. Pour Mère, pas question d'une machine à laver, du moment que de son temps ça n'existait pas. Du coup, je continue, cuvette et poudre. Génie ne m'a pas tellement changé la vie.

315

Bref, je soulève le capot. Je tombe sur le nid de guêpes habituel. Ces bestioles ont la manie de se fourrer là. Je les vire, je vérifie, la flèche approche du rouge. Il va m'en falloir, et j'entends un bruit de moteur. Je tends l'oreille. Connais pas. Les engins du coin, à force, je les situe. Là, ils sont deux. Qui ça peut bien être ? Les gendarmes, les Jéhovas, des mormons ? Des chasseurs, non, la chasse est fermée. Je rabats le couvercle, je surveille mon chemin. Deux 4 × 4 débouchent du virage, un rouge vif, un bleu, plus petit, étincelants comme des jouets neufs. Ah bon... De la visite ? Je ne vois pas. Il n'y a pas de raisons. Alors, des promeneurs ? Ça arrive. Le sens interdit, à l'entrée du chemin, ne dissuade personne.

Je les attends de pied ferme, devant le bûcher. Et les voilà. Le rouge pile à deux mètres, et qui donc descend ? Mon vieil ami. Le bleu se gare à côté, Jean-Luc débarque. Vieux-Monsieur rayonne. Il me lance :

— Alors, la Jeanne, on ne salue plus ?

— C'est quoi ce cirque ? On vous paie pour brûler du carburant ou pour faire de la réclame ?

— Femme, tu es dans l'erreur. Ce n'est pas un cirque, c'est un cadeau.

Je saisis mal :

— Où ça ?

— Sous tes yeux.

Je m'adresse à Jean-Luc. Lui ne rit pas.

— Dis-moi, qu'est-ce qu'il raconte ?

Il écarte les deux bras :

— S'il te dit que c'est un cadeau, c'est un cadeau, prends-le comme tu veux.

Vieux-Monsieur s'impatiente à présent :

— Tu ne comprends pas ? C'est pourtant simple, tu en as besoin, alors voilà.

Il est fou. Je proteste :

316

— Tu es malade. En quel honneur ?

— Tu le demandes ? En l'honneur de ton chemin pourri. Il y a longtemps que je voulais te les offrir.

— Mais pourquoi deux ?

— Pour que tu aies le choix. Mettons, un matin, tu te sens d'attaque, tu prends le rouge. Tu l'es moins, le bleu, ou le contraire. À toi de voir.

Je ne sais que dire. Je me défends quand même :

— Mais enfin, ce n'est pas possible, je ne peux pas, c'est...

Il me coupe :

— Ah, ça suffit maintenant. Sois simple. Accepte et tais-toi. Offre-nous à boire, tu me donnes soif. Pas vrai Jean-Luc ?

Il est d'accord. Je dis :

— Attends, laisse-moi les regarder.

Je m'approche du rouge. Jamais vu une pareille splendeur. Je caresse le capot encore tiède. Je l'apprivoise. On dirait qu'il se retient, qu'il va bondir. On sent sa force. J'ouvre la portière, je m'installe dans une odeur de neuf, cuir et métal. Ce n'est pas possible. Mes yeux se mouillent. Je m'essuie. Je dis :

— C'est trop beau, je ne pourrai jamais. Si je m'en sers, je vais l'abîmer.

Jean-Luc ricane :

— Et après ? Il t'en paiera un autre.

Je l'ignore. Une chance, je ne suis pas cardiaque. Je dis :

— Je garde l'autre pour plus tard. Allez, venez, installez-vous.

Nous regagnons la terrasse. Je me pince, on ne sait jamais. Des fois, vous faites des rêves plus réels que la réalité, en couleurs et en relief. Et les odeurs ? Tiens, c'est vrai. Je n'ai jamais remarqué.

Je me pince encore un coup. Je ne rêve pas. Je nous sers. Un en-cas maison, pastis, rosé, saucisse sèche, olives. Du jambon aussi. Je garde toujours de quoi, on ne sait jamais. La preuve. Je demande :

— Vous restez manger ?

Vieux-Monsieur est d'accord. Jean-Luc, non, bien entendu. Le travail, pour changer.

Je le contre :

— Quel travail ? Ne me raconte pas que tu coupes encore du bois avec ce temps.

— Je pourrais, il en faut d'avance. Et si ça vous intéresse tant que ça, en ce moment je passe le rouleau.

Vieux-Monsieur le chambre :

— Pour les trous des lapins ou pour les coccinelles ?

Il hausse les épaules :

— Taisez-vous, vous n'y connaissez rien. Pour les mottes, je les brise avant de semer.

— Ça, question de les briser... File, malheureux. Laisse-moi seul avec ma collègue, qu'on puisse dire du mal de toi tranquille.

Il dégage. Un marrant, Jean-Luc. À condition de bien chercher. Passons aux choses sérieuses. Je propose :

— Une omelette, ça te dit ?

— Avec, une salade, un truc léger, ça ira. Alors, tu es contente ma grande ?

— Tu le demandes ! C'est le gros morceau, avoue. Laisse-moi le temps de m'y faire. Tu ne veux pas en garder un pour toi, tu es sûr ?

— Absolument. Sois pas égoïste, pense un peu aux autres. Au village, un tout-terrain, ils auront du mal. Mais deux, ils vont plus savoir où ils en sont. Ils vont disjoncter, promis.

— Tu es cinglé. c'est pour ça que tu m'offres la paire ?

— Mais non. Un cadeau, si c'est pas quelque chose de plus qu'un cadeau, alors ce n'est pas un cadeau. Tu saisis ? Il faut reculer la limite. Si je pouvais, je t'offrirais une île, voilà.

— Avec un volcan ? Et pourquoi pas un archipel ?

— Merveilleux, j'aurais dû y penser. Les Malouines ou les Fidji. Tu en dis quoi ?

— Toujours pareil, que tu es cinglé.

— J'y compte. Ça ira comme ça. Tu demanderas à ton Jean-Luc de t'expliquer comment ça fonctionne. Parlons d'autre chose. Rien de neuf ?

— Pour Jean, tu veux dire ? Non, rien. Aucune nouvelle.

— Eh bien moi si. J'en ai de toutes fraîches.

Mon cœur dérape. Il attend, il me regarde, l'air content de lui. Je ne bronche pas. Qu'il se décide. Il me relance :

— Alors, Jeanne, tu ne veux pas savoir ?

— Arrête de jouer aux devinettes. Sors ce que tu as à dire, ou alors garde-le.

— C'est vrai qu'on t'appelait Sœur Sourire, à une époque ? Bon, voilà. Notre Léa vient de retrouver sa taille de jeune fille.

Ça ! La chute libre ! C'est pas vrai !

— Non ! D'où tu le sors ?

— De Guste, et pas plus tard qu'hier.

— Mais pourquoi ?

— Il m'a juste donné le résultat des courses. Mais la chose n'a rien de rare, bonne Mère, de nos jours, une femme sur deux avorte, et l'autre regrette de ne pas l'avoir fait. On devrait revoir notre ami commun dans pas long-temps, vous pourrez vous balader, chacun dans votre 4 × 4. Tu vois que j'ai bien fait d'en prévoir deux. Et si on finis-sait de manger ? Tes émotions, ça me creuse.

Quel pitre ! Nous passons à la cuisine. Il prépare la salade. J'ouvre une terrine. Tu te rends compte ! C'est fini ! Ce que ça m'a paru long ! Encore plus long que cet hiver à n'en plus finir. Je revis.

Doucement, pour toi le cauchemar s'éloigne. Mais Jean ? Ce gosse, c'était quand même son petit, et il devait y tenir. Vieux-Monsieur a beau dire, ça ne se jette pas comme un kleenex. Ou alors si. La décision vient de qui ? De lui, je ne pense pas. D'elle, probable. Un bébé l'aurait gênée.

C'est prêt. Vieux-Monsieur dévore. Pas moi, je suis nouée. Une bonne nouvelle, pas si sûr. Avec Jean, comment savoir ? Je fais semblant de picorer. Jean... Il est peut-être assommé. Si seulement je pouvais savoir...

Mon camarade soupire d'aise. Renversé dans son fauteuil, il ferme les yeux. Je demande :

— Autre chose ? Du fromage ? Il me reste du chèvre.

— Non, c'est parfait.

— Un café ?

— Rien ne presse. Si j'avais su, je portais le champagne. Deux bouteilles.

— Encore deux !

— Ben oui, on en cassait une sur chaque véhicule. J'en portais trois, une pour nous. De Dieu ce qu'on est bien ! L'église se trompe, le paradis, c'est ici, parole d'enfant de chœur. Pas possible autrement. Je vais l'écrire à Seize Soupapes.

— À qui ?

— Au pape. Il papa Benoît, Seize de son matricule.

— Tu tiens la forme, je vois.

— Crois-tu ? Une bonne sieste ne serait pas de refus. J'ai dû picoler. Enfin, tu vois.

— Tu es chez toi, tu t'installes. Je te réveille à quelle heure ?

— Femme, je m'en charge.

Il se lève, me salue de la main, et s'éloigne d'une démarche pâteuse. Enfin seule. Pas tout à fait. Ces 4 × 4, je sens leur présence à distance, comme un rayonnement. Tu me crois ? Sans hésiter, un phénomène magnétique. Je vais les voir. On doit trouver un mode d'emploi dans la boîte à gants. C'est cette pauvre Manon qui va être jalouse.

Je flotte sur mon petit nuage. Le monde est neuf, et moi jeune. Et ces engins… Voyons. J'essaie le petit, le bleu, comme si c'était une voiture normale. Il marche. On se trouve quand même drôlement plus haut. Ça donne une impression de puissance. À part ça, une suspension de fer à repasser.

Un détail, et de taille. Je n'ai qu'une place, dans mon garage. Je fais quoi, je vire vieille Manon, place aux jeunes ? Je reconnais, c'est pas sympa. Mettons, je gare le rouge, et les autres ? Il est marrant, mon copain, il aurait pu me fournir les garages avec.

Tu vois les deux chênes, au mitan de la dernière grimpette ? Ils font pas mal d'ombre. Si tu aplanis le terrain, en élargissant un peu, tu dois pouvoir les caser, du moins pendant le gros de la chaleur. Après, l'ombre vient assez vite. Et l'hiver ? Il est loin. D'ici là, nous verrons.

Tu les appelles comment, tes monstres ? Ah c'est vrai. Un gros, un petit… Laurel et Hardy ? Bof… Plutôt Zig et Puce. Zig le rouge, Puce le bleu.

Vieux-Monsieur ne sieste pas longtemps. Je lui parle de mon idée, pour garer. Pas d'accord, du bricolage, il dit. Il me conseille de faire venir une entreprise :

— Ils te torcheront un garage potable en rien de temps. Si tu veux, je t'en trouve une.

— Laisse-moi d'abord calculer où le mettre.

— Tu as toute la place du monde.

— Peut-être, mais je ne veux pas défigurer l'endroit.

— À toi de voir.

Il ne s'attarde pas. Il part avec un drôle d'air, je trouve. Déçu ? Je n'ai pas assez manifesté mon ravissement ? Je me vois mal faire la danse des sept voiles, quelle idée ! Ma foi, ça lui passera, ou alors je me trompe.

Après son départ, je me liquéfie. Je me sens perdue. Faudra que je m'y fasse. Le lendemain, je me traîne toute la matinée comme un pantin, ficelles coupées. Une marionnette. Drôle de nom. Je retombe. Qui te dit que Jean va revenir ? Qu'il a largué sa méduse ? Qu'il ne va pas s'amouracher d'une autre ? Ton Jean, tu ne le connais pas. Tu te raccroches à une image ancienne, pauvre bécasse. Réveille-toi.

Peut-être. Épargne-moi, on ne tire pas sur les ambulances. Que tu crois. Laisse-moi regarder les dernières mésanges. Elles se font rares. Les tarins sont partis. Quelques chardonnerets s'attardent encore. Fini pour la saison. Et tiens, je pleure. C'est fou ce que je ne suis pas malheureuse ! Oh assez !

Tracteur en approche. Il est quelle heure ? Bientôt midi et je n'ai encore rien fait, c'est du joli. Bon, tu as de la visite. Sans doute Jean-Luc, pour une leçon de $4 \times 4$.

C'est toi qui parlais de surprise ? Tu n'avais rien vu, ma pauvre... Je vais à sa rencontre. Entre son monstre et mon écurie, c'est l'invasion, n'en jetez plus. Il descend :

— Jeanne, salut. J'y pense, il va te falloir le vrai garage, maintenant, on dirait.

— Ne m'en parle pas, je ne sais pas où les mettre.

— J'ai de la place, sous le hangar, si ça t'arrange.

— Ah, c'est vrai. On verra. Et ta mère ?

— Elle vieillit, Berthe, elle veut pas que ce soit le dit.

Il lui vient des absences. Ce matin, elle a oublié de distribuer l'herbe aux lapins, c'est pas d'elle. Et pas question d'aller consulter. Elle prétend que ça va passer. Ouais. Si c'était que ça...

— Quoi d'autre ?

— Tout. On se casse le cul à faire du lavandin. Total, l'extrait se vend plus. Je me coltine trois années sur les bras. Et avec la sécheresse, le tournesol, l'an passé, tintin.

— Je vois. Comment tu vas te débrouiller ?

— Il y a bien une solution, mais ça dépend pas que de moi. Si on...

Il hésite. Je le relance :

— Si on...

— Voilà, toi et moi...

Tout sort en vrac. On pourrait se mettre ensemble, le mariage, le Pacs, ce que je préfère. Parce qu'avec ses terres et mes bois, on serait les rois. Il me rassure, on serait pas obligés de... Un mariage en blanc ? Un mariage blanc.

Seigneur, j'aurai tout entendu. Non, encore une couche. Mon domaine cube quatre-vingts hectares, de quoi faire une belle réserve de chasse. Rien que ça, ça vaut pas mal. Me voilà belle vue de dot, si j'ose. J'hésite, je ris ou je crie ? Je dis, posément :

— Enfin, Jean-Luc, je pourrais être ta mère.

— Et alors ? Tu parais pas ton âge. Puis les cheveux, ça se teint.

— Parce que mon âge, tu le connais ?

— Sûr. Je l'ai vu à la mairie.

Parfait. On se renseigne sur l'animal avant de lancer l'OPA. Il insiste :

— Et puis tu pourrais rester chez toi, rien nous force à... Comment on dit ?

— Cohabiter.

— C'est ça. Tu vois, ça te changerait pas des masses.

L'extase en effet. Il couperait mes bois, négligerait mes charmes. Des chasseurs traqueraient mon renard.

Retour au Moyen Âge, Jean-Luc en suzerain et moi sa vassale, ou son vavasseur. Je rêve... Il dit :

— Te crois pas obligée de répondre de suite, bien sûr.

Monsieur est trop bon. Je souris. J'argumente :

— Jean-Luc, je te remercie d'avoir pensé à moi, mais on ne fait pas une fortune avec deux misères. Tu es d'accord ? Il te faut de l'argent frais. Pourquoi ne t'intéresses-tu pas à la fille de la bouchère ?

Elle, c'est le sac, garni, garanti, vu qu'elle est fille unique. Mon prétendant y a pensé :

— Pourquoi ? Parce que ses vieux me colleraient à la boucherie. Tu me vois faire des saucisses ?

Sur un tracteur, difficile. Ne le vexons pas :

— Écoute, on peut toujours s'arranger pour cette histoire de bois. Fais-moi tes propositions, on en discute, le reste tu l'oublies. D'accord ?

D'accord. Il a l'air soulagé. Le service après vente devait lui tirer souci, je le conçois. Et moi donc ! J'en frissonne. Changement de décor. Il s'inquiète :

— Les 4 × 4, tu t'en sors ? Tu veux que je te montre, j'ai un moment.

J'ai mon compte pour aujourd'hui. Je remercie :

— Une autre fois.

— OK, je me sauve. On en reparle, pas vrai ?

— Tout à fait. Mes amitiés à ta mère.

Je vois sa tête si j'avais dit oui ! Mon soupirant s'éclipse. Je saute sur le téléphone, j'appelle Vieux-Monsieur. Il est là :

— Allô, oui ?

— Écoute, mais assieds-toi d'abord.

— Jeanne ? tu as trouvé des truffes ou quoi ?

— Pis. Écoute.

Je lui raconte la dernière. Il me félicite :

— J'ai toujours su que chez les paysans on trouve encore le sens des vraies valeurs.

— N'est-ce pas ? J'ai tout de même un doute, je me demande si je dois être flattée.

— Comment ça ?

— J'ai eu l'impression de jouer les Édith Piaf ou les Duras, tu vois, toutes ces vieilles peaux en fin de parcours, avec leurs pilleurs d'épaves.

— Qu'est-ce que tu vas chercher ? L'essentiel, c'est la demande.

— Et les motifs ?

— Arrête ou je me mets sur les rangs.

— Des menaces maintenant ? Bon, j'arrête. Tu sais quelque chose d'autre ?

— Pas encore. Je pensais que Jean me ferait signe, mais ne t'inquiète pas. Selon moi, c'est réglé.

— Tu as essayé Guste ?

— Lui, je l'ai eu. Tu ne devineras jamais, il voulait encore m'emprunter.

— Comment ça, encore ?

— Un lapsus. Comme le thé, tu sais. Lapsang, lapsus...

J'insiste :

— Pourquoi encore ? Il te demande de l'argent ?

— Il en cherche, pour ses parents, une affaire de restaurant. Je ne t'en ai pas parlé ? Mais je ne suis pas une banque.

— Toi, tu me caches quelque chose.

— Moi ? Le ciel n'est pas plus pur que le fond de mon cœur.

— Après tout, ce sont tes affaires, débrouille-toi avec ton Guste. Tu m'excuses, j'ai du gaz sur le feu. Une casserole, je veux dire.

— Ne t'excuse pas. Dis-toi que Jean est libre. Je t'embrasse.

Clac, il raccroche. Jean, libre... Admettons. Oui, et alors ? Rien, c'est trop tard, il n'y a plus d'échos. J'ai trop attendu. Je me sens sèche. Jean me fatigue, je n'en peux plus, assez avec cette obsession. Puis je ne suis pas seule, j'ai mes oiseaux, mes roses, Édouard passe. À présent, je le vois, les nuits de pleine lune. Il s'avance, comme une ombre. Il s'arrête, il écoute. Ses oreilles bougent. Il attend. Puis il s'approche, se penche sur l'assiette. Il mange, à petites bouchées, en levant la tête. Il s'arrête, écoute encore. Brave Édouard...

Tiens, le 4 × 4 rouge, je vais l'appeler Doudou. Et tu sais quoi ? Je vais acheter des cartes routières. Je baladerai, promis. Je vais faire les Alpes, les Cévennes, une cure de chapelles gothiques, romanes, toute la clique. Et puis la Lozère, des bois de châtaigniers à l'automne. Et puis le reste, je vais vivre, il est temps. Minute, et qui donnera leurs graines aux oiseaux, tête de linotte ?

J'en ai connu, des points de chute, ça oui. Tant et plus. Le métier qui veut ça. En général, je m'y fais vite, il s'agit juste d'un endroit où se poser, *nada mas*. Celui-là n'a rien de spécial. Spacieux, clair, j'ai connu pire. La grande différence, c'est que je le partagerai avec Diego. Vous grandirez ensemble ? En quelque sorte. Je ne sais pas vivre, je me suis toujours tenu à l'écart de tout. Mon fils m'apprendra, et en attendant, rose ou bleu ?

Une jeune femme me pose la question, une vestale de chez « Prénatal ». Je suis entré comme ça, histoire de voir. Je suis tombé sur ces couvertures en mohair, légères comme un souffle. J'en demande une.

Rose ou bleu. Quelle importance ? Pas d'accord, la fille. Le bleu, c'est pour les garçons. Normal, ils naissent dans les choux, et les filles dans les roses. Ah bon... Le rose, c'est fadasse, puis il y a les épines, elle y pense, aux épines ?

La vendeuse devient technique :

— Vous avez fait une échographie ?

— Moi ? Jamais !

Elle daigne sourire :

— Pas vous, votre dame.

Je crois, je ne sais pas. Le plus simple, le lui demander :

— Vous avez un téléphone ?
— Par ici.

Elle m'entraîne vers la caisse. L'appareil se trouve dans un renfoncement, sur une planchette. Je pianote. Ça sonne. Elle est peut-être absente… Je rentre d'un circuit, une foire aux bestiaux, en Normandie, plus un congrès agricole plus au sud, plus une super-brocante, à Amiens. Les objets, les chineurs, les regards. Correct. Surtout un gosse émerveillé devant un nounours, un monstre, plus grand que lui. On aurait juré Dany-le-rouge face à son mobile. Nous sommes tous des ours allemands. Ça devrait faire pleurer dans les pouponnières, un cliché pareil, parole.

— … Quatre… Cinq… L'est pas là. Si, l'est là.
— Oui ?

Sa voix blême des jours glauques. Allons bon. Je pose quand même la question :

— Rose ou bleu ?
— Noir.
— Attends, je te parle d'une couverture…
— Ce n'est plus la peine.
— Comment ça ?
— Ton bébé, ce sera pour une autre fois, point final.
— Tu veux dire… ?
— C'est réglé, papa, lâche-moi.

Je laisse tomber le combiné. Je me retrouve sur le trottoir, face à un réverbère. Je pile. D'un peu je lui virais un coup de tête. Il est là, évident, gris. La peinture s'écaille, comme la peau des platanes. Un autobus passe au ras du trottoir, je sens le souffle d'air. Tiens, le son revient. Je me secoue. Rose ou bleu, hein ?

On fait quoi ? Cette question, c'est reparti. Retour au magasin. La vendeuse a un mouvement de recul. Je lui souris, je dis :

— Scusez-moi, un malaise, mon palu... Pas grave.

Je désigne le téléphone :

— Je peux ?

— Mais bien sûr, allez-y.

Cette fois, j'appelle *Mary-Patch*, le people des familles. Je demande le service photo, je tombe sur Djo, un vieux de la vieille. Il a pas mal baroudé, fut un temps. À présent, il prend ses invalides en rewritant la salade des copains. Il fignole des maquettes d'avions de chasse à temps perdu. Chacun sa nostalgie. Je demande :

— Djo, l'Irak, vous avez quelqu'un ?

— Salut l'ancien. Non, personne, tu penses. Nos risque-tout ne dépassent pas la Jordanie pour le moment. On les comprend. Pourquoi, tu es partant ?

— Tu l'as dit.

— Bienvenue à bord. Quand tu veux. On te fournit même le gilet pare-balles.

— Pas la peine. Un billet, les visas, ça ira.

— Pas de problème, passe-nous ton passeport. Et j'y pense, otage, ça te dirait ? Si tu pouvais nous arranger le coup, on est preneurs.

— Tu plaisantes ?

— Du tout. Pense à la pub monstre que ça donne pour pas un rond.

— Tu oublies la rançon.

— C'est l'État qui banque.

— Si tu le dis... Bouge pas, j'arrive.

J'ai toujours mon passeport sur moi. Le plus simple, c'est d'y passer. Avec eux, ce sera vite bouclé. Puis *Mary-Patch*, l'enseigne en jette, la marque déposée, le Dalida des magazines.

Deux jours plus tard, c'est réglé. J'ai bouclé mon sac. Je suis à l'hôtel, le Royal Malek, tenu par des Tunisiens, près du Palais-Royal. Le patron regrette Bourguiba, le

Combattant Suprême. Normal, c'est de son âge. Ses fils achèvent leurs études. Une dynastie prend place. Tout ça nous grimpera plus tard sur les genoux.

Pas les miens. Cette fois, je voyage plus que léger. Quelques T-shirts, un coupe-vent. Comme appareil ? Un seul, mon vieux Canon des débuts. Lui, je l'avais eu à Hong-Kong. Il en a vu. Pas de pellicule, pas besoin. Paré ? Paré.

Je tiens la forme, tant mieux. En Irak, vu la saison, ni choux ni roses. Ni fleurs ni couronnes. Juste le désert et des dingues. La ligne de fracture à l'état pur, l'apocalypse made in USA, leur spécialité. Ils sont rodés.

Tu laisses un mot pour Léa ? Pour qui ? Ah oui... Non, son temps est précieux. Je ne suis plus dans la course. Que le meilleur gagne. Laisse-la rêver. Son rêve, je connais, elle m'en a parlé. Elle se verrait assez en Jackie Onassis. Le jour, elle recevrait des gens forcément intéressants, dans son île. Elle se baignerait nue, au crépuscule, au milieu d'un bataillon de paparazzis en planque...

Je prends mon appareil. Je le regarde. Balafré, le boîtier. Lui pourra resservir. Tout ça est con à pleurer, mon petit camarade. Rufus m'a donné les détails, tout se sait. Léa s'est embringuée dans cette histoire de film ni fait ni à faire. Elle a marché à fond, depuis qu'elle attendait. Un détail, il fallait qu'elle ait la ligne. Elle l'a eue. Pour rien, on l'a jetée. Banal. Ça fait partie du parcours de la combattante, non ?

Banal, donc.

Pas pour moi. Je le savais. Je voulais passer outre, ça ne pouvait pas marcher, je savais. J'ai refusé de l'admettre. J'ai foncé dans le mur les yeux ouverts... Je savais. La mort vient par la mère. Elle tue le père, d'abord. Tu essaies de vivre encore un moment. Tu vas t'en tirer, il n'y a pas de fatalité. La preuve, tu vas avoir un fils. C'est gagné. Perdu. La femme tue le fils. C'est réglé.

En place pour le dernier acte. L'avion décole dans trois heures, tu as juste le temps. J'ai commandé un taxi, pas de soucis. Tu vas savoir où en est ta fameuse balle.

Diego, tu me manques. À bientôt, fils. Allez, on y va. Assez joué, en piste, Charlot. C'est parti.

La paresse me gagne. Le matin, pardon. Une fois debout, ça va encore, mais pour me lever, il me faudrait un palan. Puis pour aller où ? La virée des familles jusqu'au « Happy », en passant par le kiosque à journaux ? Tu parles d'une épopée. J'ai tout mon temps.

En vrai, j'en ai de moins en moins. À force d'entasser les printemps, il me reste une pincée d'hivers. Vieillir est une erreur mortelle, la seule qui ne pardonne pas. Et pas moyen de se raccrocher aux branches, on achève de glisser le long du sablier. L'image s'inverse. La vie n'est plus devant soi, mais derrière, et question banalités, je me défends.

J'écoute. En bas, dans la rue, un bruit de pas grossit, mêlé à un échange de voix. Il s'éloigne. Tiens, je n'entends plus les pigeons roucouler connement. Ils sont partis, la mémé nous a quittés. Maison de retraite, Sicile, cimetière ? Je n'ai pas eu le programme. Un jeune couple a pris sa place. Une chance. Imagine, un rez-de-chaussée avec jardin au fond, de quoi faire une mangeoire de plus, avec les odeurs de bouffe et le bruit. Les soirées gâchées en perspective. L'idéal serait d'acheter l'immeuble. Le pâté de maisons, tu veux dire, au diable l'avarice.

Avec quoi ? Je suis raide. Le Cac 40 remonterait en flèche ces temps, ils le serinent dans le poste. Je garde une petite radio à portée de main, près du lit, sur une chaise. J'écoute la météo, les zinfos. Les nouvelles tombent comme à Gravelotte, Iran, Irak, Afgha, chômage, sécurité. La roue tourne. La routine. Un petit jeu m'amuse. Avant, tu voyais un barbu, tu comptais quinze, le tennis-barbe. Maintenant, je score autre chose, la syntaxe. Les accords perdent du terrain. Quelqu'un parle. Ministre ou minable, c'est tout un. En avant, un sujet au pluriel donnera un verbe au singulier. L'accord du participe passé, en galère. Le subjonctif ? Tu plaisantes. Le tout avec une assurance sans failles, ponctuée d'une ribambelle d'« effectivement ». Cet adverbe et « incontournable » sont les deux mamelles du langage actuel. Et en même temps, la démocratie est en marche. Avec la télé, le langage se nivelle. Tout le monde jargonne kif-kif. Encore bravo. Et nos élites protestent contre l'invasion de l'anglais ! S'ils commençaient à déblatérer en français, ce serait cool. Quelle importance ?

« Ariane, ma sœur, de quel amour blessée... »

Ariane est une fusée, Ariel une lessive. Quant à l'amour, nous eûmes droit à une pub suave, sur tous les murs. Sur une page blanche, un anneau. Nuptial ? Raté, un condom. Et la légende : « Pour la vie. » Restez couverts. De quoi baiser à cru une poupée gonflable.

Coco, tu gonfles, lève-toi.

Rien ne presse. Avant, oui. Je serais déjà debout, prêt à foncer sur la bergerie. Fini. L'automne est pourtant là, camarade, l'automne et sa splendeur. Tu t'en passeras. La page est tournée. Jeanne a viré sa cuti. Elle s'est acoquinée avec Odile, la femme de monsieur Raoul. Elles partent en tournée au long cours, voir des expos, des églises, des musées. Elles s'enculturent de Bruges à Bergame.

Jeanne menace même de suivre des cours à la Fac d'Aix. Pour ce, elle s'installerait volontiers chez moi si je dégageais dans ses collines. D'un temps j'aurais marché des deux mains. Plus maintenant. Je ne la reconnais plus. Elle se teint. La première fois, c'était chez elle, je tombe sur cette crinière noire. Je ne fais pas gaffe, je me dis : Tiens, elle a de la visite...

Et elle se maquille. Elle se sape jeune. Je n'en reviens pas. L'autre toupie lui passe sa garde-robe. Si sa pauvre mère voyait ça... J'aimais la chrysalide. Le papillon ne passe pas. Ce n'est plus elle. Et elle songe à mettre sa bergerie en location. Elle logerait chez l'autre allumée.

La métamorphose des cloportes ? Comme tu y vas... Cette autre pub, tu t'en souviens ? « Vous vous changez, changez Kelton. » Jeanne a changé. Elle se change, normal.

La cause ? Jean ? Lui a disparu, six mois sans nouvelles. Il doit être quelque part, un reportage de longue haleine, j'imagine. Après l'affaire Léa, il a dû retourner à ses premières amours.

Jeanne refuse d'en entendre parler. Elle s'est débarrassée de sa mère et de lui dans la foulée. Elle fait comme s'il n'avait jamais existé.

Du coup, je ne suis plus dans la course. Je ne sais plus ni où aller, ni que faire de ma vieille peau. Mes habitudes prennent l'eau. La vieillesse, un naufrage ? Certes, au ralenti. Une dérive, plutôt, dans la brume.

Bien, continue. Chante-moi le *De profundis* pendant que tu y es. Ça suffit, lève-toi, malheureux ! Une seconde, laisse-moi écouter le dernier bulletin.

Je zappe, je le prends en marche. Il est presque fini.

« Dernière minute, nous apprenons la mort de Jean Saunois. Le corps de ce journaliste vient d'être retrouvé à Faloudja, au cours d'une opération de... »

Bon dieu, il a gagné ! Ça devait arriver. Son père, mort pour de l'alcool, lui pour de l'adrénaline. Il a fini par la rejoindre, cette mort chérie dont tu te gargarises. La mort du héros, à la guerre.

Arrête, la guerre n'y est pour rien. C'est un suicide. Nous avions parlé, avant qu'il parte. Un dernier coup de fil, un soir, tard. Il me faisait ses adieux. Sur le moment, je n'ai pas compris. Une seule chose l'intéressait, son gosse, la dernière amarre. Il venait d'apprendre. Sa raison de vivre, nous l'avons coupée. Ce n'est pas un suicide, nous l'avons tué. Pour son bien, pour le bien de Jeanne. Nous voulions le libérer. C'est fait.

Tu permets ? Je tire les draps, je ferme les yeux. Assez de mots. Laisse-nous.

*Composition et mise en pages :*
FACOMPO, LISIEUX

*Impression réalisée sur CAMERON par*
*BRODARD ET TAUPIN*
*La Flèche*
*en juin 2007*

*Imprimé en France*
Dépôt légal : septembre 2007
N° d'édition : 98737/01 – N° d'impression : 42413